»LA GAJA SCIE

VOLUME 1495

DIECI SECONDI

Romanzo di
ROBERT GOLD

Traduzione di
GIUSEPPE MAUGERI

LONGANESI

www.longanesi.it

ISBN 978-88-304-6200-7

Titolo originale
Ten Seconds

Questo libro è stampato col sole

Azienda carbon-free

PEFC
PEFC/18-31-226
Certificato PEFC
Questo prodotto è realizzato con materia prima da foreste gestite in maniera sostenibile e da fonti controllate
www.pefc.it

Fotocomposizione:
Nuovo Gruppo Grafico s.n.c. - Milano

Finito di stampare
nel mese di giugno 2024
per conto della Longanesi & C.
da Grafica Veneta S.p.A.
di Trebaseleghe (PD)
Printed in Italy

DIECI SECONDI

In memoria di Christine, mia mamma

UNO

« Senza il tempo di riflettere, non le restava altro che combattere o morire. »

Disteso immobile sul letto, sentì una goccia di pioggia sulla guancia. Girò la testa e lasciò che gli colasse sulle labbra secche, poi la fermò con la lingua. Sopra di lui, la pioggia torrenziale picchiava sul lucernario marcescente. Per un attimo, tra le nuvole scure che velavano il cielo notturno intravide la luna. Chiuse gli occhi e immaginò di correre tra le stelle, di mettere piede sulla superficie rocciosa del satellite.

Da uno squarcio tra le nubi, la luce della luna rischiarò la stanza spoglia. Gli aveva detto che doveva ritenersi fortunato di avere la stanza grande all'ultimo piano, specialmente perché era tutta sua. Ma lui non era di quell'idea. Proprio per niente. Accatastate in un angolo c'erano tre scatole piene di vestiti vecchi che puzzavano di aceto. Gli aveva promesso che li avrebbe dati in beneficenza non appena ne avesse avuto il tempo, ma non era stata più precisa. Lui faceva fatica a credere che quella stanza fosse stata un tempo una camera da letto. Gli aveva detto che c'era tutto lo spazio per giocare e costruirsi un rifugio. Solo che non poteva. Non aveva niente con cui costruirsi un rifugio. Possibile che non ci arrivasse?

Sotto il piumone, avvertì un prurito alle gambe. Si sbarazzò della coperta, che era rigida come tutte le cose appena spacchettate. Si sedette sul bordo del letto e si grattò le gambe. Infilò i pantaloni della tuta sopra il pigiama. Il pavimento in legno era duro. Gli aveva detto che aveva comprato un tappeto con le figure di animali per coprire le assi nude – pensava avesse cinque anni, invece che quasi dieci? –, ma il tappeto non si era ancora visto. In attesa che lo portassero, gli aveva dato un paio di vecchie pantofo-

le di suo padre, solo che erano troppo grandi. Non aveva mai indossato pantofole, prima, e di certo non avrebbe mai indossato quelle. Né avrebbe mai chiamato papà quell'uomo.

Allungò la mano in cerca della sveglia a forma di pallone da calcio, che gli aveva regalato il nonno prima di salutarlo con un abbraccio. Guardandola, sentì le lacrime agli occhi. Poi la scagliò rabbiosamente sul letto. Non voleva fare il piagnone. Si era portato dietro soltanto la sveglia, una borsa piena di vestiti, un piccolo album fotografico e il taccuino segreto con il suo nome in maiuscolo sulla copertina. Lo teneva nascosto sotto il letto e lo tirava fuori solo quando si sentiva molto triste. Era lì che scriveva di tutti i posti che aveva visitato con il nonno. Perché non voleva dimenticarli.

Si fermò davanti alla porta e la socchiuse appena. Le voci al piano terra riecheggiavano in tutta la casa. Sporgendosi, scorse una luce riflessa dallo specchio del corridoio al piano di sotto. Le scale erano ripide, perciò dovette tenersi al corrimano. La prima volta che lei gli aveva mostrato la sua stanza, lui le aveva detto che non gli piacevano le scale. Gli davano il capogiro. Lei aveva risposto con un sorriso che presto ci avrebbe fatto l'abitudine. Ma era un sorriso finto. Lui non guardava mai la bocca quando la gente sorrideva, solo gli occhi. E lei non gli aveva mai sorriso con gli occhi.

La porta della loro camera era aperta. Non aveva mai visto dei cuscini decorativi su un letto. Ci passò sopra le dita: erano morbidi, di velluto. Sotto la finestra, sull'angolo di un tavolino, c'era una scatolina d'argento con un coperchio di vetro; dentro c'erano dei fiori secchi. Aprì la scatolina e prese due catenine d'oro. Se le avvolse lentamente intorno alle dita, lasciandole cadere sul dorso della mano. Guardò di nuovo all'interno della scatola e, con cautela, prese un anello d'oro con una pietra verde. Se lo mise davanti agli occhi, ruotando la testa finché non riuscì a coglierne lo scintillio alla luce della luna che filtrava da uno spiraglio tra le tende. Quando chiuse gli occhi, quel verde brillante gli vorticava ancora nella mente.

Gli parve di udire un rumore alle sue spalle, in corridoio. Si voltò di scatto ma non vide nessuno. Forse erano solo le voci che arrivavano dal piano di sotto. Rimise prima l'anello e poi le catenine nella scatola, proprio come li aveva trovati. Poi chiuse il coperchio, appoggiando delicatamente le dita sui fiori intrappolati nel vetro.

Di nuovo in corridoio, attese che gli occhi si abituassero alla luce intensa. La cameretta lì accanto era quella di suo fratello. Riuscì a vederlo nella penombra: dormiva rannicchiato sotto il piumone di Spider-Man. La stanza odorava di vernice fresca e sul pavimento c'era un enorme tappeto di Spider-Man. Quello era arrivato in tempo, pensò. Era un bel tappeto, ma adatto solo a un bimbetto. Sopra c'erano una pista per auto da corsa e qualche macchinina. Roba da bambini, pensò. Lui non sapeva che farsene dei giocattoli.

Tornò sul pianerottolo e si sedette in cima alle scale. Dalla ringhiera poteva vedere la porta del soggiorno. Era chiusa, ma li sentiva parlare entrambi, insieme ad altre due voci che non conosceva. Ancora una volta, gli sembrò di udire un rumore e si voltò verso l'estremità del corridoio. Era lì che dormiva il ragazzo, ma la sua porta era chiusa. Si sporse per cercare di capire cosa dicessero al piano di sotto. Stavano ridendo, ma non sapeva perché. Posò la testa sul corrimano e chiuse gli occhi. Per un istante, si immaginò di nuovo con il nonno. Prima a far volare l'aquilone scarlatto in una giornata ventosa, poi a mangiare pane tostato accanto al caminetto e a guardare Mr Bean *in tv. Si chiese cosa stesse facendo il nonno in quel momento, poi gli venne di nuovo da piangere e lasciò perdere. Tornò a concentrarsi sulle voci che provenivano dal piano di sotto, finché non udì il rumore della porta del soggiorno.*

Quando riaprì gli occhi, lei lo stava fissando.

Giovedì

1

Infilo nello zaino una bottiglia di whisky single malt Talisker in una confezione regalo, esco dal negozio di alcolici e torno sulla via principale di St. Marnham, dove la gente che fa acquisti si mescola al flusso costante di stanchi pendolari che rientrano da Londra. In fondo alla strada, devo aggirare la lunga fila davanti al fish & chips Freda. Il vicolo male illuminato che separa il locale dall'ingresso posteriore di uno dei tanti pub sul lungofiume è disseminato di confezioni di patatine vuote. Intravedo due uomini che cercano goffamente di nascondersi dietro un cassonetto per rifiuti industriali. Entrambi probabilmente sulla trentina, stanno sniffando in fretta e furia dalla carta oleata in cui era avvolto il pesce. St. Marnham e Haddley, il sobborgo limitrofo in cui sono nato, non sono stati risparmiati da quella cultura della droga che sembra ormai essere diventata parte della vita quotidiana.

Uscendo dal centro, la strada principale diventa Terrace Road e costeggia il Tamigi. Appena comincia a piovigginare, mi allaccio il giaccone e affondo le mani nelle tasche. Mi avventuro nel traffico congestionato, schivando per un pelo un rider di Deliveroo, e scendo sul sentiero lungo il fiume. Sotto il ponte della ferrovia cala il silenzio, finché un treno non sferraglia sopra la mia testa per entrare alla stazione di St. Marnham. Sotto la struttura vittoriana, un barbone sta allestendo il suo giaciglio di cartone per la notte. Da dietro sento avvicinarsi dei passi spediti. I due tizi sul retro del locale di fish & chips urlano qualcosa al barbone e afferrano il bicchiere di carta che aveva appena posato a terra. Dopo avergli rubato gli spiccioli, i due svaniscono sghignazzando nella notte. Vado verso il senzatetto, ma lui si limita ad alzare le spalle con aria stanca. Pesco una banconota da dieci sterline dalla tasca e gliela metto in mano.

Il sentiero segue l'ansa del fiume e riemergo all'estremità del sobborgo, dove ritornano i lampioni. La pioggia si infittisce e sono felice di vedere le luci brillanti del Mailer's. Il ristorante si trova in un magazzino riconvertito davanti al fiume, ed è diventato una sorta di istituzione locale. Appartiene a East Mailer e a suo marito Will Andrews, e negli ultimi dieci anni ha ottenuto recensioni eccezionali anche a livello nazionale. Lo scorso Natale, East ha pubblicato il suo primo libro di cucina ed è apparso nel programma della BBC *Saturday Kitchen*. La sua creatività e il suo spirito anticonformista lo stanno trasformando da celebrità locale a volto famoso in tutto il Paese.

Faccio il giro del magazzino e raggiungo il cortile lastricato davanti all'edificio. Le auto passano sotto un monumentale arco di pietra, e i faretti del ristorante diffondono una luce calda anche in questa piovosa sera di febbraio. Mi riparo sotto una tettoia ondulata. Guardo il telefono: Madeline Wilson, il mio capo, mi ha mandato un messaggio per farmi sapere che è a due minuti da qui. Madeline è una delle persone più in vista e potenti dei media britannici, e sono quasi dieci anni che lavoro con lei. Per i primi cinque ho fatto il reporter nel quotidiano nazionale di cui era direttrice; in quelli successivi sono stato giornalista d'inchiesta per il più importante sito di notizie online del Regno Unito. Ogni giorno trascorso con lei mi ha insegnato qualcosa di nuovo. È piena di inventiva e creatività, oltre a essere sempre di un'onestà spietata. Questo significa che a volte ha standard incredibilmente alti per il sito, ma non scende mai a compromessi sull'accuratezza dei contenuti che pubblica. Nel corso della carriera ha sempre promosso giustizia ed equità, e si aspetta lo stesso dal suo team. Al cuore di qualsiasi storia racconti c'è la verità: una dedizione ereditata da Sam, suo padre.

Sam è un giornalista della vecchia scuola, proprietario e direttore di quel *Richmond Times* in cui, al pari di Madeline, ho iniziato la mia carriera. Dopo la morte di mia madre – ormai quasi undici anni fa –, Sam mi ha preso sotto la sua ala. Non ho un vero rapporto con mio padre da quando avevo tre anni, così Sam è diventato una sorta di figura paterna.

«Ben», dice Madeline, scendendo dall'auto. Nemmeno il tempo di salutarla con un abbraccio sbrigativo che le squilla il cellulare. Dà un'occhiata al display e respinge la chiamata. «Perditempo», mi dice. Infila la testa nell'abitacolo per recuperare un grosso pacco dal sedile posteriore. «Dennis, ti scrivo quando ho finito», dice poi al suo autista. «Intorno alle undici, probabilmente.» Lui annuisce, e io e Madeline ci incamminiamo verso l'ingresso del ristorante.

«E Sam?» le chiedo.

«Mi sono offerta di dargli un passaggio, ma ha risposto che sarebbe venuto per conto suo.»

«Ci tiene proprio, all'indipendenza», commento, aprendole la porta.

«Prenderà l'autobus, quello stupido. Gli ho detto che gli avrei pagato un taxi, ma per carità. Lo conosci, sa tutto lui.»

Sorrido al pensiero che Madeline abbia ereditato da lui tutta questa testardaggine.

«Settantaquattro anni e ancora si occupa del giornale ogni settimana. Non ho idea di come faccia, né di come sostenga i costi. Gli ho proposto di affiancargli un vicedirettore pagato di tasca mia. E sai cos'ha detto?»

«No...»

«Che non vuole la mia carità. Cosa che non ho mai insinuato, ovviamente. È solo che fa sempre più fatica, lo vedo con i miei occhi. Ma non vuole saperne di darsi una calmata. Chi è che compra ancora spazi pubblicitari sui giornali locali?

Non ci pensa due volte a respingere qualsiasi offerta di aiuto, e non parlo soltanto del giornale. Gli ho detto che gli avrei procurato una donna delle pulizie, giusto un paio di mattine a settimana, ma non vuole nessuno a ficcare il naso nelle sue cose. Un giorno gli verrà davvero un infarto.» Madeline sorride mentre entrambi ripensiamo alla corsa notturna in ospedale, lo scorso autunno, per un sospetto infarto, che poi per fortuna si era rivelato solo l'effetto di un'abbuffata di formaggio e porto d'annata.

Il telefono le squilla un'altra volta e lei respinge di nuovo la chiamata. «Non so come faccia tutta questa gente ad avere il mio numero. Se scopro che Carolyn l'ha dato a qualcuno a caso solo perché dice di avere un'esclusiva mondiale, l'ammazzo.» Lavorare come assistente di Madeline richiede un elevato grado di pazienza.

Si fa avanti per comunicare la sua prenotazione al maître, ma, prima che questi possa indicarci il tavolo, East Mailer esce dalla cucina a vista.

«Madeline!» esclama, avvicinandosi a braccia spalancate. È alto due metri e ha una bandana rossa sui lunghi capelli neri raccolti in una coda di cavallo; non è certo un tipo che passa inosservato. «Perché non mi hai detto che saresti venuta stasera? Ti avrei preparato qualcosa di speciale», le dice in tono di allegro rimprovero, mentre i commensali si girano a osservarlo.

Madeline lo abbraccia e lo bacia sulla guancia, ridendo. Madeline e East erano inseparabili durante gli ultimi anni di scuola e sono rimasti amici da allora. «Qui è sempre tutto speciale. Siamo venuti per festeggiare il compleanno di Sam, sempre ammesso che si presenti. Niente di particolare, quest'anno, ma Sam non ha bisogno di scuse per chiederti un bis di fish pie.»

East ci conduce a un tavolo con una vista spettacolare sul fiume. «Lascia fare a me.» Attira l'attenzione del barman che si sta dando da fare nell'affollato cocktail bar. «Lo champagne lo offre la casa: il mio regalo al festeggiato.» In quel momento scorge Sam che entra nel ristorante e viene accolto dal maître. Lo saluta posandogli una manona sulla spalla, quasi abbracciandolo. «Signor Hardy, mi hanno detto che oggi si festeggia.»

«C'è poco da festeggiare», risponde Sam, alzando le mani per minimizzare.

Un cameriere riempie tre calici di champagne e si allontana.

«Brinda insieme a noi», dice Madeline a East.

«Mi piacerebbe, ma stasera sono in cucina.»

Gli occhi di Sam si illuminano. «Il fish pie?»

«È quasi pronto.» East dà una strizzatina alla mano di Madeline e abbassa la voce. «Posso parlarti cinque minuti, più tardi, se riesci a liberarti? Avrei bisogno di scambiare due parole in privato.»

«Tutto bene?»

«Sì sì. Godetevi la cena.» East torna in cucina.

«Scusate il ritardo», dice Sam, mandando giù mezzo calice di champagne prima ancora di sedersi. «Connie è passata per pranzo, ma era già tardi e il tempo è volato.»

«Non ti sei rovinato l'appetito, spero.»

Sam scuote la testa e sorride. «Sto morendo di fame, Maddy. Non mangio nulla da colazione.» Quindi, continuando a sorseggiare champagne: «Quando dico che Connie è passata per pranzo...»

Madeline mette le mani avanti. «Papà, sappiamo esattamente cosa intendi e non ci servono altri dettagli.»

«Pensavo che la tua amica speciale del condominio fosse la signora Wasnesky...» azzardo.

Sam sorride. «Sì, ma è andata a trovare sua madre in Polonia. Torna domani sera.»

«Sua madre?» ripete Madeline. «Quanti anni ha la signora Wasnesky?»

«La mia stessa età, un'arzilla settantaquattrenne. Sua madre ha compiuto centouno anni la settimana scorsa. A Varsavia sono fatti di ferro.» Ci mostra una foto della madre della signora Wasnesky che festeggia con un bicchierino di vodka. «Sono stato invitato alla festa, ma la Polonia a febbraio è troppo anche per me.» Prende la bottiglia dal secchiello del ghiaccio e si riempie di nuovo il bicchiere.

Madeline sorride e si china per prendere il pacchetto da terra. «Buon compleanno, papà.»

«Che cos'è?» chiede lui, allungandosi sul tavolo per ricevere un'ampia cornice. Mentre Sam strappa la costosa carta da regalo, un gruppo di quattro donne sedute al cocktail bar cattura la mia attenzione. Tra un gin martini e l'altro, sono sicuro di aver sentito una di loro fare il mio nome. Madeline intercetta il mio sguardo ma non dice nulla.

Dopo avere rimosso l'ultimo lembo di carta, Sam appoggia la cornice sul tavolo, tenendola davanti a sé. La cornice nasconde il suo volto agli occhi di Madeline, ma lo vedo portarsi una mano alla guancia.

«È la tua prima...» dice Madeline.

«So benissimo cos'è.» Sam si asciuga gli occhi. «La prima pagina del numero 1, 28 settembre 1973. Non avrei mai pensato di rivederla.» Sam mi passa l'edizione incorniciata del *Richmond Times* di oltre cinquant'anni fa, prima di alzarsi per abbracciare la figlia. «Dove diavolo l'hai trovata?»

«Ti sembrerà incredibile, ma anch'io ho qualche contatto qua e là.» Madeline ricambia l'abbraccio.

«Ho tutte le edizioni dall'ottobre del '73...»

«In quello stupido garage», aggiunge Madeline ridendo.

«Ma questa l'ho persa quando sono andato a vivere con tua madre. Stava sempre a riordinare e buttava via le cose importanti.»

« Sono sicura che anche a lei manchi. » Madeline dà un bacio a suo padre, che poi riprende il suo posto a tavola. Non ho mai visto la madre di Madeline: i suoi erano già divorziati da tempo quando l'ho conosciuta, ma a quanto pare avevano ancora un rapporto burrascoso.

Uno scroscio di risate alle mie spalle mi induce a girarmi di nuovo. Questa volta sono certo che una delle donne abbia fatto il mio nome.

Deve averlo sentito anche Madeline. « Ignorale », mi dice. « Non ne vale la pena, Ben. »

2

Sono da tempo abituato agli sguardi di traverso e a qualche dito puntato, soprattutto dove sono nato, Haddley, o negli immediati dintorni. Più di vent'anni fa, l'omicidio di mio fratello Nick, all'epoca appena quattordicenne, e del suo migliore amico, Simon Woakes, ha avuto una triste notorietà persino all'estero. Un anno dopo, due ragazze che andavano a scuola con loro sono state condannate per il duplice omicidio. All'epoca avevo solo otto anni. Anche se quest'anno ricorre il ventitreesimo anniversario della morte di Nick, quel crimine esercita ancora un fascino morboso su molta gente. Il fatto che di recente io abbia portato a galla la verità dietro l'omicidio di mio fratello, poi, ha contribuito a ravvivare l'interesse dei social per la storia della mia famiglia.

Sam si gira sulla sedia. «Che cosa state guardando?»

«Niente di cui tu debba preoccuparti», risponde Madeline.

Sam si gira di nuovo verso di noi. «Che ne dite di ordinare?»

Attiro l'attenzione del cameriere.

«La notizia di tuo nonno mi ha rattristato», dice a Madeline dopo essersi assicurato la sua porzione di fish pie.

«Il nonno ha vissuto una vita fantastica. Arrivarci, a novantasei anni...»

«Ti farà piacere sapere che ho mandato un messaggio a tua madre. Giusto due parole, sia chiaro.»

«Lo avrà apprezzato», commenta Madeline. «È sempre stata molto legata a suo padre.»

«Era un vecchio stronzo lunatico, e lo sappiamo tutti. Lo

ammetterebbe persino tua madre. L'unico motivo per cui è vissuto così a lungo è perché non voleva che gli altri gli mettessero le mani in tasca.»

Madeline ride. «Con me è sempre stato molto generoso.»

«Ma per favore! Quando è stata l'ultima volta che ti ha sganciato qualcosa?»

«Non ho mai avuto bisogno dei suoi soldi.» La ferrea indipendenza di Madeline è sempre pronta a emergere.

«Tua madre sarà ricca, adesso, ammesso che sia andato tutto a lei...»

Madeline annuisce. «Un paio dei nostri competitor hanno addirittura diffuso la storia della morte del cosiddetto Warren Buffett britannico. Magari fosse vero, ma spero che mamma si diverta e che colga l'occasione di fare dei bei viaggi per il mondo.»

«Sembra un piano perfetto», risponde Sam. «Tienila il più lontano possibile da Londra.»

«Avresti dovuto rimanere con lei», gli dico. «Adesso saresti un gentiluomo agiato.»

«Non c'è somma di denaro che avrebbe potuto convincermi a rimanere con Annabel.»

«Ma vale anche per lei», commenta Madeline. «Eravate entrambi troppo indipendenti. 'Compromesso' non è una parola nel vocabolario del vostro matrimonio.»

«Ecco un'altra cosa che hai preso da noi.» Sam alza il bicchiere, e sentiamo ancora risate sguaiate provenire dal cocktail bar.

Mi giro appena in tempo per vedere una delle donne cadere goffamente dallo sgabello. Due delle sue amiche scendono per aiutarla, ma entrambe faticano a reggersi in piedi. Nel tentativo di sollevarla, una cade a sua volta ribaltando uno sgabello e finisce sdraiata a terra. Due camerieri accorrono velocemente.

«Voglio solo l'aiuto di Nathan!» biascica la donna sdraiata, respingendo le offerte di soccorso. Poi, lentamente, si siede, appoggia la testa contro il bancone e ridacchia. «Le mani forti di Nathan che mi stringono.»

Guardo Madeline e lei scuote la testa. Senza pensarci, Sam afferra il telefono per registrare la scena.

Madeline gli dà uno schiaffo sulla mano. «Papà!»

«Come dimentichi in fretta! Nei giornali locali, tutto fa notizia.»

«Una donna che cade dallo sgabello? Siamo messi davvero così male?»

«Rissa tra ubriachi nel ristorante di un rinomato chef», risponde Sam con un sorriso. «Potrei venderla a un paio di testate nazionali. Basta confezionarla come si deve.»

Le due donne si afferrano al bordo del bancone e si rimettono in piedi. Poi, tra risate isteriche, tutt'e quattro recuperano i rispettivi bicchieri per continuare a bere. Vedo il barman avvicinarsi a loro ma, prima ancora che possa dire qualcosa, la donna che era caduta per prima barcolla verso di noi.

«Sei proprio tu, vero? Ben Harper?» mi dice. «Mi dispiace tanto per quello che è capitato a te e alla tua famiglia. Hai un'aria adorabile!»

La sua amica, intanto, l'ha raggiunta. «Conosci Nathan?» chiede con una risatina. «Lavora qui, no? Sarà anche il figlio di una che ammazzava i ragazzini, ma me lo porterei a casa ogni sera. Qualcuno su TikTok ha postato un video in cui corre senza maglietta. È un gran figo.»

All'ennesimo risolino delle due, la pazienza di Madeline si esaurisce. «Noi siamo qui per una cena tranquilla. Forse avete bevuto abbastanza e dovreste andare a casa.» Poi prende il telefono. «Adesso vi chiamo un taxi.»

«Un taxi? Abbiamo appena iniziato!»

«E io vi dico invece che la vostra serata di baldoria è finita.»

«Ma fatti gli affari tuoi!» risponde la prima donna, barcollando verso di lei. Madeline è lesta a spostarsi di lato e la donna, dopo averla mancata, finisce di faccia sul nostro tavolo.

Sam prende il telefono giusto in tempo per catturare l'immagine della donna distesa per il lungo, il viso affondato nel cestino del pane.

«Buon compleanno, Sam», dice Madeline, alzando gli occhi al cielo e sorridendo a suo padre. Poi prende una sedia vuota da un tavolo vicino e, con l'aiuto di un cameriere, solleva la donna e la fa sedere.

«Lasciatemi!» strilla quest'ultima, divincolandosi.

Madeline le si accovaccia accanto. «È ora di andare a nanna», le dice senza scomporsi. «Vi pago io il taxi, e quando tu e le tue amiche vi sveglierete, domattina, spero che proverete il dovuto imbarazzo.»

«Voglio un selfie con Ben!» protesta la donna, mettendo su un broncio da bambina.

Madeline non fa una piega. «Ma Ben non vuole un selfie con te. Andiamo fuori. L'aria fresca ti schiarirà le idee.»

«Levami le mani di dosso!» le urla in faccia la donna. Madeline si scosta e in quella frazione di secondo l'altra donna le afferra il braccio. Madeline si libera, ma la prima donna, intanto, mi si avvicina con passo malfermo. Dopo avermi gettato le braccia al collo per non cadere, alza un braccio tremante reggendo il cellulare davanti ai nostri volti. Ma non riesce ad attivare lo schermo. Senza mollare la presa, si rivolge alle altre due amiche ancora sedute al bancone.

«Natasha, Kyla! Venite a farmi una foto con Ben!»

Ma quelle rimangono immobili, guardando il caos che si è scatenato.

«Ci penso io», dice Sam, alzandosi.

«Sam!» esclama Madeline.

«Diamole quello che vuole, così sarà contenta e si leverà dai piedi.»

«Grazie, papà», dice la donna con un'espressione di trionfo sul viso.

«Come ti chiami?» le chiede Sam, mentre lei gli passa il cellulare.

«Abby», risponde lei, il braccio stretto intorno alla mia vita.

«Sorridi, Abby.»

«Aspetta!» esclama lei, ridendo, mentre si aggiusta il vestito da cocktail nero e scaglia via una noce di burro che le era rimasta incollata al seno. Non posso impedirmi di sorridere a Sam che, nel frattempo, ha ovviamente immortalato l'istante.

«Fanne un altro paio», dice Abby. «Non ero pronta.»

«Fuori dal mio ristorante!» grida una voce dalla cucina.

Madeline gira intorno al tavolo per andare velocemente incontro a East e posargli una mano sul petto. «Non dare in escandescenze, non fai che peggiorare le cose», gli dice a bassa voce.

Ma East scuote la testa e le passa accanto. Vedo Madeline chiudere gli occhi per un istante mentre la figura imponente dello chef corre verso le due donne. «Mi avete sentito?» urla, abbastanza forte da far girare tutti gli altri clienti. «Ho detto: fuori dal mio cazzo di ristorante!» Afferra Abby per un braccio e, prima che lei possa ribattere, la spinge verso l'uscita. Un paio di camerieri si precipitano a scortare rapidamente l'altra donna all'esterno.

«E voi due», continua East, rivolgendosi alle donne ancora sedute al bancone. «Andatevene immediatamente, prima che chiami la polizia!»

«Capo, non hanno pagato», comunica il barman.

«Non me ne frega niente.»

Esterrefatte nel vedersi buttare fuori da East Mailer in persona, entrambe scendono goffamente dagli sgabelli. Una delle due, tradita da un tacco, cade in avanti. East la afferra coi suoi enormi avambracci. I clienti assistono con stupore mentre lui la solleva e la porta fuori di peso.

Madeline si rivolge a suo padre, che ovviamente sta riprendendo la scena.

« E questa potrebbe persino diventare virale », dice Sam.

3

Will Andrews posò il libro che sperava di finire quella sera. Guardò fuori dalla finestra a tutt'altezza che si affacciava sul Tamigi. Tendendo l'orecchio, sentiva a tratti la voce furibonda del marito dal ristorante al piano di sotto.

«Che ne pensi?» chiese a suo figlio Nathan. «East se l'è presa con un altro giornalista?»

Sdraiato su un divano oversize nel loft in cui aveva vissuto le ultime sei settimane, Nathan smise di digitare e abbassò lo smartphone. «Chissà. Pensavo non sarebbero più tornati, dopo che ho smesso di lavorare al ristorante.»

Meno di un anno prima, Nathan Beavin aveva scoperto che la madre biologica era una delle due studentesse condannate per l'omicidio di Nick Harper. Dato in adozione dopo la condanna della madre, era cresciuto in una piccola famiglia di Cowbridge, poco fuori Cardiff. Alla facoltà di giurisprudenza era riuscito ad accedere al suo certificato di adozione, fino ad allora secretato. Subito dopo, a soli ventun anni, era arrivato a Haddley in cerca del padre biologico.

Will aveva vissuto i primi ventun anni della vita del figlio senza sapere della sua esistenza. Un test di paternità aveva infine confermato che Nathan era in effetti suo figlio, anche se in pochi, vedendoli insieme, avrebbero potuto dubitarne.

«East non ha la capacità, e a volte nemmeno l'intenzione, di controllare il suo caratteraccio», disse Will. «Quando succede, non è una persona piacevole.»

«Forse se mi allontano per un po' da St. Marnham si calmano le acque.»

Will scosse la testa. «Non voglio. Voglio che a St. Marnham ti senti a casa quanto a Cowbridge.»

«È già così», disse Nathan, ma l'incertezza nella sua voce non fece che accentuare il timore di Will di perdere il figlio che aveva appena scoperto di avere. I social si erano fiondati sulla storia di Nathan. Lui non aveva mai cercato attenzione, ma i detective di TikTok non conoscevano limiti. Figlio di una famigerata assassina di ragazzini e del suo allora quattordicenne compagno di classe, a soli ventidue anni Nathan era diventato suo malgrado una figura dal fascino morboso. Nonostante lei fosse tornata di recente sotto protezione, proliferavano le teorie secondo cui Nathan, scoperta la nuova identità della madre biologica, stesse tramando insieme a lei qualche altro spregevole crimine. Benché privi di fondamento, gli attacchi online nei suoi confronti erano al vetriolo. Per Will, era comprensibile che il figlio fosse pentito di aver scoperto l'identità dei genitori biologici, e temeva che, se Nathan fosse tornato in Galles, non ci sarebbe stato modo di riportarlo indietro.

Si chinò verso di lui. «Presto le cose si sistemeranno. Promettimi che non te ne andrai a causa di East.»

«Non voglio mettermi tra voi due.»

Will non replicò.

Nonostante il turbamento innescato dall'arrivo di Nathan nella sua vita, Will aveva apprezzato il tempo trascorso con il figlio. Scoprire di avere così tante piccole cose in comune – l'amore per il Cookie Dough di Ben & Jerry's, il basket della NBA, la maratona (a velocità molto diverse), la musica di Paul Weller, la serie tv *West Wing* – li aveva aiutati a creare un rapporto senza che nemmeno si sforzassero. Will non aveva mai preso in considerazione la paternità, ma da quando gli era piovuta addosso ne aveva amato ogni singolo istante. Consapevole che per East sarebbe stato più complicato, aveva fatto di tutto per includerlo nella loro relazione. Era stato lo stesso East a suggerire a Nathan di lavorare con lui al ristorante e, all'inizio, Will era stato felice che passassero del tempo insieme. Nelle ultime settimane, però, East aveva cambiato atteggiamento. La notorietà di Nathan stava attirando attenzioni indesiderate sul ristorante e, con un voltafaccia improvviso, East aveva suggerito a Nathan di mollare il lavoro. Gli aveva proposto anche di lasciare l'abitazione art déco che Will e East condividevano a St. Marnham per trasferirsi nel piccolo loft sopra il ristorante. In qualche modo, Will lo sapeva: suo marito stava cercando di estromettere Nathan dalle loro vite.

Rimase seduto a guardare mentre il figlio digitava un altro messaggio sul cellulare. «Tu e Sarah avete rotto definitivamente?»

Nathan capovolse il telefono. «Nonostante i miei sforzi, credo proprio di sì.»

La pressione incessante dei social era stata deleteria per la relazione in erba di Nathan con una donna di Haddley. Will sapeva che Nathan era tornato più volte a trovare Sarah Wright e il figlio di sei anni, Max, nei due mesi trascorsi da quando aveva lasciato la sua casa a Haddley Common.

«Però continuate a scrivervi?»

«Volevo capire se è libera questo weekend.» C'era una nota malinconica nella sua voce. «Solo per stare un po' con lei e Max.»

«Dalle tempo», commentò Will.

Nathan annuì. «Siamo rimasti amici.» Will sorrise, facendolo arrossire. «Sul serio!» protestò.

Dal momento che Sarah aveva quasi dieci anni in più di lui e un figlio di sei anni, Will sapeva che le possibilità che la loro relazione sopravvivesse a lungo termine, anche senza considerare tutte le pressioni esterne, erano esigue. Ma si limitò ad annuire con un sorriso.

«Ci tengo comunque a rivedere Max», spiegò Nathan.

« Non ho mai avuto l'istinto paterno, ma mi mancherà davvero. »

« Un giorno sarai un ottimo padre », replicò Will, « ma non è ancora il momento. A trentasette anni, sono troppo giovane per diventare nonno. »

Nathan rise. « Non preoccuparti, non ho intenzione di mettere su famiglia a breve. La mia vita è troppo complicata adesso per un bambino. »

« In qualsiasi momento accadrà, tuo figlio farà parte della *tua* famiglia. Non della mia e sicuramente non di quella di tua madre. »

Nathan si tirò su e s'infilò le scarpe da ginnastica. Will sapeva che stavano pensando entrambi a Josie Fairchild, la donna che aveva ucciso Nick Harper, e all'ombra che ancora proiettava sulle loro vite.

« Vado a bermi una birra qui vicino. »

« Dammi cinque minuti e vengo con te », rispose Will.

« No, magari faccio anche due passi per prendere un po' d'aria. » Prese il telefono. « Se trovo un posto tranquillo ti scrivo. »

Will scorse la tristezza negli occhi del figlio. « Passerà, vedrai. »

« Vorrei poterci credere », rispose Nathan, digitando ancora una volta sul cellulare prima di uscire dalla stanza.

4

L'agente investigativo Dani Cash sentì un brivido freddo lungo la schiena. Era seduta alla scrivania, in fondo agli uffici deserti della polizia giudiziaria di Haddley. Prese il giaccone dallo schienale e se lo chiuse fino al collo, poi toccò il vecchio radiatore di ferro alle spalle della scrivania. Era gelido come una pietra. Strofinò energicamente le mani sulle braccia nel tentativo di combattere il freddo di fine febbraio. Decise che era arrivato il momento di una tazza di tè caldo.

Nella minuscola cucina, accese il bollitore e aprì un armadietto sopra il lavandino. Afferrò la malconcia scatola di tè Golden Jubilee e lasciò cadere una bustina nella tazza a strisce blu. Quando prese il bollitore, la porta alle sue spalle si aprì di scatto, facendola sobbalzare quel tanto che bastò a spargere acqua bollente sullo stretto ripiano.

«Guarda che non mordo mica», disse l'ispettore capo Bridget Freeman, la comandante della stazione.

«Buonasera, comandante.» Dani strappò in fretta della carta assorbente dal rotolo.

«Ne prendo una tazza anch'io, se c'è ancora acqua nel bollitore.» La Freeman si avvicinò al piccolo frigorifero e tirò fuori un cartone di latte quasi vuoto. «Mi piace bello forte.»

Dani sorrise. Guardando la Freeman, si rese conto di averla sempre vista in tenuta impeccabile: la giacca abbottonata, le spalline lucide. Quella sera, invece, indossava una felpa della polizia metropolitana e i pantaloni della tuta.

«Venti minuti in palestra», disse la Freeman, «servisse a qualcosa.»

Dani si rese conto di aver lasciato trasparire la sorpresa. « Zucchero? »

« Non dovrei proprio, ma una zolletta non mi ucciderà. »

« Giornataccia? » chiese Dani, mescolando il proprio tè.

« Con tutto il lavoro che mi tocca fare, ogni giorno sembra interminabile: scartoffie a non finire, comunicazioni urgenti al sovrintendente capo, richieste d'informazioni sui tassi di condanna da parte dei pezzi grossi di Scotland Yard... »

Nell'ispettore capo Freeman, Dani vedeva un alto ufficiale con ottime capacità professionali. Da quando aveva assunto il comando della stazione, Dani aveva imparato a rispettarla. Ammirava che fosse sempre bene informata su ogni caso, pur lasciando allo stesso tempo ampi margini di manovra ai sottoposti. Ma l'elevata considerazione in cui la teneva non faceva che aggravare i sospetti che nutriva sulla sua onestà, ormai sempre più opprimenti.

« La vita era molto più semplice, e oserei dire molto più piacevole, quando potevo dedicare tutto il mio tempo alle indagini. » La Freeman prese la tazza e bevve un sorso. « Cos'è che ti trattiene qui fino a quest'ora, agente? »

« Ho appena risentito la vittima dell'effrazione dello scorso fine settimana. »

« Shannon Lancaster? »

« Esatto. »

« Come sta? »

« Cerca di farsi coraggio, ma si vede che è spaventata. »

« Si è svegliata nel cuore della notte con l'intruso accanto al letto? »

Dani annuì. « Ha aperto gli occhi e se l'è trovato praticamente sopra. »

« Terrificante », commentò la Freeman. « Girami i tuoi appunti, quando hai finito. Pensi davvero sia lo stesso uomo? »

Nel corso degli ultimi tre anni, una serie di effrazioni sporadiche aveva diffuso una certa apprensione in tutta Haddley.

La vicenda era iniziata con un episodio apparentemente innocuo di furto con scasso, ma aveva preso un'altra piega quando un certo numero di donne avevano dichiarato di essersi svegliate con un intruso mascherato in camera da letto.

«Tutti gli elementi presenti nell'effrazione di sabato scorso suggeriscono che si tratti dello stesso uomo», rispose Dani. «Era vestito esattamente allo stesso modo – passamontagna, felpa con cappuccio e zip, guanti di pelle – e si è avvicinato al letto della donna.»

«Ancora niente che colleghi le cinque vittime?»

Dani scosse la testa. «Le effrazioni seguono uno schema imprevedibile, ma si sono verificate soltanto quando le donne erano sole.»

«Quindi aspetta l'occasione giusta?» chiese la Freeman.

«Sì, nel caso di Shannon Lancaster, le due figlie erano andate a dormire dalla nonna.»

«E, in qualche modo, lui viene a saperlo. Continua a cercare un collegamento tra le vittime. Sappiamo che sta diventando sempre più pericoloso. Ci vuole una svolta.»

«Sì, signora. Stasera inizierò a setacciare i post sui social.»

«E Shannon Lancaster? È stata semplicemente fortunata?» La Freeman si fermò sulla soglia della cucina.

Ritrovatasi con quell'uomo accanto al letto, senza nemmeno riflettere, Shannon Lancaster l'aveva aggredito urlando. E, quando gli aveva infilato le dita nel passamontagna, lui era scappato. Fuggendo dalla porta sul retro, aveva lasciato cadere un set di manette di plastica nera di tipo militare.

«Fortunata solo perché era ancora nelle condizioni di reagire.»

5

Nella sala principale del ristorante di Mailer tornò il fruscio ovattato delle conversazioni. I camerieri erano indaffarati a prendere le ordinazioni per i migliori piatti di pesce di tutta Londra, offrendo al contempo calici di champagne in omaggio per calmare i nervi. Sam si servì rapidamente di un altro bicchiere, poi ne prese un secondo e lo passò a Madeline.

«Grazie, Sam.» Ma lei intanto aveva posato il tovagliolo sul tavolo ed era già in piedi.

«E adesso dov'è che stai andando?» le chiese Sam, decisamente preoccupato dai tempi di attesa per la cena. «Così non mangeremo mai.»

«Non preoccuparti, sono sicura che il tuo fish pie sta arrivando.»

Madeline si allontanò a passi svelti dal tavolo, oltrepassò il cocktail bar e uscì attraverso le porte in stile magazzino che conducevano alla terrazza sul fiume del ristorante. «Accidenti, se puzza!» disse a East, che nel frattempo si era acceso una canna di quelle potenti. «Se hai intenzione di fumartela tutta, spero tu abbia già preparato la mia cena.»

East stava osservando la corrente impetuosa del fiume. Sotto la copertura impermeabile con il nome dello chef in bella vista, Madeline avvicinò una sedia in ferro battuto alla sua. Lui si girò a guardare la sua migliore amica. Quando si erano conosciuti, al quarto anno delle superiori, quasi venticinque anni prima, erano due outsider; due anticonformisti determinati a sfondare. In un certo senso, non era cambiato granché, da allora. Ora lui era uno chef affermato e il suo libro di cucina – che lei lo aveva incoraggiato a scrivere – era un bestseller. E chiunque seguisse i notiziari conosceva di sicuro il nome di Madeline Wilson, o comunque aveva letto un suo articolo.

« Cosa c'è? » gli chiese.

East si limitò a prendere una boccata di fumo.

« Qualcosa che non va deve pur esserci, visto che hai appena buttato di peso una donna fuori dal ristorante. E te ne stai seduto qui a fumare fino a stordirti, anche se fa un freddo cane. Non volevi parlarmi? »

Lui si leccò le dita e schiacciò l'estremità della canna. « Ho paura. »

« Di perdere Will? » rispose lei, sapendo che il loro matrimonio stava attraversando un momento difficile. « Devi parlargli. E ignorare quel po' di attenzione che attira Nathan. »

« La scenata al ristorante la chiami 'un po' di attenzione'? »

« East, hai peggiorato molto le cose. Sei stato tu a confezionare la storia. »

Lui distolse lo sguardo dal fiume. « Mi avevi fatto una promessa. Un'apparizione in tv e fine della faccenda. Non ho mai voluto essere sempre sotto i riflettori. Se non fosse stato per te, non avrei mai scritto quel maledetto libro. »

« Aspetta », replicò Madeline. « È di questo che volevi parlare? Quel libro ha venduto un sacco di copie e ha contribuito al successo del ristorante. »

« Te l'avevo detto che non potevo reggere la fama. »

« East, mio caro, sei tutto meno che famoso. Sei uno chef di serie B con una discreta popolarità e un locale appena decente. Di certo non sei Nigella. »

Lui si limitò a scuotere la testa, senza nemmeno l'accenno di un sorriso. « Non puoi dirmi così. » Fece una pausa. « Non hai idea di cosa significhi: ogni giorno ne tirano fuori una, ogni giorno rovistano in un angolo della mia vita. Faccio fatica anche a prendere sonno. »

Madeline sentì il panico nella sua voce. « Devi darti una calmata. »

« A cosa pensi che serva? » rispose lui, mostrandole la canna.

« Questa roba non ti aiuta. »

« Non ho bisogno che sia tu a dirmi cosa mi può aiutare. »

« East, stai esagerando, dammi retta. Quel video farà sensazione per due giorni. Dopodiché tutti si butteranno sulla storia successiva. E la cosa fantastica è che metà delle persone che vedranno il video penseranno che hai fatto la cosa giusta. E ti dirò di più: probabilmente le vendite del libro aumenteranno. »

« Non dirmelo. Non avrei mai dovuto lasciarmi convincere. »

« Sei ridicolo. »

« Davvero? La minima fesseria e ti trovi schiaffato su Twitter o TikTok. Non ho più una vita privata. Mi sento in trappola. »

« Se io leggessi tutto quello che dicono di me sui social, mi sarei buttata dal ponte di St. Marnham anni fa. »

East attraversò la terrazza, lo sguardo sempre rivolto verso l'acqua.

« Mi dispiace, non avrei dovuto dirlo. » Madeline, in piedi al suo fianco, gli poggiò la mano sulla schiena. « La verità è che devi imparare a passarci sopra e, se proprio non ci riesci, allora devi abbandonare i social. »

« Non sono tanto i social a spaventarmi », tagliò corto East. « Sono i disagiati che attirano. La mia faccia è ovunque. Mi sento risucchiato in un vortice senza fine; un vortice che proprio tu hai contribuito a creare. »

« Sei ingiusto. Ti ho fatto un po' di pubblicità per aiutarti a vendere il libro. Avrei potuto aiutare qualcun altro. »

« Siamo onesti, Madeline: ti sei costruita una carriera sfruttando la vita degli altri. »

Lei fece un passo indietro, mentre lui si riaccendeva la canna. Era incredibilmente egocentrico, a volte, e non aveva molto senso discuterci quando faceva così. E il fatto che fosse stata una reazione difensiva non la rendeva più accettabile. «Quello che hai detto non è vero, ma non sono qui per litigare. Sono qui per aiutarti.»

East aspirò con forza. «Aiutarmi? E ti sembra di farlo? È un accanimento.»

Lei si voltò per tornare dentro.

«No, aspetta. Mi dispiace.»

«Non voglio sentire altro», rispose lei, aprendo la porta. «Vado a godermi la cena, prima che tu dica qualcosa di cui potresti pentirti davvero.»

6

Alla fine della seconda porzione di fish pie, Sam alza il tovagliolo e si pulisce la bocca. « De-li-zio-so. »

« Ordiniamo un'altra bottiglia, visto che è il tuo compleanno? » domanda Madeline. « Penso di averne bisogno. »

« Per quanto mi piacerebbe, temo proprio che dovrò lasciarvi », risponde Sam, spingendo indietro la sedia.

« Te ne vai già? »

« Ho il secondo giro », replica lui con una risata.

« Chi devi vedere? »

« Un paio di amici hanno promesso di offrirmi un bicchierino al pub qui accanto. »

« No. No. No », ribatte Madeline con fermezza. « Immagino siano gli stessi bravi ragazzi con cui ti sei ubriacato così tanto che sei finito in ospedale? Assolutamente no, papà. No e poi no. »

Sam svuota il bicchiere e le sorride. « Mia adorata figliola, è stata una magnifica serata. Il fish pie era fantastico, la compagnia squisita, e... » Si alza e dà una pacca al telefono nella tasca della giacca. « Il *Richmond Times* è entrato in possesso di un video che, in questo preciso momento, sta diventando virale. »

Mi mordo il labbro.

« Un bicchiere », dice Madeline, puntandogli contro il dito, « e poi ti voglio dritto a casa. »

« Due, ma ho giurato di non bere più il porto. E ti prometto che sarò sul taxi prima di mezzanotte. » Sam mi strizza una spalla prima di chinarsi a recuperare il suo regalo di compleanno. « Immagino che nessuno dei tuoi adorabili collaboratori potrebbe portarmi questa meraviglia fino a casa, vero?» chiede, appoggiando la cornice sul tavolo.

«Scordatelo. Neanche per sogno.»

«Dovevo provarci.» Poi, dopo aver mandato un bacio a Madeline, che risponde con un gesto identico, si avvia verso l'uscita con un passo lievemente oscillante.

«Inimitabile», dico a Madeline, che intanto osserva suo padre uscire dal ristorante.

«Non lo ammetterà mai, ma sta invecchiando. E ho paura che tiri troppo la corda.»

«Non sarebbe Sam se non lo facesse.»

Madeline chiede un ultimo drink al cameriere, poi appoggia i gomiti sul tavolo. «Posso farti una domanda? Ti sei sentito costretto a fare il podcast?»

«Mai», rispondo.

Alla fine dell'anno scorso ho pubblicato un podcast che raccontava la vera storia dell'omicidio di mio fratello e della morte di mia madre, avvenuta dieci anni dopo. Con grande gioia di Madeline, il nostro podcast true crime è balzato in cima alle classifiche Apple. Quanto a lei, però, non ha fatto altro che sostenermi durante tutta la lavorazione. E diffondere la storia è stata una mia decisione.

«E quando hai scritto l'articolo originale?»

«Se ben ricordi, ho scritto la storia che volevo raccontare, anche se non era esattamente ciò che tu volevi da me all'epoca.»

«Avevi bisogno di raccontare la verità per tua mamma?»

Annuisco. «Perché me lo chiedi?»

«Non c'è un motivo specifico. Ma le attenzioni di cui sei stato oggetto stasera mi hanno fatto riflettere.»

Non mi sfugge la sua aria evasiva. «Una delle prime cose che mi hai insegnato è che un buon articolo parte sempre e solo dalla verità. Nel mondo dei social è più difficile, ma, senza la verità, niente di ciò che facciamo ha senso.»

Madeline sorseggia un whisky giapponese e porge la carta

di credito al cameriere. «A che ora vediamo il nuovo vicecommissario, domattina?»

«Alle dieci.»

Ho conosciuto Dame Elizabeth Jones mentre lavoravo a una storia di omicidi di migranti a Dover e lei era capo della polizia del Kent. Arrivata da poco alla polizia metropolitana, ha subito promosso una revisione degli standard interni. Ha accettato di incontrare Madeline e me dopo un mio articolo su dei sospetti di corruzione nella polizia di Haddley. Benché l'articolo non abbia fatto nulla per aumentare la mia popolarità presso le forze dell'ordine locali, Dame Elizabeth ci ha promesso un confronto onesto sul tema.

«Pensi ancora che sia dalla parte dei buoni?»

«Mi fido di quello che dice», rispondo. «Magari non le piacerà tutto quello che le chiederemo, ma almeno ci ascolterà.»

«Ci voglio credere. Come procede con Dani?»

Sorrido. «È ancora sposata con il marito poliziotto, se è questo che intendi.»

Io e Dani ci siamo conosciuti durante la nuova indagine sulla morte di mio fratello. Poi, più di recente, abbiamo lavorato insieme per scagionare da certe accuse il suo compianto padre. E in quel periodo ci siamo avvicinati sempre di più.

«È una situazione delicata, al momento», le dico.

«Un'altra cosa che ti ho insegnato», commenta lei con uno scintillio negli occhi, «è che nulla è impossibile, soprattutto se sei innamorato.»

7

Madeline rimase sotto la tettoia all'ingresso del ristorante.

«Ci vediamo sull'argine alle nove e quarantacinque!» gridò all'indirizzo di Ben, che intanto scendeva sul sentiero lungo il fiume per la breve passeggiata verso casa, a Haddley. «E non fare tardi!» Lo vide alzare una mano in segno di assenso, ma sapeva già che sarebbe stato puntuale. Era un'altra delle cose che gli aveva insegnato. Accese lo schermo del cellulare. L'autista era in ritardo di quattro minuti. Stava per mandare un messaggio a Dennis per chiedergli se si fosse concesso una birretta al volo, ma alla fine ci ripensò. Erano solo quattro minuti, appunto.

Attraversò il cortile acciottolato e si girò ad ammirare l'imponente edificio. Centinaia di lucine appese all'esterno del magazzino illuminavano quello spazio spettacolare. Guardò verso il piccolo appartamento al primo piano dove abitava il figlio di Will, ma non vide segni di vita. Prima di lasciare il ristorante, aveva sbirciato nella cucina a vista, sperando di scorgere East, ma non era ancora rientrato. Detestava litigarci. Si augurò che fosse semplicemente tornato a casa da Will. Quei due le erano sempre sembrati una coppia così felice da suscitarle quasi un moto di invidia. Madeline sapeva di aver sacrificato gran parte della propria felicità per la carriera, e avrebbe voluto che East apprezzasse quello che aveva. Sospirò. Il freddo era pungente, così si strinse nel cappotto e guardò di nuovo il telefono.

Altre due chiamate perse dallo stesso numero sconosciuto. Al mattino avrebbe chiesto a Carolyn di identificarlo. Mentre rimetteva il cellulare in tasca, vide la sua auto avvicinarsi. Sul lato opposto della strada, intanto, il 419 per Richmond accostava alla fermata. Immaginò Sam attraversare la strada barcollando e salire a bordo, il regalo infilato sotto il braccio. Forse avrebbe dovuto dirgli che glielo avrebbe portato lei a casa. Attese sul bordo del marciapiede mentre la sua Mercedes Classe S nera rallentava per fermarsi tre metri più in là. Fece schioccare la lingua e rimproverò Dennis tra sé e sé. Raggiunse la vettura e allungò la mano verso la maniglia incorporata della portiera, che però era bloccata. Bussò al finestrino. Dopo un istante, la maniglia cedette. Scivolò rapidamente sul sedile posteriore e la richiuse.

«Cosa ti prende stasera, Dennis?»

Il pugno la centrò sul ponte del naso, facendole piegare la testa all'indietro mentre il sangue zampillava verso l'alto. Uno sfarfallio di luci frenetiche le vorticò davanti agli occhi. Stordita, si lasciò cadere in avanti, andando a sbattere contro lo schermo su cui guardava le notizie ogni volta che era in macchina.

Chiunque sedesse sul sedile anteriore si contorse per spingerle la testa verso il basso. Da quella posizione, Madeline allungò disperatamente la mano verso la portiera, cercando la maniglia.

«Vai!» urlò una voce. L'auto accelerò bruscamente e la sicura si attivò. Girandosi, Madeline riuscì a intravedere l'uomo che la teneva giù.

Una faccia grottesca da maiale le restituì lo sguardo. Solo gli occhi erano veri.

Non avrebbe avuto altre possibilità di sopravvivenza. Senza il tempo di riflettere, non le restava altro che combattere o morire. Si scagliò verso l'alto, affondando il ginocchio nell'inguine dell'uomo e strappandogli un grido di dolore. Poi cacciò le dita in quegli occhi porcini. L'uomo la afferrò per le braccia ma lei, piegandosi, lo colpì di nuovo con il ginocchio.

Libera di muoversi, allungò una mano verso il viso del conducente.

L'auto sbandò da un lato all'altro della strada, in uno strepitio di clacson, e Madeline si preparò a una collisione. Cercò disperatamente gli occhi del conducente, ma le sue dita colpirono un paio di occhiali, mentre l'auto sbandava verso il lato opposto.

Poi arrivò l'impatto.

Una bottiglia di vetro le si infranse sulla nuca. Per un istante, fluttuò all'indietro come priva di peso, finché non sbatté contro il sedile posteriore.

Mentre i suoi occhi si chiudevano lentamente, l'ultima cosa che vide fu lo sguardo iniettato di sangue del maiale.

DUE

« Non possiamo prevedere la sua prossima mossa. »

« Torna subito a letto! » gli urlò non appena lo vide sbirciare dalle fessure della ringhiera.

Correndo su per le scale, cadde e si sbucciò il ginocchio sul pavimento di legno. Ma non pianse nemmeno quando lo vide sanguinare. Si leccò la mano e, con una smorfia di dolore, la strofinò sopra la ferita. Una volta in camera sua, si legò un calzino sporco intorno alla gamba per arrestare il flusso.

Si rimise a letto e seguì con lo sguardo il vorticare delle nubi nel cielo notturno, finché non sentì un rumore di passi. Era l'uomo. Chiuse le palpebre con forza per fargli credere che stesse dormendo. L'uomo si limitò a infilare la testa nello spiraglio per poi girarsi, richiudere la porta e scendere le scale scricchiolanti.

Aspettò un minuto prima di scostare lentamente il piumone, strisciare sul letto e riaprire la porta. Aveva scoperto abbastanza in fretta che, se lasciava la porta socchiusa e poi rimaneva perfettamente immobile a letto, respirando piano, poteva sentire quasi ogni parola pronunciata nella stanza di sotto. Chiuse gli occhi e attese di udire le voci.

« Dobbiamo farlo adesso, senza aspettare », stava dicendo lei. Era poco più di un sussurro, ma comunque percepibile.

« Non so nemmeno se possiamo », rispose lui. « Non dovremmo parlarne con qualcuno, prima? »

« Sono i nostri ragazzi, adesso. Siamo noi a decidere cos'è meglio per loro. E nessuno dei miei figli si chiamerà Travis. » Parlavano di suo fratello.

« Ma possiamo cambiargli il nome così? Cosa diremo? »

«Ha cinque anni. Gli diremo che è un gioco. Ne sarà entusiasta. E suo fratello è troppo tonto per capire.»

Odiava sentirsi chiamare ottuso. O stupido. O tardo. O tonto.

Tese l'orecchio.

«Non diciamo nulla all'agenzia per le adozioni. Cambiamo nome e basta. Se qualcuno dovesse chiedere, diremo che è un soprannome. Una volta che avrà preso il posto dell'altro, lo cambieremo ufficialmente.»

«Se sei così sicura...»

«Siamo qui per dargli ogni opportunità possibile nella vita. E 'Travis' non è una buona opportunità.» La sentì ridere.

«Probabilmente hai ragione.»

«Te lo assicuro, è la cosa migliore. È un ragazzo brillante. Dobbiamo metterlo sulla strada giusta.»

«Dobbiamo metterli entrambi sulla buona strada.»

«E lo faremo.»

Non le credeva. Osservò la lancetta della sveglia girare per un minuto intero prima di sentirla di nuovo.

«Devi accettare il fatto che possono ambire a cose molto differenti nella vita. E questo significa che avranno bisogno di cose diverse da parte nostra. Certo, li aiuteremo, ma Travis può raggiungere certi traguardi. Sta a noi aiutarlo ad avere successo. Il babbeo di sopra non combinerà mai niente.»

8

Per tornare a casa faccio il giro lungo. L'aria è fresca e il cielo accenna a schiarirsi. Mi lascio alle spalle i negozi chiusi di St. Marnham illuminati dai lampioni, imbocco il sentiero tortuoso che costeggia lo stagno del paese e mi ritrovo su Lower Haddley Road. Da lì, la strada serpeggia attraverso i boschi e poi riemerge nel verde dell'Haddley Common, l'unico posto che io abbia mai considerato casa.

La chiesa cinquecentesca di St. Stephen, con il campanile ancora ingabbiato dalle impalcature a seguito di un recente incendio, si staglia contro il cielo scuro. Fuori dai cancelli della chiesa, un enorme cartello annuncia che la raccolta fondi parrocchiale per realizzare un giardino della memoria su un terreno in disuso vicino al fiume ha raggiunto il 50 per cento del suo obiettivo. Ho conosciuto il nuovo parroco – una donna – la settimana scorsa, e mi è sembrata incredibilmente entusiasta, oltre che giovanissima. Mi riprometto di fare una donazione, onde evitare di ritrovarmela alla porta per chiedere una partecipazione fisica e non soltanto economica.

Entro nel parco deserto e seguo il sentiero che lo attraversa. Abito nel mezzo di una fila di case a schiera che danno sul prato del parco e sui boschi al di là. A sud del parco sorge una serie di ville vittoriane, ciascuna con il proprio terreno e con una vista spettacolare sul fiume. Prendo il telefono e mando un messaggio a Dani. Condivido il video girato da Sam al ristorante, sapendo che la farà ridere. Sono ancora dispiaciuto per il fatto che non abbia potuto unirsi a noi per cena, ma capisco la situazione difficile in cui si trova. Dani ammette di aver sposato suo marito, il sergente investigativo Mat Moore, solo per senso di colpa. Sedici mesi fa, un accoltellamento durante una brutale aggressione a cui era presente anche lei ha cambiato la loro vita per sempre. E, benché conducano esistenze in gran parte separate, lei è determinata ad aiutarlo a ricostruire la sua. E io non posso che ammirarla per questo. Le notti che trascorre con me sembrano momenti rubati. Per quanto desideri stare con lei, so che devo avere pazienza e che non posso fare altro che sperare in un futuro insieme. Dopo un attimo, scrivo un altro messaggio.

Riesci a liberarti questo fine settimana?

Mentre aspetto la risposta di Dani, una figura emerge dal sentierino che scende dalla parte superiore del bosco, catturando la mia attenzione. Utilizzato solo di rado dai residenti come scorciatoia per la stazione di St. Marnham, il sentiero è poco battuto. Vestito tutto di nero, con il bavero sollevato e un berretto da baseball calcato a nascondere il viso, lo sconosciuto si affretta lungo la stradina buia. Passando davanti alla fila di ville vittoriane, avanza rapido da un'abitazione all'altra. Quando si avvicina a quella di Sarah Wright, mia amica e vicina di casa da sette anni, rallenta. Il suo passo rapido diventa poco più di una camminata nervosa prima che si fermi all'inizio del vialetto di Sarah per scrutare la casa.

Mi allontano dal sentiero e cammino lentamente sull'erba. Vedo l'uomo fare altri due passi prima di fermarsi di nuovo. Sul vialetto c'è un cassone per i rifiuti edili pieno per metà di mobili da cucina. L'uomo si accuccia dietro il cassone per poi fiondarsi all'improvviso verso la casa. Per non perderlo di vista, mi avvicino velocemente e quando raggiungo il margine del prato sto già correndo.

Di fronte a me, la casa di Sarah è avvolta nell'oscurità. Dopo la recente rottura con Nathan, si è imbarcata in un progetto di ristrutturazione a lungo rimandato. Vive nelle stanze al piano superiore, dove cucina per sé e per il figlio Max su una piastra elettrica e – così mi ha detto – non vede l'ora che i muratori finiscano i lavori. Tenendomi dietro il cassonetto, osservo la sagoma passare davanti ai gradini di pietra che conducono all'imponente porta d'ingresso nera. L'uomo si ferma davanti al bovindo, tentando per un istante di aprire la finestra a ghigliottina. Penso subito alle recenti effrazioni di cui io e Dani abbiamo parlato all'inizio della settimana. Esco dall'ombra e sto per chiamarlo quando lui sfreccia via, scomparendo lungo il lato dell'edificio.

Lo seguo mentre supera la porta laterale della casa, apre un cancelletto e s'intrufola nel giardino posteriore. Salta sopra l'impalcatura eretta sul retro dell'abitazione e si ferma davanti alla porta del cortile sbarrata. Allungandosi in alto, tira giù le assi di legno fissate in maniera approssimativa.

«Cosa pensi di fare?» grido.

Si gira a guardarmi. Il volto è celato dall'oscurità, ma lo vedo chinarsi per prendere una sbarra dall'impalcatura e brandirla verso di me.

Torno sul prato e mi tasto in cerca del cellulare. «Chiamo la polizia!»

Lui non risponde ma, senza nemmeno darmi il tempo di recuperare il telefono dalla tasca, mi viene addosso. Sollevando la barra di metallo, tenta di colpirmi alla tempia. Mi accovaccio e salto di lato, atterrando sull'erba. Mi lancia contro la sbarra. Riesco a deviarla con la spalla, ma mentre mi rimetto in piedi lui è già diretto verso il retro del giardino.

«Che cazzo fai?» urlo, correndogli dietro. Lui è già a metà del prato sul retro, ma ho quasi recuperato il distacco. Accelero ulteriormente e, facendo appello ai ricordi della scuola, mi lancio in un placcaggio in stile rugby. In caduta, lo afferro per le caviglie ma, mentre provo a trascinarlo giù, lui si libera con un calcio e mi spinge via.

Mi rimetto faticosamente in piedi, ma ho già perso terreno. Non posso fare altro che restare a guardare mentre si arrampica sulla casa sull'albero di Max, da cui si lascia cadere oltre la recinzione del giardino posteriore, sul vialetto di ghiaia che lo costeggia. Nell'aria immobile della notte, sento lo scricchiolio dei suoi passi che si allontanano.

9

Sarah Wright porta un dito alle labbra. Rimaniamo in silenzio sulla soglia della stanza di suo figlio. Rannicchiato nel suo letto, una soffice ape a strisce a vegliare accanto alla testa, Max dorme, beatamente all'oscuro dell'intrusione nel giardino di casa sua. Sul comodino, illuminata dalla luce del pianerottolo, c'è una sua foto con una maglietta da calcio e le braccia avvinghiate al padre.

Sarah segue la direzione del mio sguardo. «James lo ha portato alla sua prima partita del Brentford», sussurra. «E Max è il loro nuovo tifoso numero uno.»

«Sono io il loro tifoso numero uno», replico. «Max dovrà accontentarsi di essere il numero due.»

Sarah sorride e guarda il selfie scattato a bordo campo. «Devo ammettere che James è un padre molto più attento, ora che Nathan non c'è più.»

«Credo che per lui sia più facile, adesso.»

«Certo, il fatto che la studentessa con cui stava lo abbia scaricato potrebbe anche avergli liberato qualche buco nel fine settimana. Forse la crisi di mezza età sta volgendo al termine. Dovrei esserne grata.»

Seguo Sarah lungo il corridoio fino a una camera da letto temporaneamente convertita in soggiorno. Accende le luci. Quando mi vede, sussulta. «Ben! Ti do qualcosa per disinfettarti la faccia.»

«Sto bene, davvero», rispondo, toccando con cautela l'angolo della bocca colpito di striscio dallo stivale dell'intruso. Ho le dita sporche di sangue. «Forse dovrei lavarmi.»

«Puoi usare quello», mi dice, indicando il bagno della camera da letto. La sento accendere il bollitore che ha sistemato in un angolo della stanza. «Vuoi un tè?»

«Grazie.» Mi metto davanti allo specchio del bagno. Apro il rubinetto dell'acqua calda, pulisco la faccia gonfia e mi passo un asciugamano sui capelli. Dopo che l'uomo si è allontanato lungo il sentiero, ho fatto ritorno verso la cucina di Sarah; lei è apparsa un minuto dopo. Poi ha chiamato la polizia, ma solo per sentirsi dire dall'operatore che, dal momento che l'intruso non era più sul posto, sarebbe potuta passare anche un'ora prima che gli agenti intervenissero.

«Ti farà un po' male, domattina», dice quando torno in camera da letto. «Aspetta che ci metto su una pomata.»

«Davvero, non preoccuparti, troverò qualcosa quando torno a casa.» Prendo la tazza di tè che mi porge e mi siedo su uno dei due divanetti. Non appena mi appoggio allo schienale, qualcosa di acuminato mi si conficca nella parte bassa della schiena. Tiro fuori un motoscafo Lego da dietro il cuscino.

«Max lo stava cercando dappertutto», dice ridendo. «L'ha costruito da solo, con un po' d'aiuto da parte di Nathan.»

«Sentirà la sua mancanza», azzardo. Ho perso il conto delle volte in cui li ho visti giocare per ore a calcio, loro due da soli, sul prato.

«Nathan era eccezionale con lui, ma adesso è un bene che Max si senta più vicino a suo padre.»

«E tu?»

«Ho divorziato da un marito che aveva dieci anni più di me e ho iniziato una relazione con un uomo di quasi dieci anni più giovane. Io e Nathan ci conosciamo da meno di un anno.» Sarah prende la sua tazza. «Era divertente stare con lui, ma è poco più di un ragazzo, e ora ha un casino di cose da gestire, cose per le quali non ha alcuna colpa. Le nostre vite sono a due stadi molto diversi. Max è la mia priorità numero uno.»

Racconto a Sarah cos'è successo al ristorante e il suo sguardo si sposta verso il motoscafo. « Nathan è un'anima gentile e premurosa; non ha mai voluto niente di tutto questo. È finito in un tritacarne mediatico, perciò gli ho detto che dovrebbe allontanarsi da Londra. »

Finiamo di bere e torniamo di sotto ad aspettare la polizia. La porta della cucina è ancora aperta sul giardino.

« Posso risistemare le assi, se vuoi. »

« Ho mandato un messaggio a James. Ha detto che sarebbe venuto. »

« Ci metterò due minuti. »

« Sei sicuro? » chiede. « Corro un attimo di sopra per chiudere la porta della camera di Max. »

Rovisto tra gli attrezzi da muratore lasciati sparsi per la cucina, ma prima che riesca a trovare quello che mi serve sento bussare alla porta d'ingresso.

« Vado io! » dico a bassa voce.

Sposto da parte la bici Frog verde di Max e apro la porta.

« Ben », dice l'agente in piedi sulla soglia.

« Dani », rispondo. « Non mi aspettavo proprio te. »

10

Faccio un passo indietro e lascio entrare Dani nell'ingresso poco illuminato.

« Ben », ripete in un soffio, sfiorandomi la guancia, « la tua faccia. Cos'è successo? »

Bacio con dolcezza le sue dita lievi che indugiano sulla mia bocca. « Non è niente. Ti giuro, sto bene. » Le prendo la mano. « Sono felice che tu sia qui. »

Dani si tira indietro. « Sono qui con Karen, l'agente Cooke. Sta perlustrando la fiancata dell'edificio. »

« Quando ci vediamo? »

« Non adesso, Ben. Karen sarà qui da un momento all'altro. »

Un attimo dopo, l'agente Cooke apre la porta d'ingresso e quando Sarah torna di sotto le agenti si presentano. Mentre ci spostiamo in cucina, descrivo quel poco che ho visto dell'intruso.

« È sicuro che avesse l'intenzione di entrare nella proprietà? » chiede l'agente Cooke.

« Al cento per cento », rispondo. « Ha tentato di aprire la finestra e poi, se non lo avessi fermato, sarebbe entrato dalla cucina. »

« In situazioni di questo tipo consigliamo cautela, piuttosto che eroismo », aggiunge Dani. Le sorrido, e lei si volta subito verso Sarah. « Signora Wright, non possiamo escludere che si sia trattato semplicemente di un ladruncolo occasionale. I lavori di ristrutturazione spesso facilitano l'accesso a una proprietà. Vede un cassonetto nel vialetto, la casa al buio, e pensa bene di rischiare. »

« L'ho visto avanzare a passo spedito, ignorando tutte le altre proprietà. Puntava fin da subito a questa casa.» Quando Dani mi fissa, mi rendo conto che probabilmente non la sto aiutando.

«È assolutamente possibile che abbia esaminato le proprietà durante il giorno», risponde. Poi, in assenza di una mia replica, si rivolge nuovamente a Sarah. «Tuttavia, è altrettanto possibile che non fosse un tentativo di furto.»

«Era forse il tizio che fa irruzione nella camera da letto delle donne?» chiede Sarah. C'è una tensione improvvisa nella sua voce.

Dani alza le mani. «Non è quello che sto dicendo.»

«Ma non è entrato in casa di un'altra donna, lo scorso fine settimana?»

«In questo momento, non ci è possibile stabilirlo. Sono a conoscenza delle speculazioni sullo scorso fine settimana, ma non abbiamo ancora conferma del fatto che si trattasse dello stesso autore delle effrazioni precedenti.»

In tutta Haddley, sui social è un rimbalzare di voci su una nuova effrazione da parte di un fantomatico tizio che s'intrufola nelle abitazioni della zona. Come me, sono sicuro che Sarah ha letto lo scambio di commenti in corso sulla nostra app di quartiere. Sono passati più di quattro mesi dall'ultima effrazione realmente verificata, ma tutta la comunità teme ancora che gli episodi possano intensificarsi. I residenti stanno apertamente mettendo in dubbio l'impegno della polizia di Haddley nel cercare di catturare l'autore del reato. Dani e tutti i suoi colleghi sono sottoposti a un'enorme pressione.

«Potrebbe essere stato lui?» chiede Sarah. «Finora non è successo solamente quando era sicuro di trovare le donne da sole?»

«È vero, ma se fosse stato lui, poteva non sapere della presenza di suo figlio in casa.» Dani si interrompe quando, in fondo al corridoio, la porta d'ingresso si spalanca improvvisamente.

11

«James!» esclama Sarah quando l'ex marito entra in cucina.

«Scusa. Ho ancora la mia vecchia chiave. Sono il padre di Max», spiega poi a Dani e all'agente Cooke.

«Passava di qui?» chiede quest'ultima.

«Sarah mi ha mandato un messaggio chiedendomi di venire. E ho fatto prima che potevo.»

«Grazie», dice Sarah, mettendogli per un istante il braccio intorno alla vita.

«Max sta bene?»

«Dorme profondamente.»

«Se posso», dice Dani, «al momento stiamo chiedendo ai residenti della zona di tenere gli occhi aperti finché non avremo preso l'intruso.»

«Ho letto su Twitter che, siccome è stato costretto alla fuga, l'ultima volta, è probabile che torni a colpire», dice James.

«Pura speculazione. Come ho già detto, non abbiamo ancora conferme sull'irruzione di sabato scorso», risponde Dani con calma. «I social possono essere una benedizione e una maledizione. Non possiamo prevedere la sua prossima mossa. Stiamo semplicemente invitando alla cautela.»

James guarda l'ex moglie. «Gli hai parlato dell'altra cosa?»

Sarah scuote la testa. «Sono sicura che non è niente.»

«Non definirei 'niente' un incendio.»

«Signora Wright?» Il tono di Dani adesso è pressante.

Sarah si preme le dita sulla nuca. «La settimana scorsa, dei ragazzi hanno dato fuoco al cassone davanti alla casa. Uno dei muratori era ancora qui e l'ha spento in trenta secondi. Niente di che.»

«Ha visto i ragazzi appiccare il fuoco?»

«No, ma sono sicura che sono stati loro.»

«E il resto...» dice James.

«Non c'è nient'altro», taglia corto Sarah.

«La merda di cane nella cassetta della posta?» insiste lui.

Sarah sospira. «Tre notti fa. Ma non è il crimine più orrendo al mondo. Era anche avvolta in un giornale», dice, cercando di riderci sopra.

«Non molto piacevole, a ogni modo», replica Dani. «Signora Wright, posso chiederle se Nathan Beavin risiede ancora qui?» Dani è stata una dei due agenti a sentire Nathan dopo che questi aveva rivelato l'identità della sua madre biologica.

«No», risponde Sarah.

«Quel tipo attira squilibrati di ogni genere. Può essere stato uno di loro», commenta James. «Stai meglio senza, se vuoi il mio parere.»

«Il signor Beavin suscita parecchie attenzioni online. Essendo ormai la vostra relazione finita, eventuali attacchi indiscriminati contro di lei sarebbero privi di logica. Tuttavia, per quanto strano possa sembrare, la bolla di TikTok può impiegare un po' di tempo per mettersi al passo con la vita reale. Non è impossibile che la gente creda che stiate ancora insieme.»

«Ma a chi potrebbe importare?»

«C'è gente strana, in giro», risponde James. Poi si rivolse a Dani. «Immagino che lascerete un agente di guardia, stanotte.»

«Purtroppo abbiamo risorse limitate, signor Wright. La priorità è mettere in sicurezza il retro della proprietà. Possiamo mandare qualcuno che se ne occupi.»

«Se questo è il meglio che potete offrire, la cucina possiamo sigillarla io e Ben.»

«Se crede.» Dani si volta verso di me. «Signor Harper, mi può mostrare il punto da cui l'intruso è uscito dal giardino?»

Mentre io e Dani superiamo la porta del patio, sento Sarah accettare la proposta di James di farle compagnia per la notte. Una volta in giardino, sussurro a Dani: «Andiamo via questo fine settimana?»

«Preferirei che non mi contraddicessi quando parlo con la vittima di un reato», ribatte.

«La stai mettendo giù dura. Ti ho solo raccontato quello che ho visto.»

«Sono troppo stanca per litigare.»

«Non pensavo stessimo litigando. Che ne dici del Devon? Il mare ti piace.»

«Non sono come te, Ben. Non posso mollare tutto.»

«Devi lavorare?»

«Speriamo di no.»

«Allora ci penso io.»

«Ho delle responsabilità.»

«Parli di Mat?»

«Sì, parlo di mio marito», replica Dani. «E sono esausta. Ho fatto il turno serale per tutta la settimana, e ne ho ancora una identica davanti. Ho bisogno di un po' di pace.»

«Voglio stare con te, Dani. Vieni a casa mia», sussurro.

«Sono ancora in servizio.»

«Quando finisci?»

Lei non risponde e, in silenzio, raggiungiamo l'estremità del giardino. Dani accende la torcia sotto la casa sull'albero di Max.

«L'appuntamento di domani con Dame Elizabeth Jones è confermato?» mi chiede.

«È questo il problema?»

«Devi vederla o no?»

«Te l'ho già detto, è il mio lavoro.»

« E questa è la mia carriera. Non ho fatto altro che riportarti un commento che ho sentito. »

« Un commento fatto dalla poliziotta di grado più alto di tutta Haddley », rispondo bruscamente, lasciando trasparire la mia frustrazione. « Un commento che ci ha portato a sospettare che la Freeman sia in combutta con la famiglia Baxter. »

Dani chiude gli occhi ed espira. « Ti prego, possiamo evitare, adesso? Qualunque cosa io abbia detto sull'ispettore capo Freeman e sulla famiglia Baxter, era una cosa tra me e te. La decisione di condividerla ulteriormente spetta a me e a nessun altro. »

Una famiglia criminale locale, i Baxter, monopolizza lo spaccio di droga nel distretto. Il padre di Dani, l'ispettore capo Jack Cash, ha dedicato la vita al tentativo di smantellarne la rete. Nel riabilitarne il nome dopo la morte, io e Dani abbiamo scoperto che un ministro della chiesa locale, il reverendo Adrian Withers, era stato complice dei loro crimini. Withers è morto, ma nascosta nello schedario della sagrestia c'era una scorta di stupefacenti. E un commento della Freeman ha fatto capire a Dani che anche lei era a conoscenza del nascondiglio. Ancora più preoccupante è il fatto che il coltello utilizzato per pugnalare Mat fosse nascosto nello stesso schedario e che sia scomparso dopo la morte del parroco.

« Capisco cosa intendi, Dani, ma le tue preoccupazioni sono legittime. »

Lei si avvicina alla recinzione in fondo al giardino e abbassa la voce. « Non posso provare nulla. La Freeman è pluridecorata e gode di grande rispetto alla stazione. »

So quanto deve sentirsi combattuta. Tiene tantissimo al prestigio della polizia di Haddley. Io potrei anche essere pronto ad accettare un caso di corruzione al suo interno, ma per lei sarebbe molto più difficile. La polizia di Haddley è stata un punto fermo nella sua vita. E in cuor suo non vuole credere che ci siano mele marce nella sua squadra. Temo però che voglia girarsi dall'altra parte troppo in fretta.

«Qualcuno ha preso il coltello, Dani. Lo sai bene quanto me.»

«Non parlo del coltello, Ben. È una questione di fiducia. Mi sono confidata con te e adesso ti chiedo di lasciar perdere. Riguarda me e te.»

«E se avessi ragione?»

«So che faresti qualsiasi cosa per un articolo...»

«Solo se posso raccontare la verità...»

«Non mi stai ascoltando. Sto parlando di noi. Se fai anche solo un minimo accenno sulla Freeman a Elizabeth Jones, non te lo perdonerò mai.»

Le prendo la mano. «Non lo farò», dico. «Te lo prometto.»

Lei si divincola. «Se mi tradisci, Ben, è finita.»

12

Will Andrews si sedette sul bordo del letto e guardò il telefono. Era l'una di notte. Scrisse un altro messaggio al marito, il terzo da quando East aveva chiuso il ristorante. Tutti senza risposta. Dall'appartamento al piano di sopra aveva visto East seduto a fumare da solo in terrazza, poi andarsene sul sentiero lungo il fiume e scomparire nell'oscurità. E non aveva idea di dove fosse finito.

Prese un maglione dalla sedia accanto al letto e uscì sullo spazioso pianerottolo. Scese le scale, sentendo il freddo dei gradini di marmo penetrargli nei piedi. Passando accanto alla porta d'ingresso in vetro decorato, gettò un'occhiata alla gigantesca stampa di Hockney appesa in fondo al corridoio. In cucina, prese un bicchiere di cristallo francese, lo riempì dal rubinetto dell'acqua fredda e si sedette a bere accanto all'isola in quarzo fatta su misura. Tutto, nella sua casa a St. Marnham, era stato scelto o progettato da East. Sì, l'avevano arredata insieme ma, guardandosi intorno, ogni dettaglio rispondeva al gusto stravagante di East. Will sapeva di essere fortunato ad avere una casa in stile art déco con vista sul laghetto del paese, ma era stato altrettanto felice nel trilocale di Haddley dove viveva quando aveva iniziato a lavorare nella City. Non aveva bisogno di tutti i fronzoli portati dall'agiatezza. Forse era un'esigenza di East.

Il cellulare vibrò. Sentì contrarsi lo stomaco mentre si affrettava ad attivare lo schermo solo per scoprire che il messaggio era di Nathan.

Sei sveglio? chiedeva suo figlio.

Sì. Dove sei?

Appena rientrato.

Dove sei stato?

Ho scambiato qualche messaggio con mamma.

Vedendo che Nathan stava ancora digitando, Will rimase in attesa.

Mi ha consigliato di tornare a Cowbridge.

Will rimase a fissare il telefono.
Una capatina potrebbe anche starci, rispose dopo una pausa.

Non era quello che intendeva.

E cosa intendeva?

Devo allontanarmi da St. Marnham per un po'.

Possiamo parlarne domani?

Ho prenotato un treno per sabato.

Odiava ammetterlo, ma sapeva benissimo che Cowbridge era la vera casa di Nathan. E i Beavin la sua vera famiglia.

Ti ci porto io in macchina.

Sei sicuro?

Certo, mi piacerebbe conoscere i tuoi, fu tutto ciò che riuscì a rispondere.

Venire a sapere di Nathan, per quanto doloroso fosse stato all'inizio, aveva portato una gioia nuova e inaspettata nella sua vita. Gli aveva permesso di vedere la propria esistenza e la propria ricchezza sotto una luce diversa, con la consapevolezza, cioè, di poter offrire a suo figlio nuove opportunità. L'unico rammarico era non averlo scoperto prima.

Sentì la porta d'ingresso aprirsi, poi East la lasciò sbattere dietro di sé. Quando suo marito venne verso la cucina, Will alzò gli occhi ma non disse nulla.

« Non guardarmi così », bofonchiò East, lasciandosi cadere su una poltrona ad angolo. « Pensavo dormissi già, a quest'ora. »

« Ho ancora un vago interesse per dove te ne vai. » Suo marito sembrava esausto. « Un altro giornalista? » chiese, riferendosi al trambusto che aveva sentito provenire dal ristorante quella sera.

« Peggio. Donne ubriache che cercavano le sue foto online. Ormai sarà dappertutto sui social. »

« Intendi Nathan... »

East allungò la testa all'indietro. « Mi sento come in una gigantesca palla di vetro. »

« Come pensi che si senta Nathan? »

East proseguì come se non lo avesse sentito. « Solo che non è una palla di vetro, è una fogna piena di veleno. » Prese a camminare avanti e indietro per la cucina. « Ogni centimetro della nostra vita viene dissezionato e analizzato. *A che distanza cade il frutto dall'albero? È ancora in contatto con sua madre?* E in ogni singolo post ci sono io, lo chef East Mailer. Ho partecipato a un dannato programma del sabato mattina e all'improvviso è come se il criminale fossi io. »

« Devi imparare a passarci sopra. »

« Davvero? Pensi sia facile? Dovresti leggere quello che scrivono di te. » Davanti al silenzio di Will, rosso in viso per la rabbia, East continuò. « *'L'ha violentata?'* Ecco che cosa chiedono. Quando avevi quattordici anni, hai violentato l'assassina di quei ragazzini?»

«Che scrivano pure quello che vogliono di me, non mi importa. La mia unica preoccupazione è Nathan. E, per la cronaca, no, non l'ho violentata. Potrei pentirmi di qualsiasi cosa, ma non mi pentirò mai per Nathan.»

«Ogni frammento della nostra vita è passato al setaccio. Foto scattate di nascosto al ristorante. E peggiora di giorno in giorno.»

«È mio figlio.»

«Ma lo conosci da appena dieci mesi! Prima, non sapevi nemmeno che esistesse! Possibile che ora sia così importante?»

Will rispose per le rime. «È gentile, premuroso e generoso. Com'eri tu, un tempo.» Nelle ultime settimane, il loro rapporto si era fatto sempre più teso. Non sapeva più cosa volesse, East, e nemmeno se intendesse rimanere con lui. «Che fine ha fatto l'uomo divertente e creativo di cui mi sono innamorato? Quand'è che sei diventato così arrabbiato con il mondo? Nathan è mio figlio e gli voglio bene. Ti sei mai fermato un solo istante a considerare com'è adesso la sua vita? Non se l'è cercata lui.»

«E nemmeno io. Non ho scelto i suoi genitori.»

«Che diavolo vorresti dire?»

«Che posso sentirmi in pena per lui, ma non abbastanza da consentirgli di mandarmi a puttane la vita. Ecco perché penso che starebbe meglio fuori dal mio ristorante e dalle nostre vite.»

«Vado a letto», tagliò corto Will. Si fermò ai piedi delle scale. «Faresti bene a ricordartelo: senza i miei soldi, non ci sarebbe nessun ristorante.»

«Se il locale funziona, è solo perché c'è il mio nome.»

«Cosa? Per quella tua comparsata televisiva da quattro soldi?»

East premette l'indice sul petto di Will. « Non lascerò che tuo figlio distrugga tutto ciò che ho costruito. »

Will guardò il marito. « Hai promesso di passare la vita con me. Nella buona e nella cattiva sorte. A meno che tu non mi stia dicendo che è finita... »

13

Dani Cash scese dall'autobus notturno in cima a Haddley Hill. In genere tornava a casa dalla stazione di polizia a piedi, visto che ci volevano solo venti minuti, ma quella sera era sfinita. L'autobus era affollato ed era rimasta in piedi per tutto il viaggio. Mentre guardava il mezzo allontanarsi, si stiracchiò e inspirò l'aria fresca della notte.

Avvicinandosi al moderno complesso di case a schiera che ospitava il suo trilocale, si fermò accanto ai cassonetti variopinti per il vetro e la differenziata. Cartelli colorati invitavano i residenti a gettare correttamente i rifiuti e a rendere più verde il pianeta. Un gruppo di adolescenti stava tentando di nascondersi tra un gigantesco bidone blu, traboccante di scatole di cartone schiacciate, e un contenitore rosso brillante per le bottiglie di plastica. Ancora prima di vederli, Dani aveva già sentito odore di canne. Le venne la nausea e attraversò la strada.

«Quella roba vi fonde il cervello!» gridò. Uno dei ragazzi più grandi, di rimando, le urlò un insulto. «Non avete scuola, domani? Andate a dormire.»

Gli adolescenti risero e, stremata com'era, lei si limitò a proseguire verso casa.

Qualunque cosa stessero fumando, arrivava di certo dai Baxter. Uno di loro era sospettato dell'accoltellamento di Mat. Possibile che il capo di Dani avesse collaborato con la famiglia criminale della zona per far sparire il coltello utilizzato nell'aggressione? L'incauto commento della Freeman le aveva fatto capire che sapeva degli stupefacenti nascosti nello schedario del parroco, ma questo significava che era anche al corrente del coltello? Forse Dani si era spinta troppo in là con le supposizioni, ma quel commento la turbava ancora. Non le piaceva dubitare del suo capo, una donna capace di gestire la stazione con tanta autorità. A più di tre mesi dall'episodio, però, non era ancora riuscita a sbarazzarsi dei suoi sospetti.

Aveva deciso di confidarsi con Ben, ma ora temeva che lui cedesse alla tentazione di far luce su una storia così sensazionale. Nessuno più di lei voleva sradicare la corruzione nella polizia, ma dall'esperienza di suo padre aveva imparato che bisognava giocare d'attesa. Ben aveva un grande appetito per la verità, a volte, e il suo approccio era spesso avventato. Con il suo matrimonio praticamente ai titoli di coda, Dani sperava in un futuro con Ben. Ma poteva fidarsi di lui?

Davanti all'ingresso, si fermò a cercare le chiavi nella borsa. Mat doveva essere ancora sveglio, visto che la luce del soggiorno era accesa. Infilando la chiave nella serratura, pensò alle vite separate che lei e Mat stavano conducendo: lui al piano di sotto, lei al piano di sopra. Se non altro, avevano raggiunto una convivenza civile. All'indomani dell'aggressione, lei lo aveva sposato solo per senso di colpa. Voleva ancora vederlo felice, ma sperava fosse ormai chiaro a entrambi che il loro matrimonio non aveva prospettive.

«Ciao», disse, cercando di sembrare allegra. Sporse la testa in soggiorno.

«Fatto tardi?» chiese Mat.

«Un'altra potenziale intrusione. Stavolta all'Haddley Common.» Dani gli raccontò gli eventi della serata.

«Pensi sia lui?»

«A casa di Shannon Lancaster è stato sicuramente lui. È uno che aspetta l'occasione giusta. Sabato sera, era a casa da sola; e lui, in qualche modo, lo sapeva. È riuscito a intrufolarsi nella sua camera da letto, e per la prima volta aveva anche pianificato di attaccare.»

« Le manette? »

Dani annuì. « Non voglio pensare al tipo di reato su cui staremmo indagando adesso, se lei non avesse reagito. »

« Ha avuto coraggio. »

« Da vendere. »

« E stasera? »

« Forse era lui », rispose, raccogliendo i jeans che il marito aveva lasciato sul pavimento e mettendoli sullo schienale della sedia a rotelle. « La descrizione corrisponde. La vittima si è da poco separata dal compagno e vive sola con un figlio piccolo. »

« Tornerà a colpire? »

« Tutto lascia credere che i casi si intensificheranno, ma che cazzo ne sappiamo? »

« Dici che gli piace il controllo? Il potere che gli deriva dall'osservare le donne mentre dormono per poi farsi trovare accanto al letto quando si svegliano? »

Dani annuì. « Finora si è limitato a spaventare le vittime. Da qui in avanti, le cose possono solo peggiorare. » Si chinò a baciare Mat sulla fronte. « Sono esausta, vado a letto. Domani farò tardi di nuovo, ma possiamo vederci alla stazione dopo pranzo. » Si fermò sulla porta del soggiorno. « Oh, e forse dovrò lavorare nel fine settimana. »

« Non ti fermi mai? »

« Con il tuo trasferimento, saremo uno in meno. » Alla fine della settimana seguente, Mat avrebbe lasciato l'unità investigativa per passare alla direzione degli standard professionali della polizia metropolitana. Non poteva più lavorare nella piccola unità di Haddley, ma la DSP, che indagava sui suoi colleghi, non era certo la sua prima scelta. Dani non poteva fare a meno di chiedersi quante pressioni avesse subito dai superiori prima di accettare quel ruolo.

« Ma vedi di ritagliarti un po' di tempo per te », le disse.

Dani si sentì arrossire.

Mat si allungò verso l'interruttore della luce accanto al letto. «Per favore, non umiliarmi», aggiunse, prima di lasciare che l'oscurità inghiottisse la stanza.

14

Uno scossone dell'auto fece rinvenire Madeline. Avvertì il terreno accidentato sotto gli pneumatici e capì che stavano percorrendo uno sterrato. Dov'erano?

L'auto sobbalzò di nuovo e lei rimase senza fiato quando la testa picchiò contro il vetro sbriciolato sul sedile. Toccandosi la nuca, sentì il sangue tra i capelli arruffati. Aprì gli occhi e si accorse che non c'erano più lampioni. Ovunque si trovassero, l'unica fonte di luce era la luna.

Sollevando lentamente la testa, vide Grugno di Porco sporgersi tra i due sedili anteriori. Con la mano appoggiata sulla spalla del conducente, metteva in mostra due braccia possenti e muscolose; la schiena era larga e squadrata. Cos'aveva da opporre, lei? Per un attimo sentì il profumo di limone che Dennis usava per lucidare le superfici in legno. *Dennis!* Dove si era cacciato? Si sarebbe accorto che era scomparsa. E avrebbe chiesto aiuto. Ma... e se gli avessero fatto del male?

«Dov'è Dennis?» urlò all'improvviso, costringendosi in qualche modo ad alzarsi.

«Zitta!» gridò il conducente. «O farai la stessa fine!»

Non poté fare a meno di ripensare ai modi gentili di Dennis e a come non mancasse mai di vegliare su di lei. «Ditemi cosa volete!» I due uomini la ignorarono. «Ditemi cosa volete», ripeté. «Posso farvi avere dei soldi. Lasciatemi qui e vi farò avere un sacco di soldi. Stasera stessa!»

«È laggiù, sulla destra», disse il conducente a Grugno di Porco.

«Ho detto che posso farvi avere dei soldi!» strillò Madeline.

«E io ho detto che devi chiudere quella cazzo di bocca!»

«Sapete chi sono?» chiese lei, sentendo il panico nella propria voce.

Non risposero.

«Ecco la chiave», disse il conducente, allungando la mano verso Grugno di Porco, che prese la chiave e la infilò nella tasca della giacca.

Madeline colse l'attimo. Scattando in avanti, si lanciò sul sedile del passeggero anteriore, davanti a Grugno di Porco. Scalciando all'indietro contro il suo petto, si aggrappò alla portiera mentre Grugno cercava di trattenerla. Il conducente l'afferrò per un braccio, ma lei si contorse e si aggrappò alla maniglia.

L'aria fredda le sferzò il viso. Si gettò fuori dalla portiera aperta solo per sentire una mano gigantesca agguantarle i capelli e strattonarla all'indietro. Con la portiera ancora spalancata, l'auto sbandò di lato fino a che gli pneumatici non si fermarono nel fango bagnato. La mano la trascinò all'indietro attraverso lo spazio tra i due sedili anteriori. Il dolore fu insostenibile mentre Grugno di Porco la tirava per i capelli e la sbatteva sul sedile posteriore, con la mano destra stretta intorno alla sua gola. Così inchiodata, non riusciva a respirare. Chiuse gli occhi. Stavano per ammazzarla.

Lui la fece girare, affondandole il viso nella morbida pelle del sedile. Dopo averle premuto il ginocchio sulla schiena, schiacciandole la spina dorsale con tutto il suo peso, le afferrò le mani e le tenne insieme.

E poi lei sentì il nastro adesivo strappato dal rotolo.

Grugno di Porco le avvolse il nastro intorno alle mani, legandole insieme dietro la schiena. Quindi la fece girare di nuovo e glielo schiaffò sulla bocca. Poi staccò altro nastro dal rotolo. Lei prese a scuotere la testa freneticamente, spingendosi all'indietro sul sedile. Lui le afferrò i capelli e le si inginocchiò sul petto. Madeline non poté fare altro che restare immobile mentre lui le applicava il nastro sugli occhi.

Nell'oscurità, Madeline cercò di controllare il respiro. Pensò a suo padre, a tutto ciò che aveva condiviso con lui, a quanto lo amava. Era lui quello da cui correva da bambina, quello che arrivava sempre a salvarla. Non questa volta, però.

Sdraiata sul sedile posteriore, i sensi attenuati, sentì comunque aprirsi una delle portiere posteriori. L'aria gelida della notte si riversò più diffusamente nell'abitacolo. Grugno di Porco si sollevò e uscì. Il conducente aprì la sua portiera e lo seguì. I due si allontanarono parlottando.

Poteva essere la sua ultima occasione? Si spostò in avanti. Appoggiando la testa contro il sedile anteriore, ritrovò l'orientamento. Rimase in attesa per un istante. Stavano guardando nella sua direzione? Si mosse di nuovo, con cautela, verso la portiera aperta.

I due uomini parlavano in lontananza. La tenevano sott'occhio? Rotolando fuori dalla fiancata dell'auto, Madeline cadde sull'erba fredda e bagnata. Con le mani fasciate dal nastro adesivo, non poté fare altro che trascinarsi verso il retro della vettura. Da lì, strisciò sotto il bagagliaio, spingendosi in avanti con le gambe. Quando raggiunse il lato opposto, si appoggiò alla portiera posteriore chiusa e cercò di riprendere fiato. Poi si costrinse ad alzarsi e cominciò a correre.

Corri! Corri! Corri, se vuoi salvarti, si ripeteva.

Continuò a correre alla cieca sull'erba umida, finché il più terrificante dei suoni non le aggredì le orecchie. I due uomini ululavano dalle risate, come in preda a una gioia sfrenata, davanti a quella sua corsa disperata per la libertà.

Un colpo la centrò alle reni; un altro alla schiena, troncandole il fiato. Quando lui le afferrò i capelli, l'urlo le rimase strozzato in gola. La trascinò facendola camminare all'indietro. Poi la sbatté contro la fiancata di un furgone. Sentì girare la chiave e il cigolio di una portiera che si apriva. Lui la spinse in avanti e, sollevandola di peso, la gettò all'interno, sul pianale. Poi entrò a sua volta.

Madeline indietreggiò strisciando sul gelido pianale di metallo per rintanarsi nell'angolo più lontano dello spazio di carico. Irrigidita, sentì l'uomo strisciare verso di lei e accovacciarsi così vicino da poterne percepire il respiro accelerato sul collo. Poi sollevò la testa verso di lui. Qualunque cosa le avesse fatto, avrebbe dovuto farla guardandola in faccia. Tirò indietro le spalle e, anche se aveva gli occhi bendati, fissò il suo rapitore con aria di sfida.

Dopo di che, aspettò in silenzio per pochi istanti che le parvero un'eternità. La stava guardando? L'abitacolo del furgone doveva essere completamente al buio. Le aveva puntato contro la torcia del cellulare per esaminarle il viso, il corpo?

Avvertì un tocco sulla guancia, come di gomma sulla pelle. Era Grugno di Porco. Non si era sfilato quella stupida maschera nemmeno adesso che erano soli e al buio, e benché lei non potesse vederlo. Le stava strofinando il viso contro il suo, come un animale intento a premere sulla compagna. Deglutì a fatica ma tenne la testa alta.

Poi, senza preavviso, le afferrò le gambe e la trascinò in avanti. Nell'abitacolo riecheggiò il suono del nastro adesivo che si srotolava rapidamente. Le legò prima i piedi, poi le cosce. Se correre era stato inutile, adesso era impossibile. Grugno di Porco saltò giù, chiudendosi la portiera alle spalle.

Pochi secondi dopo, il motore si accese e il furgone si mosse lentamente. Legata e imbavagliata, niente più che un animale diretto al macello, Madeline si sentì sballottata da una parte all'altra, urtando ripetutamente la spalla contro il pianale. Il furgone scivolò sull'erba bagnata prima di imboccare un sentiero di ghiaia più solido. Alla prima salita ripida, Madeline scivolò verso le porte posteriori. Sentì le ruote girare sotto di sé, slittando sul pietrisco poco compatto. Il conducente pigiò sull'acceleratore, mandando il motore su di giri. Da dietro il tramezzo di legno, lei lo sentì grattare con il cambio e poi urlare. Pregò che il furgone si fermasse, che non riuscisse a risalire la china scoscesa, ma quando lui premette di nuovo sull'acceleratore, il veicolo scattò in avanti con uno scossone. Mentre il furgone scollinava, Madeline si sentì sbalzata in aria e, quando cadde sulla schiena, avvertì un dolore acuto alla spina dorsale.

Il terreno si appiattì e lei cominciò a immaginare che stessero procedendo lungo la strada di Haddley che seguiva il fiume. Tastando con le braccia, si incastrò tra la ruota laterale e il retro della cabina di guida. Le facevano male le gambe, ma almeno così poteva evitare che ogni curva la facesse ruzzolare contro la sponda opposta del furgone.

Quando il veicolo rallentò – per via dei semafori, secondo lei –, si ritrovò improvvisamente a colpire con il ginocchio la fiancata dell'abitacolo. L'accelerazione repentina le fece ipotizzare che l'avessero sentita. A quel punto, iniziò a prendere a calci il tramezzo di legno, più e più volte, prima di picchiarci anche i pugni. Non sapeva cosa sperare, ma sapeva che avrebbe lottato fino a che avesse avuto fiato in corpo.

Il conducente frenò di colpo. Scagliata in avanti, Madeline non poté trattenere un sorriso interiore. Li stava infastidendo. Poi, sentendo la portiera del passeggero spalancarsi, si immobilizzò.

«Mi occuperò io della macchina», disse una voce all'esterno. Era il conducente dell'auto. Madeline dedusse che a guidare il furgone fosse stato Grugno di Porco. «Ho cambiato le targhe e verniciato le fiancate. Adesso sei solo.»

E lo era anche lei, pensò Madeline.

TRE

« È stata la sua ricerca senza tregua dell'assassino a portare a una condanna. »

In camera sua, l'unico suono era quello del suo respiro lento, ma dal piano di sotto ne arrivavano altri. Sapeva cosa stavano facendo. Lo aveva già sentito centinaia di volte, il verso di quell'uomo; erano in tanti a farlo con sua madre.

Ripensò con disgusto a quando gli uomini si presentavano nel loro appartamento. C'era solo una camera da letto. E lui aveva dovuto sedersi ogni volta in cucina a dondolare Travis nel passeggino, in attesa che gli uomini se ne andassero. Uno degli uomini lo aveva costretto a guardare dalla soglia. Aveva avvertito l'impulso di prendere un coltello dal cassetto e piantarglielo nella schiena pelosa. Invece, era rimasto pietrificato sull'uscio finché non aveva sentito il calore scorrergli lungo le gambe e inzuppargli il pigiama. Era il pigiama che gli aveva comprato il nonno. C'erano disegnati sopra palloni da calcio.

Prima di Travis, quando c'erano solo lui e sua madre, era stato felice. E lo era stata anche lei. Giocavano insieme e lui sapeva come farla ridere. Vederla ridere lo aveva fatto sentire speciale. Avrebbe voluto farla ridere tutto il tempo. Ma lei aveva smesso di colpo non appena era arrivato Travis. Lui ci aveva provato in ogni modo, a farla ridere, ma l'incantesimo era rotto. Le canzoni, i balletti, e persino le volte in cui premeva la faccia contro la finestra e schiacciava il naso sembravano solo rattristarla ancora di più. Il suo quinto compleanno era arrivato subito dopo la nascita di Travis. E sua madre era così svuotata da dimenticarsene. Lui aveva espresso comunque un desiderio, solo che non si era mai avverato.

Presto, aveva dovuto imparare a prendersi cura di Travis, per-

ché il numero di uomini che frequentavano l'appartamento continuava a crescere. Preparare il latte in polvere era facile, ma una volta che Travis aveva iniziato a bere il latte vero, sembrava rimanessero senza quasi ogni giorno. Al piano terra del condominio in cui abitavano c'era un minimarket. Benché intimorito dai cinque piani di scale, ogni giorno scendeva come un razzo per andare a comprare tutto ciò che sua madre poteva permettersi. Ogni volta che entrava nel negozio, il signor Puri, il proprietario, gli diceva che avrebbe messo su dei bei muscoli a furia di trasportare quei due bottiglioni per cinque piani. Poi si faceva una risata. Lui, invece, non aveva proprio voglia di ridere.

Travis si scolava tutto il latte fino all'ultima goccia. Dopo, sapeva di doverlo prendere in braccio per fargli fare il ruttino e, qualche volta, anche una sonora scoreggia: e questo, sì, lo faceva ridere. Una volta che Travis si addormentava, lui si sedeva al tavolo della cucina a guardare la piccola tv posizionata sopra il microonde. Una sera particolarmente calda, si era ritrovato con solo mezza bottiglia di latte. Aveva spinto Travis in giro per la cucina, sperando che si addormentasse, ma continuava a piangere. Dalla camera da letto, un uomo gli aveva urlato di «far stare zitto quel cazzo di bambino». Aveva provato a spegnere le luci sperando che lo aiutasse a prendere sonno, ma era stato inutile. E spingerlo in giro al buio gli era sembrato stupido. A quel punto, guardando l'orologio del microonde, si era accorto che erano le undici: l'orario di chiusura del negozio del signor Puri. Inforcati gli occhiali in fretta e furia, aveva recuperato qualche spicciolo dal barattolo nascosto in fondo alla credenza ed era uscito di casa. Passando dal soggiorno, aveva visto un altro uomo seduto sul divano e si era chiesto se fosse lì solo per guardare.

Arrivato al negozio del signor Puri, aveva trovato la porta chiusa a chiave. Ma il signor Puri era ancora all'interno, dietro il bancone, perciò aveva bussato con forza.

«Due bottiglioni per farti venire i muscoli grossi così?» gli

aveva chiesto il signor Puri aprendo la porta. «Entra e prendi quello che ti serve.»

«Pensavo avessimo chiuso, no?» Dal retro del negozio era comparsa la moglie del signor Puri.

«Sto solo aiutando un amico in difficoltà», aveva risposto il signor Puri, facendogli l'occhiolino.

Mentre prendeva il latte, aveva sentito il verso di disapprovazione della moglie. «Ah, è il bambino un po' tardo», aveva detto. «Tutta colpa di sua madre. Da quello che mi ha detto Sita, si drogava mentre era incinta. Sarei stupita se l'altro ragazzino non venisse su allo stesso modo.»

Il signor Puri aveva voltato le spalle alla moglie per raccogliere le poche monete che lui aveva lasciato sul bancone. «Muscoli grossi così», gli aveva detto ridendo, prima di aprire la porta.

Era tornato di corsa di sopra e aveva riempito il biberon. Con Travis addormentato sulle ginocchia, aveva deciso che non gli importava di quello che la gente diceva sul conto di sua madre. Lui le voleva bene uguale.

Venerdì

15

Il sergente investigativo Lesley Barnsdale aprì gli occhi e fissò la piccola crepa che correva lungo il soffitto bianco. A parte quello, la stanza era impeccabile, e la linea bianca che separava il soffitto dalle pareti grigio chiaro era perfettamente dritta. Sollevò la testa dal cuscino spesso e immaginò gli abiti appesi ordinatamente dietro l'anta a specchio dell'armadio. Mentre faceva scorrere le dita sul soffice piumone di cotone, si ricordò che sotto era nuda. Quando sentì scorrere l'acqua nel bagno, si strinse il piumone addosso.

La sera prima, alcuni colleghi della polizia di Haddley le avevano proposto di bere qualcosa dopo il lavoro. Era una cosa che cercava sempre di evitare, ma in qualche modo erano venuti a sapere che il fine settimana successivo sarebbe stato il suo quarantesimo compleanno. Impossibile sfuggire. Al Green Man in cima a Haddley Hill, al suo gin tonic aveva fatto seguire un liquore al tarassaco. Dopo di che si era congedata, e a quel punto tre agenti avevano deciso di accompagnarla a piedi fino a Haddley Bridge. Davanti al Watchman, un bar che si affacciava sul Tamigi, i tre avevano insistito per un altro drink di compleanno. Dopo averla convinta a entrare, le avevano ordinato una roba chiamata Pornstar Martini e poi un Drunken Bee, nel quale riconobbe sia la tequila sia il whisky. Quando si era alzata per andare in bagno, più tardi, quasi non aveva sentito le gambe. Tornando al tavolo, aveva scoperto che alla comitiva si erano aggregati due uomini.

Seduto accanto a lei c'era Phil Doorley, un imprenditore locale di successo, comproprietario di PDQ Deliveries. Lo aveva già visto in due occasioni. Una volta, dopo un'effrazione nel magazzino della PDQ e la seconda volta quando le aveva recapitato dei pacchi a casa, sul lato nord dell'Haddley Bridge. Sorseggiando un terzo cocktail, aveva riso mentre lui raccontava di consegne in cui aveva sorpreso i clienti in situazioni compromettenti, e ascoltato con attenzione mentre le spiegava quanto fosse difficile reperire autisti affidabili. Quando le aveva proposto di fare un salto al ristorante italiano lì accanto per una pizza, il suo primo istinto era stato quello di trovare una scusa e correre a casa. Ma quando lui aveva intrecciato le dita alle sue, si era lasciata sfuggire – con sua enorme sorpresa – quanto le piaceva la pizza alla diavola.

Con un bicchiere di vino bianco, avevano condiviso del pane all'aglio prima di affettare due pizze e mangiarsele con le mani. Mentre bevevano un caffè, aveva ascoltato con piacere Phil raccontarle della sua vita precedente come insegnante di geografia, finché dieci anni prima non aveva gettato tutto all'aria per mettersi in proprio. Due anni dopo, un compagno di scuola, Dominic Taylor, era entrato in società con lui. Quando le aveva detto che non se n'era pentito nemmeno per un secondo, Phil le aveva rivolto un sorriso così sincero che Lesley non aveva potuto reprimere un po' d'invidia per quel suo spirito spensierato.

Una volta fuori dal ristorante, l'aveva accompagnata fino all'Haddley Bridge e lì, sotto i lampioni vittoriani, si era avvicinato per baciarla. Lei aveva girato istintivamente il viso e lui aveva fatto un passo indietro.

«Scusa», le aveva detto, «credevo che...»

«No, non scusarti», aveva risposto lei arrossendo, gli occhi puntati sulle luci festose di una barca che passava sotto il ponte. Aveva guardato la barca navigare lungo il fiume e aveva pensato ai programmi che aveva per domenica, il giorno del suo compleanno: una telefonata di sua madre da Durham, magari una passeggiata sul Wimbledon Common seguita da un pollo arrosto per cena da M&S. Poi, piano piano, si era girata verso Phil e, sfiorandogli il viso con delicatezza, lo aveva baciato a occhi chiusi.

La porta del bagno si aprì, strappandola ai suoi pensieri, e Phil fece capolino. Lei si scostò i capelli mesciati dal viso arrossato dal sole. « L'acqua è calda, se vuoi farmi compagnia. »

16

«Signor Doorley», disse Lesley, avvolta in un asciugamano. «Vorrei proprio sapere com'è diventato insegnante e responsabile del benessere morale degli adolescenti di Haddley!»

Disteso nudo accanto a lei, Phil rise. «Non sono sicuro di essere stato il custode ideale del codice etico della scuola, ma ho fatto del mio meglio. Sono cresciuto a Haddley e mi ero convinto di voler restituire qualcosa alla comunità.»

«Hai insegnato solo a Haddley?» gli chiese lei girandosi su un fianco, la testa appoggiata sulla mano.

«Ho insegnato un anno a Huddersfield subito dopo l'abilitazione. E volevo a tutti i costi tornare a Haddley.»

«E come mai proprio geografia?»

«Era l'unica materia in cui me la cavavo. Il che spiega probabilmente perché ho aperto una società di consegne», disse con un sorriso. «A dirla tutta, insegnavo geografia e educazione fisica, ma quando firmi il contratto nessuno ti dice cosa significa arbitrare le partite della squadra di riserva in un gelido sabato mattina di metà gennaio.»

«E la signora Doorley?»

«Si vede proprio che sei della polizia.»

Lesley sorrise. «Ne hai parlato ieri sera.»

«E cosa ho detto?»

«Che il mese più bello della tua vita è stato quello in cui hai avviato la tua attività e hai lasciato tua moglie.»

«Sono stato un po' duro. Ho passato tre, forse quattro anni alla Haddley Grammar School, ma mentirei se dicessi che mi è piaciuto. Ho scelto l'insegnamento per le ragioni sbagliate.

Ero lì solo perché non sapevo cos'altro fare. Per Jane l'insegnamento era una passione e lo è ancora. Siamo entrati alla Haddley Grammar School nello stesso periodo; ci siamo conosciuti a un aperitivo per i nuovi arrivati. Ci siamo sposati l'estate successiva. Due anni dopo, avevamo capito entrambi che era stato un errore. Sono passati quattordici anni, ormai.»

«Niente figli?»

Phil scosse la testa.

Lesley gli passò le dita tra i capelli. «E non ti sei più sposato?»

«Mai!» rispose Phil, rotolandosi sopra di lei e sfilandole l'asciugamano.

Lei si sporse per guardare l'ora sullo smartphone.

«Sono già in ritardo di un'ora al lavoro», disse, ma il contatto con il corpo di Phil le fece capire che non le importava.

L'odore del caffè fresco la raggiunse al piano di sopra mentre si legava i capelli. Quando entrò nella cucina moderna e scintillante di Phil, lui le porse un cappuccino e lei lo baciò di nuovo.

«La tua casa è immacolata», gli disse, appoggiandosi a un piano di lavoro bianchissimo.

«Vivo da solo, nessun altro la mette in disordine.»

«Vorrei che venissi a pulire la mia, di casa.»

«Non posso prendermi tutto il merito. Ho una signora che viene due volte a settimana per un paio d'ore. Posso darti il suo numero, se vuoi.»

«Lo stipendio di un sergente investigativo non basta a pagare una donna delle pulizie. Immagino che il business delle consegne sia leggermente più redditizio», disse Lesley, e a giudicare dall'abitazione di Phil non poteva che essere così.

«Può darsi. Le cose sono andate alla grande durante la pandemia, ma ora è un po' più complicato. Era meglio quando il Covid teneva tutti in casa con nient'altro da fare se non acquisti online», rispose lui.

«Anche la mia vita era un po' più semplice», osservò lei sorridendo. «Vedo ancora i tuoi furgoni in giro quasi tutti i giorni.»

«Tiriamo avanti. Trovare gli autisti è di gran lunga il grattacapo più grosso. Questo fine settimana mi toccherà lavorare alle consegne.»

«Veramente?»

«Mi piace, mi ricorda quando ho iniziato. Più ti impegni, più risultati ottieni. Alla fine, il duro lavoro ripaga sempre.»

Pensando al suo, di lavoro, non era convinta che avesse ragione. Ma decise di non obiettare e si diresse verso l'ingresso in cerca del giaccone.

«So cosa stai cercando, l'ho appeso all'attaccapanni sotto le scale.»

Tirandolo giù dal gancio, Lesley sorrise al ricordo di come la sera prima l'avesse mollato sul pavimento.

«Posso darti uno strappo fino alla stazione», le disse, «se è lì che devi andare...»

«Non sarebbe una cattiva idea farmi viva.»

«Dammi due minuti.» Phil corse in soggiorno, dove la sera prima si era tolto le Timberland. «Non ci credo, cazzo!»

«Che c'è?» chiese Lesley dall'ingresso.

«Qualche bastardo mi ha rubato il furgone.»

17

Il sole si riflette sul nuovo e suggestivo quadrante dell'orologio del Big Ben mentre percorro il Victoria Embankment alla volta di Scotland Yard. Alle dieci, io e Madeline abbiamo appuntamento con Dame Elizabeth Jones, il nuovo vicecommissario. Un ritardo alla Waterloo Station significa che non farò in tempo ad arrivare per l'orario concordato, perciò mi affretto verso gli imponenti uffici della polizia metropolitana sul lungofiume.

Mentre aspetto sotto la famosa insegna rotante di Scotland Yard, osservo due agenti armati fino ai denti parlare con disinvoltura; altri due stanno di guardia accanto ai cancelli fortificati per il transito dei veicoli. Con mia grande sorpresa, però, non c'è traccia di Madeline. Prendo il telefono, aspettandomi di vedere un messaggio di spiegazioni, ma non c'è niente. Quando sono io a mandarle un messaggio, chiedendole se è nelle vicinanze, non ricevo risposta. Scorro i titoli delle notizie sul display. Il nostro sito riporta le ultime dimissioni nel governo, ma apro un pezzo sulla polizia di Haddley che ho scritto all'inizio dell'anno.

L'articolo lascia trasparire un'accusa implicita di corruzione. Pur senza chiamare in causa la famiglia Baxter, racconto la storia di un giro di droga attivo a Haddley da più di vent'anni e della persistente incapacità della polizia locale a smantellarlo. Una longevità criminale di questo tipo può trovare spiegazione solo nel sostegno da parte della polizia locale. Quando ho redatto l'articolo, ero all'oscuro dei sospetti di Dani sul fatto che la criminalità potesse aver trovato una sponda nelle sfere più alte delle forze dell'ordine locali. I suoi dubbi sull'irreprensibilità dell'ispettore capo Bridget Freeman non hanno fatto altro che accrescere la mia determinazione a scoprire la verità. È per questo che il nuovo vicecommissario ha accettato di riceverci.

Esco dal sito per tornare ai messaggi. Ne mando un altro al volo, anche se Madeline non ha ancora letto l'ultimo che le ho inviato. Poi scorro i contatti in cerca del suo autista, Dennis, e scrivo anche a lui per chiedergli quanto sono distanti. Alle mie spalle, il Big Ben suona le dieci. Controllo di nuovo il telefono, ma né Madeline né Dennis hanno risposto. Così, salgo lentamente i gradini e mi dirigo verso l'interno. Supero i controlli di sicurezza in stile aeroporto per poi fornire il mio nominativo e spiegare che ho un appuntamento con il vicecommissario Jones. Di lì a poco, vengo scortato in una saletta al terzo piano. Qualche istante dopo, il vicecommissario mi accoglie con una calorosa stretta di mano e ci sediamo su un divano rosso acceso con lo schienale alto.

«Tutto molto moderno», osservo. «Altra storia rispetto al vecchio ufficio di Dover pieno di topi.»

Lei sorride. «Dove bisognava tenere il piede sulla porta mentre facevi pipì. Anche i bagni, qui, sono contrassegnati dallo stemma della polizia metropolitana.»

«Madeline voleva assolutamente conoscerla, ma ha avuto un contrattempo.»

«Ho letto che abbiamo perso un altro ministro, stamani. Meno male che non è quello degli Interni. Non potrei reggere il rodaggio di un nuovo ministro; non così presto, almeno. Sono sicura che Madeline sarà molto occupata dalle parti di Westminster. Ci incontreremo presto.»

La conversazione si sposta sul caso del padre di Dani, l'ispettore capo Jack Cash. La metto a parte della mia convinzione che la ragione del suo prematuro addio alla polizia di

Haddley sia stata proprio la caccia incessante alla famiglia Baxter.

«Jack è andato in pensione dopo quarant'anni di servizio esemplare. La decisione è stata sua e di nessun altro», commenta, senza abboccare. «Ma ho sentito parlare bene di sua figlia. Devo ancora conoscerla di persona, però mi risulta che lei ci abbia già lavorato in un paio di occasioni...»

Annuisco con un improvviso moto d'orgoglio. «Penso che abbia le caratteristiche per diventare un ottimo ufficiale.»

«Sa che non ho alcun problema a collaborare con la stampa quando è opportuno, purché non si oltrepassino certi limiti. Ho letto il suo resoconto sulla morte di sua madre. Dovrei farle i complimenti per l'eccellente lavoro investigativo. Penso che potremmo persino trovarle un posto qui, anche perché, a quanto pare, se la cava bene nei panni di un agente di polizia.»

«Solo in determinate circostanze», replico arrossendo.

«Ma faccia attenzione. Non tutti i miei colleghi sono permissivi quanto me.» Alza un dito ammonitore, ma la sua espressione è gentile.

La sua assistente serve a entrambi una tazza di caffè fumante. La conversazione si sposta quindi sulla cultura maschilista della polizia metropolitana e sugli atteggiamenti obsoleti che lei è determinata a debellare.

«Ho già fatto presente che apporterò delle modifiche, ma sono dell'idea che il suo recente articolo sia un po' forzato», dice.

«In che senso?» chiedo.

«L'allusione al rapporto tra i Baxter e la polizia di Haddley è palese.»

«Ho solo osservato che i Baxter sono usciti indenni da un bel po' di situazioni per un periodo di tempo decisamente lungo.» Faccio una pausa. «Se solo avessimo il coltello usato per aggredire il sergente Mat Moore...»

Alza una mano per fermarmi. «Ben, può farmi tutte le domande che vuole, ma non può dare anche le risposte. Haddley ha una delle percentuali di condanne più alte di tutta la città. L'ispettore capo Bridget Freeman è uno dei miei funzionari più in gamba e guida una squadra esemplare. »

Bevo il mio caffè. Muoio dalla voglia di mettere in dubbio la sua opinione sulla Freeman, ma poi penso alla promessa che ho fatto a Dani e al futuro che desidero con lei. « Sono sicuro che la Freeman sappia fare benissimo il suo lavoro », mi limito a commentare. Quindi passo alla domanda successiva. « Ha mai avuto il sospetto che qualche agente potesse gestire un traffico di stupefacenti? »

Inarca un sopracciglio. « Probabilmente sta per snocciolarmi un elenco di dieci agenti solo per la zona sud-ovest di Londra. »

Scuoto la testa.

« È possibile, ed è altrettanto probabile che ci siano ancora casi di furto o di frode, ma stiamo facendo di tutto per ripulire le forze dell'ordine. Se qualche agente nutre dei sospetti, che si faccia avanti senza esitazioni. La mia porta è aperta. Sono qui per garantire che l'onestà favorisca le carriere, anziché intralciarle. »

Ammetto che la stragrande maggioranza degli agenti lavora duramente in circostanze difficili.

« Ogni giorno che passa », commenta lei.

Alla fine, la ringrazio per il tempo che mi ha dedicato e le prometto di parlarle di nuovo prima di pubblicare eventuali articoli. Mi conduce agli ascensori ma, mentre ci stringiamo la mano per salutarci, si mette al mio fianco.

« Forse è meglio che l'accompagni all'uscita. »

« Sono sicuro di farcela », ribatto, ma Dame Elizabeth ha già premuto il pulsante.

« Grazie ancora », dico, mentre usciamo nell'atrio al piano terra.

« La accompagno fuori. »

«Davvero, non c'è bisogno», dico, girandomi verso le gigantesche vetrate a tutt'altezza per osservare il traffico senza fine sull'Embankment.

«No, Ben, insisto.» Dame Elizabeth mi fissa negli occhi e il tono fermo della sua voce mi consiglia di non oppormi. Perciò non protesto più mentre usciamo dai cancelli di sicurezza e ci allontaniamo dall'edificio. Dame Elizabeth cammina speditamente al mio fianco finché non siamo abbastanza distanti da Scotland Yard. È evidente che vuole parlarmi lontano da lì.

«Mi dispiace davvero che Madeline non abbia potuto unirsi a noi, stamattina, ma vorrei che le porgesse i miei più sinceri auguri.» Si ferma e mi guarda. «Seguo da tempo il suo lavoro. Come lei, Ben, a volte è una spina nel fianco, ma nella sua carriera ha sostenuto alcune cause importanti. Ne ricordo una in particolare.» I suoi occhi penetranti sono ancorati ai miei. «Il caso dell'omicidio di Aaron Welsby. È stata la sua ricerca senza tregua dell'assassino a portare a una condanna. Ci ha inchiodati alle nostre responsabilità, ma questo non ha fatto che guadagnarle maggior rispetto da parte di alcuni di noi all'interno della polizia metropolitana. Avevamo bisogno di un cambiamento.»

Annuisco di nuovo, ripensando al caso controverso che ha contribuito a consolidare la reputazione specchiata di Madeline. Tuttavia, mi sfugge il motivo per il quale il vicecommissario stia sollevando la questione proprio adesso.

Elizabeth Jones mi prende un braccio. «A causa della natura della sua condanna, che implica un'incapacità di intendere e di volere, l'accesso alle informazioni è severamente limitato.» Sta infrangendo il protocollo. «Tuttavia, la mia convinzione è che Madeline debba essere informata personalmente. Due settimane fa, Billy Monroe è stato rimesso in libertà.»

18

Entro nei vicini Whitehall Gardens, dove trovo una panchina vuota. Prendo il cellulare, digito le parole «omicidio Billy Monroe» e premo su «Cerca». Il motore di ricerca mi sbatte in faccia il titolo di un giornale scandalistico di tredici anni fa.

L'ASSASSINO È A PIEDE LIBERO

> Per questo giornale, a uccidere Aaron Welsby è stato Billy Monroe.
>
> Se Monroe intende negare le accuse, ci citi pure in giudizio. In caso contrario, in questo primo anniversario dell'omicidio di Aaron, chiediamo alla polizia metropolitana di arrestarlo SUBITO!

Sotto l'immagine sfocata di un uomo che lavorava sull'impalcatura di un cantiere edile, l'articolo dell'allora vicedirettore del giornale, Madeline Wilson.

> Dodici mesi fa, una sera di fine novembre, Aaron Welsby stava attraversando il ponte pedonale sul Tamigi da St. Marnham a Baron's Field.
>
> Mentre scendeva i gradini lungo la sponda nord del fiume, non poteva certo conoscere le intenzioni omicide di Billy Monroe.
>
> Nascosto in una nicchia di pietra a metà della scalinata, Monroe (24 anni) aspettava il momento giusto per lanciare

il suo attacco mortale. Sbucando dall'ombra, si è scagliato addosso ad Aaron urlando il suo nome.

Poi lo ha trafitto tre volte con una lama di venti centimetri.

Aaron (27 anni) ha opposto un'eroica resistenza.

Dando fondo a tutte le sue energie, ha respinto Monroe giù per le scale. Quindi, con il sangue che gli inzuppava i vestiti, ha risalito i gradini alla disperata, raggiungendo il ponte deserto. Le gravi ferite riportate, però, non gli hanno consentito di andare troppo lontano.

Dopo averlo seguito, Monroe si è vigliaccamente avventato sull'uomo ferito, trascinandolo fuori dalla passerella coperta di graffiti per spingerlo oltre il parapetto.

Aaron è morto precipitando nel Tamigi dal St. Marnham Bridge.

Ore dopo, il suo corpo senza vita è stato ritrovato sulla riva.

A un anno di distanza, le indagini della polizia metropolitana non hanno ancora portato a nulla di concreto.

Nonostante le prove sempre più evidenti, gli inquirenti hanno fatto poco più che liquidare il caso come un «appuntamento gay finito male». Sono venuti meno al loro dovere nei confronti di Aaron e della comunità intera, con la loro incapacità non solo di ottenere una condanna, ma anche solo di formulare un'accusa.

Ora è il momento di dare ad Aaron la giustizia che merita.

Tredici anni fa, quest'articolo in prima pagina ha procurato a Madeline una fama internazionale. All'epoca, benché ancora all'ultimo anno delle superiori, ero consapevole della controversia suscitata dal titolo. Attraverso le pagine del suo giornale, Madeline ha continuato a sostenere instancabilmente il caso di Aaron Welsby, chiedendo giustizia per quell'innocente pugnalato a morte sul St. Marnham Bridge. A suo dire, l'omofobia istituzionalizzata e radicata nella polizia metropolitana aveva impedito un'indagine approfondita. Nelle settimane immediatamente successive a quel titolo, Madeline aveva pubblicato innumerevoli articoli in cui prendeva di mira la polizia metropolitana, accusandola di non aver indagato su Billy Monroe come potenziale sospettato.

Non ho mai saputo cosa rendesse Madeline così certa della colpevolezza di Monroe, ma l'uomo che è riuscita a far condannare dalla polizia metropolitana adesso è libero.

19

Lesley Barnsdale uscì dalla porta d'ingresso insieme a Phil Doorley e percorse il vialetto. Attesero entrambi sul ciglio della strada finché una BMW blu metallizzata non sopraggiunse a grande velocità per inchiodare proprio davanti a loro.

Phil aprì la portiera del passeggero posteriore. «Sali pure», disse, prima di presentare il suo socio in affari, Dominic Taylor. Mentre Lesley si allacciava la cintura, Phil le si accomodò accanto.

«Grazie di essere passato», disse Phil a Dominic. «A Dom piace pensare a se stesso come alla 'D' di PDQ Deliveries, ma non ricordo di avergli mai dato il mio benestare.»

«Stamattina mi sento più come il tuo autista, stronzo», ribatté Dom con una risata. «Piacere di conoscerti», disse quindi a Lesley.

«Lesley è della polizia di Haddley», puntualizzò Phil.

«Fortuna che eri in zona», replicò Dom, incrociando lo sguardo del socio.

«Dovrai sporgere denuncia per il furto», disse lei, rivolgendosi a Phil. «Posso mandare qualcuno al deposito, se vuoi. Non dovrebbe volerci molto.»

«Grazie.»

«Era parcheggiato qui fuori?» chiese Dom, mentre svoltavano su Lower Haddley Road.

Phil si sporse in avanti, appoggiandosi sul sedile del passeggero anteriore. «Sulla striscia di terra di fianco a casa mia. Il posto in cui lo lascio sempre. Devo ammettere che quando siamo arrivati, ieri sera, non mi è venuto in mente di controllare.

E sono stato al deposito tutto il giorno, ieri, perciò può essere successo in qualsiasi momento, nelle ultime ventiquattr'ore.»

«Sono delle merde», commentò Dom. «E la polizia non farà una mazza. Sono tutti troppo occupati a multare i fattorini fermi sulle strisce gialle. Ops», disse poi, scoccando un'occhiata a Lesley. «Ma sono sicuro che capisci cosa intendo.»

Lei sorrise. «I tuoi furgoni hanno il GPS?»

«Solo i veicoli più nuovi», rispose Phil. «Il mio era il più vecchio del lotto. Lo uso solo per andarmene in giro.»

«Sporgi denuncia, così almeno potrai presentare una richiesta di indennizzo all'assicurazione. Probabilmente è il meglio che puoi ottenere.» Poi toccò Dom sulla spalla. «Che resti tra noi.»

L'auto rallentò in prossimità del semaforo dell'Haddley Bridge; una volta scattato il verde, però, Dom premette sull'acceleratore e svoltò bruscamente lungo la strada principale. Sentendo contrarsi la pancia, Lesley lisciò le pieghe immaginarie della sua gonna a tubino nera. All'improvviso, si ritrovò in una situazione decisamente insolita per lei. La sua esistenza era dominata dal lavoro: l'unica fuga era un viaggio in treno a Durham per far visita a sua madre una volta al mese. Ora moriva dalla voglia di chiedere a Phil quando lo avrebbe rivisto, ma non voleva apparire troppo impaziente, soprattutto non di fronte a Dom. Erano ormai quasi davanti alla stazione di polizia.

«Se prendi la prima a sinistra, puoi lasciarmi nel parcheggio sul retro dell'edificio. Non vorrei ti beccassi una multa per esserti fermato sulle doppie strisce gialle.»

Mentre l'auto lasciava la strada principale, Lesley strinse la mano di Phil. Lui si chinò verso di lei e la baciò sulla guancia. Sentì il suo respiro nell'orecchio mentre le sussurrava: «Ci vediamo, stasera?»

Quando scese dalla BMW di Dom, i suoi colleghi avrebbero stentato a riconoscere il sergente investigativo Lesley Barnsdale, con quel sorriso a illuminarle il volto.

20

Lancio la giacca sul vecchio divano malconcio in fondo alla cucina. Accendo la macchina del caffè, prendo un po' di latte dal frigo e mi preparo una tazza di caffè extra forte. Recupero il cellulare e digito il numero di Madeline. Di nuovo, la chiamata finisce direttamente alla sua segreteria telefonica e, mentre mi tolgo le scarpe, sento la sua voce chiedere di lasciarle solo messaggi brevi. Madeline detesta che le facciano perdere tempo. Scorro i contatti e chiamo Min, che lavora al mio fianco al sito di notizie sempre attivo. Risponde all'istante.

«Ehi», dice. «Dove sei? Pensavo che tu e il capo sareste venuti in ufficio dopo l'incontro con il vicecommissario.»

«Non è lì?»

«Chi?»

«Madeline. Non è venuta al colloquio.»

«Stamattina non l'ho vista, ma aspetta», replica Min. La sento alzarsi e la immagino guardare verso l'ufficio a vetri di Madeline, in fondo all'ampio open space. «Nel suo ufficio non c'è», continua Min, tornando in linea. «E qui non l'ha vista nessuno.»

«Strano», osservo.

«Una dura lezione per te, Ben, ma una lezione che prima o poi impariamo tutti», ribatte in tono di scherno. «Anche se sei il suo preferito, appena fiuta una storia più interessante ci mette un secondo a mollarti.»

«Probabilmente hai ragione. Posso chiederti un favore?»

«Niente ti ha mai frenato, prima.»

«Potresti passarmi tutto quello che riesci a trovare sul caso dell'omicidio di Aaron Welsby?»

«Il momento magico di Madeline?»

«Di sicuro il più controverso.»

«Cosa stai cercando?»

«Solo un particolare a cui ha accennato Elizabeth Jones. Sono sicuro che non sia niente di importante, ma qualunque cosa tu riuscissi a scovare sarebbe fantastica.»

«Conta su di me.»

«Mi manderesti un messaggio se Madeline si fa viva?»

Min percepisce l'agitazione nella mia voce. «Fidati, sarà spuntata un'altra storia, seguita da un pranzo costoso offerto da qualcuno. Hai provato a chiamarla?»

«L'ho chiamata e le ho scritto, ma niente.»

«E Dennis?»

«Idem.»

«Non è da lui. Madeline starà seguendo una pista su cui non vuole che nessuno metta il naso, nemmeno tu.»

21

Dani Cash svoltò nella stradina in cima a Haddley Common e si fermò in prossimità del vialetto di Sarah Wright. Davanti all'abitazione c'erano la signora Wright e l'ex compagno, Nathan Beavin. Stavano discutendo e Beavin teneva una mano sulla spalla di Sarah. Nessuno dei due notò Dani finché non fu sul vialetto e, a quel punto, lui lasciò cadere il braccio lungo il fianco e fece due passi indietro.

« Fa' ciò che ritieni giusto », lo sentì dire a Sarah. « Allora vai da Max e dagli un abbraccio d'addio da parte mia, okay? » Poi si allontanò, sfilando accanto a Dani a capo chino, alzando a malapena gli occhi su di lei. Dani lo osservò procedere nello stretto vicolo che dalla casa portava verso Haddley Woods e, quando fu scomparso, si avvicinò a Sarah.

« Lo avete trovato? » si affrettò a chiedere quest'ultima.

Dani scosse la testa. « Mi dispiace, no, ancora niente. Mi trovavo da queste parti e ho pensato di fare un salto. È riuscita a dormire un po'? »

Sarah fece spallucce. « Max si è svegliato prima delle sei. Per una volta, è stato bello poterlo mandare in corridoio a cercare suo padre. James è rimasto qui. »

« Ah, capisco. Immagino non vada molto d'accordo con il signor Beavin... »

« Nathan è passato per dirmi che domani tornerà a casa, in Galles. Ha chiesto di vedere Max ma, se devo essere sincera, non me la sono sentita. Max si sarebbe turbato, e poi Nathan riesce a tirare fuori il peggio di James. »

« Il signor Beavin sta per lasciare Haddley? »

«Forse è meglio così. Ha bisogno di passare un po' di tempo con la famiglia e gli amici; persone che lo conoscono come Nathan, non come carne da dare in pasto ai social. Spero riceva tutto il sostegno di cui ha bisogno. È ancora giovane e ne ha passate parecchie.»

«Avete rotto in maniera definitiva?»

«Ci siamo detti che saremmo rimasti amici, e credo lo intendessimo entrambi. Nathan è davvero un tesoro di ragazzo.»

Dani pensò alla sua situazione. Lei e Mat sarebbero rimasti colleghi nella polizia metropolitana, probabilmente, ma dubitava che potessero mai diventare amici. «Volevo farle una domanda riguardo a ieri sera.»

«Prego, chieda pure.»

«A che ora ha spento le luci?»

«In questi giorni riesco a stento a tenere gli occhi aperti dopo le dieci.»

«Quindi la casa era al buio da circa un'ora quando ha sentito Ben?»

«Erano quasi le undici e mezzo, quindi un po' di più, credo.»

«Grazie», concluse Dani. «Ha il mio numero. Per qualsiasi cosa, non esiti a chiamarmi.»

22

Sento bussare alla porta d'ingresso: giusto un colpetto. Mollo il telefono sul divano, attraverso di corsa la cucina e scivolo con i calzini sulle piastrelle del corridoio. Apro la porta di casa ed esco ad accogliere Dani. Sembra spossata.

«Sei venuta», dico euforico, prendendole la mano.

«Non ho molto tempo. Torno in servizio tra un'ora.»

Quando un furgone per le consegne si ferma davanti casa mia, le lascio la mano e vado sul ciglio della strada.

«A corto di autisti?» chiedo a Dominic Taylor di PDQ Deliveries, che intanto mi porge un pacco Amazon.

«Io e Phil saremo di turno per tutto il weekend. Fammi un fischio se vieni a sapere di qualcuno chc cerca un lavoro!»

Torno di corsa in casa. Dani mi aspetta sulla soglia. «Entra, altrimenti ti si congelano i piedi», dice.

Si appoggia al termosifone dell'ingresso e io la bacio. «Mi sei mancata», dico a bassa voce.

Un accenno di sorriso illumina l'azzurro radioso dei suoi occhi. «Forse mi sei mancato anche tu. Un po'.»

«Solo un po'?»

«Non sfidare la sorte. Sono ancora arrabbiata per ieri sera.»

«Mi dispiace.»

«Anche a me. Sono stata un po' scontrosa, scusa. I turni serali mi stanno prosciugando. Com'è andata con il vicecommissario?»

«Sei venuta solo per interrogarmi?» Le rubo un altro bacio prima di tornare in cucina.

«Ben!» esclama Dani alle mie spalle.

«Non preoccuparti», le dico quando entra nella stanza, togliendosi il giaccone. «Mi sono comportato bene. Parola di scout.»

«Sei mai stato uno scout?»

«Mai», rispondo.

«Per te è tutto uno scherzo, vero?»

«No, certo che no», dico, offrendole un caffè.

«No, grazie.» Prende un bicchiere e apre il rubinetto dell'acqua fredda.

«Qualcosa da mangiare?»

«Sono a posto così, davvero», replica, lasciandosi cadere sul divano. «Dimmi cosa le hai detto.»

«Nemmeno una parola di quello che mi hai raccontato sulla Freeman, te lo giuro.»

«Grazie.»

Mi siedo accanto a lei. «Lo sai che non tradirei mai la tua fiducia... vero?»

«Certo», risponde lei, un po' troppo velocemente. «Ha detto qualcosa di interessante?»

«Solo quello che ti saresti potuta aspettare. Ma ha chiesto di te. Le ho detto che hai le qualità per diventare un ufficiale di prima classe.»

Dani ride. «Grazie per l'endorsement.»

«Mi ha anche detto che, secondo lei, Bridget Freeman è una dei funzionari di polizia più in gamba di tutta la città.»

«Haddley è in testa alla classifica per numero di condanne, in percentuale.»

«Tranne quando si tratta dei Baxter.»

Dani sorseggia l'acqua. «Se guardo la Freeman, vedo solo un capo eccezionale alla guida di un'ottima squadra.»

«Più o meno quello che ha detto lei. E non dico che non sia vero, ma qualcuno ha pur preso quel coltello dallo schedario.»

«Se anche ci fosse un fondo di verità su un presunto legame

tra lei e i Baxter, la sua sfera di influenza va ben oltre le mie capacità.»

Mi chino verso di lei. «Ma, Dani...»

Lei scuote la testa. «No, non dirlo nemmeno. Ha buttato lì un commento che ho interpretato male. Il tempo mi chiarirà le idee. Mi dispiace.»

«Lo dirai a Mat?»

«Non ci penso neanche», risponde seccamente. «E, se dovessi vederlo, devi promettermi che non sarai tu a farlo. Ne farebbe un'ossessione. Finirebbe per distruggerlo.»

«Non merita di conoscere i tuoi sospetti?»

«Sono solo sospetti, appunto. Promettilo.»

«Hai la mia parola.» Dopo averla rassicurata, cambio argomento. «Quando sono uscito da Scotland Yard, è successa una cosa strana.» Le racconto della conversazione con il vicecommissario fuori dall'edificio.

«Voleva che Madeline scrivesse un articolo?»

«Forse. Ma ho avuto l'impressione che ci fosse sotto qualcos'altro.»

«Se il vostro sito pubblicasse un articolo, la Jones avrebbe la possibilità di spiegare quanto è cambiata e sta ancora cambiando la polizia metropolitana.»

«Vero.»

Dani si sfila gli stivali, piega le gambe sul divano e sbadiglia.

«Turno lungo, ieri sera?» chiedo.

«Senza fine, accidenti. Non sto facendo alcun progresso con la storia dell'intruso.»

«Quanto all'uomo che ho visto ieri sera... dal modo in cui è entrato nel vialetto, sono sicuro puntasse fin da subito all'abitazione di Sarah.»

«Pensi fosse lei l'obiettivo?»

Annuisco.

«Ma non era sola, in casa», obietta Dani. «Finora è sempre

stato molto attento. Anche le donne con partner o figli... le ha prese di mira quando erano sole. Si prende il suo tempo, vuole la certezza di non essere disturbato.»

«Sarah e Nathan si sono appena lasciati. Forse è venuto a saperlo, in qualche modo, ma non si è accorto del fatto che Sarah ha un figlio.»

«Forse», concorda Dani. «Stamattina ho dato un'occhiata ai social e ho trovato una quantità spropositata di commenti sia su Nathan sia su Sarah.»

«Non tutti molto piacevoli, immagino.»

Dani fa segno di no. «A quanto pare, vivere con il figlio di un'assassina di bambini non ti rende la persona più popolare al mondo; inoltre, per qualche strano motivo, suscita gelosia.»

«E le altre cinque donne? Qualcosa che le colleghi?»

«Non ancora. La gente condivide online così tante cose della propria vita... e non sai mai chi possa leggerle.» Dani prende il bicchiere e beve un altro sorso d'acqua, poi appoggia la testa su un cuscino e chiude gli occhi. «Mi serve più tempo per spulciare tra i loro post.»

«Pensi che ci riproverà?»

«Se quello di ieri sera era lui, significa che è stato ostacolato due volte in una settimana. Non ne sarà felice.»

«Sei preoccupata?»

«Sta degenerando», risponde. «La notizia non è di dominio pubblico, ma, quando è fuggito dalla casa di Shannon Lancaster lo scorso fine settimana, ha perso un paio di manette in stile militare.»

«Merda, aveva pianificato di aggredirla», dico sottovoce. «Dovete trovarlo.»

Dani alza la testa e apre gli occhi. «Lo so.» Poi mi appoggia i piedi sulle gambe e la riabbassa. «Vorrei poter restare così per sempre.» Sento il suo respiro rallentare e penso che si stia addormentando, ma poi continua. «Ho detto a Mat che domani sera devo lavorare.»

« E invece non devi? »

« Mi concedono qualche ora libera, ogni tanto. »

« Possiamo andare da qualche parte. »

« Se vuoi, ma non allontaniamoci troppo. Voglio solo passare del tempo con te. Un posto appena fuori Londra? »

« Una bella spa? »

« Cosa darei per un massaggio alla schiena. »

« Vediamo cosa posso fare. » Mi sporgo sul divano e le scosto i riccioli dal viso. « Ti amo », sussurro. Mi sfiora il volto ma non dice nulla. « Questo è il punto in cui dovresti dire: 'Ti amo anch'io'. »

È pallida. E ha l'aria stremata. Prima che possa baciarla di nuovo, si tira su a sedere. « Ho bisogno di un po' d'aria. »

23

«Sto bene, davvero», dice Dani, in piedi davanti alla porta aperta della cucina con una tazza di tè zuccherato.

«Almeno mangia qualcosa prima di andare.»

Lei scuote la testa. «Un turno lungo di troppo, tutto qui. Ho solo bisogno di andare a dormire presto.»

«Resta qui e datti malata.»

Scuote la testa. «Non posso dire al mio capo che sto facendo ricerche per un articolo e lavorare da casa.»

«Come se io potessi!»

«E comunque, ho detto a Mat che ci saremmo visti alla stazione.» Distolgo lo sguardo. Dani si avvicina e mi poggia una mano sulla schiena. «Non ha senso fingere che non esista. Domani dovrei riuscire a smontare per metà mattinata. Ci vediamo qui?»

Ci accordiamo per una colazione sul tardi. Poi la accompagno all'auto, parcheggiata sulla stradina in cima al parco. Si siede, si gira e sorride. Mentre osservo l'auto allontanarsi, mi rendo conto di amarla come non ho mai amato nessuno, e questo mi terrorizza. La vita non ha fatto altro che portarmi via tutte le persone cui volevo bene. Perciò sono cresciuto con la paura di amare. Ma Dani... è impossibile non amarla.

Quando la sua macchina si immette nella trafficata Lower Haddley Road, torno dentro. Mi abbandono sul divano della cucina e cerco il telefono, caduto tra due cuscini. Riattivo lo schermo e scopro quattro chiamate perse. Sono tutte da parte di Sam, il padre di Madeline. Clicco sull'icona di WhatsApp e vedo che Sam mi ha inviato dieci messaggi.

Dove sei?

Ti ho lasciato un messaggio in segreteria

Ti ho lasciato un altro messaggio in segreteria

Devo parlarti

Non rispondi al telefono?

Mi rendo conto di aver tenuto il cellulare in modalità silenziosa.

Ti ho chiamato di nuovo

Mi leggi?

Sono Sam

Ho bisogno di parlarti

Riguarda Madeline

Provo a contattarlo, ma la chiamata viene dirottata verso la segreteria telefonica. Gli lascio un messaggio per fargli sapere che sto per raggiungerlo a casa sua. Afferro la giacca e vado in cerca delle chiavi dell'auto, che infine trovo nascoste dietro una pagnotta vecchia di giorni. Dopo aver tentato invano due volte di rintracciarlo durante il tragitto, arrivo al condominio di Sam e parcheggio davanti al garage numero 3, quello che ha preso in affitto dalla signora Wasnesky per ospitarvi l'archivio cinquantennale del *Richmond Times*. Mi precipito verso la porta sul retro del palazzo e arrivo proprio mentre Connie Shields, un'amica di Sam, sta andando via. Settant'anni, i capelli grigi e un luccichio costante negli occhi, mi saluta con un sorriso radioso. Capisco perché a Sam piace pranzare con lei ogni settimana.

«Ben, sei qui per vedere Sam?» chiede, tenendo la porta aperta.

«Gli avevo detto che sarei passato», rispondo, sperando di evitare una lunga conversazione.

«È sempre felice di vederti, anche se con te non lo ammetterebbe mai, ovviamente», dice toccandomi il braccio mentre le passo accanto.

Sorrido e mi affretto a entrare. Esco dall'ascensore all'ultimo piano, seguo il corridoio fino all'appartamento di Sam e busso alla porta. La apre all'istante.

«Che succede?» chiedo, entrando. «Ti ho richiamato tre volte, ma non hai risposto.»

«Mi hai lasciato un messaggio in cui dicevi che stavi per venire.»

«E?»

«Quindi sapevo che avremmo parlato a quattr'occhi», risponde. «E, se proprio vuoi saperlo, la prima volta che mi hai richiamato ero in bagno. Capita con una certa frequenza agli uomini della mia età, come un giorno avrai modo di scoprire, probabilmente.»

Mi passo la mano tra i capelli. «Che succede, Sam?»

Quando mi porge il telefono, vedo che gli trema la mano.

«Leggi gli ultimi due messaggi.»

«Qual è il codice?»

«Che codice?»

«Per sbloccare il telefono.»

«Ah. Uno due tre quattro.»

«Non è sicuro», rispondo, digitandolo velocemente.

«Ma è facile da ricordare.»

«Lo usano circa quattro milioni di persone nel Regno Unito.»

«Perché è facile da ricordare, appunto. Uso lo stesso numero in banca.»

Lo guardo con gli occhi spalancati ma non dico altro. Apro i suoi messaggi e scorro fino ai due più recenti, entrambi provenienti da un numero anonimo. Mentre leggo ad alta voce il primo, sento che il cuore accelera i battiti.

Abbiamo tua figlia. Chiama la polizia ed è morta.

«Pensavo fosse uno scherzo», dice Sam con voce rotta. «Madeline riceve minacce assurde di ogni tipo. Non crederesti alle cose che la gente dice di lei su internet. Mi ha sempre detto di chiamarla subito se mai avessi ricevuto qualcosa. Ed è quello che ho fatto. Ma non ha risposto.» Si ferma e mi guarda in faccia. «Poi ho ricevuto il secondo messaggio.»

Il messaggio seguente contiene una foto atroce di Madeline. Il volto pieno di lividi, la bocca coperta di sangue e gli occhi disperati.

È il momento di regolare i conti.

«Ben, al giorno d'oggi la gente fuori di testa può fare ogni genere di cose con le foto. Potrebbe non essere vera», dice Sam, scuotendo il capo e cercando di nascondere la paura nella voce.

All'improvviso, mi sento assalire dal terrore per ciò che potrebbe significare. Ripenso al mio incontro con il vicecommissario. Madeline non mancherebbe mai a un appuntamento di così alto profilo. E poi ripenso all'avvertimento di Dame Elizabeth.

Vorrei rassicurare Sam, ma non posso. «Temo sia vera.»

Lui mi fissa negli occhi. «Allora dobbiamo trovarla.»

QUATTRO

« E se stavolta non riuscissi a salvarla? »

La pioggia era fredda come ghiaccio. Si tirò sopra la testa il cappuccio bordato di pelliccia del parka. A lei quel cappotto non piaceva affatto – lo faceva sembrare uno spacciatore, le aveva sentito dire –, ma l'uomo glielo aveva comprato comunque. Dopo averlo scartato, era corso ad abbracciarlo. Mentre lo provava, aveva sentito addosso gli occhi di lei, ma questo non gli impediva di metterlo tutti i giorni, anche d'estate. E non gli importava che alcuni dei ragazzi più grandi lo prendessero in giro.

Fuori da scuola, vide il suo insegnante, il professor Holroyd, uscire dalla porta laterale. Non voleva parlarci, con il professor Holroyd, perciò si accovacciò dietro un paio di cespugli lì accanto. Lo seguì con lo sguardo mentre oltrepassava il cancello principale per salire su una piccola utilitaria rossa e sedersi di fianco a una donna dai lunghi capelli biondi. Lo vide baciare la donna sulle labbra prima che l'auto si allontanasse veloce. Il professor Holroyd gli era stato simpatico fino all'ultimo colloquio con i genitori. Lei era rientrata a casa furiosa e lo aveva rimproverato perché non si stava impegnando. Il professor Holroyd aveva detto che andava male in matematica e in inglese. Ma lui stava facendo del suo meglio.

Ogni mercoledì doveva aspettare quaranta minuti dopo la fine della scuola perché Travis seguiva delle lezioni extra. Travis andava a ripetizione sia di matematica sia di inglese. Le aveva sentito dire che non avrebbe permesso che prendesse la sua stessa piega.

All'improvviso, sentì una mano sulla spalla. «Perché ti na-

scondi?» Accanto ai cespugli c'erano due ragazze della sua classe. «Ti stavi nascondendo dal professor Holroyd!»

«Non è vero», rispose. Sentì che il viso gli diventava rosso fuoco.

«Sì, invece», rispose una delle ragazze, ridendo forte. «Hai paura di lui perché sei il più stupido della classe!»

«Non è vero!» urlò, incespicando mentre usciva da dietro i cespugli. Le due ragazze lanciarono un grido e scapparono di corsa. «Non ho paura di lui!» gridò, inseguendole. Dopo una breve corsa davanti alla scuola, rimase a corto di fiato. Sapendo di non poter tenere il passo, rallentò.

«Forza, ciccione!» gridarono le ragazze, ferme a breve distanza. «Non ci prenderai mai!» aggiunsero poi, provocandolo. Quindi si voltarono per riprendere a correre, ma una delle due inciampò nel cordoncino della borsa da palestra e cadde sul marciapiedi. Lui le fu addosso in un attimo. Afferrò la borsa, facendosela oscillare sopra la testa. Rannicchiata a terra, e non sapendo dove andare, la ragazza aveva smesso di ridere. Lui fece roteare la borsa sempre più velocemente, avvicinandogliela al viso. Quando lei sollevò le mani, lui vide la paura nei suoi occhi. E la sua paura lo fece sentire potente.

Rallentò l'oscillazione e sentì la borsa cadergli contro un fianco. Quindi la lasciò a terra, accanto a lei, si voltò e tornò a scuola per cercare suo fratello.

24

Una scrivania da reporter con il ripiano in pelle, recuperata dal *Richmond Times* vent'anni fa, occupa gran parte della camera degli ospiti di Sam. Aspetto dietro di lui che accenda il computer, perché dobbiamo leggere le informazioni che Min è riuscita a recuperare.

Gli metto una mano sulla spalla. « Sam, penso che dovremmo chiamare la polizia. »

« Il messaggio diceva niente polizia », risponde, fissando un monitor quadrato che sembra un reperto di un'altra epoca. « Non se ne parla. »

« Madeline è famosa. Non è impossibile che si tratti di una bufala fatta bene. »

« Se è una bufala, lei dov'è? » Si gira sulla sedia. « Hai visto la foto, Ben. È nei guai. »

Non riesco a togliermi dalla mente quell'immagine ripugnante: il volto di Madeline nero di lividi, la bocca coperta di sangue. « In questo caso, la polizia ha agenti addestrati apposta per gestire una situazione del genere. »

« Quand'è che sei diventato un fan della divisa? Niente polizia, ho detto. » Nei suoi occhi brilla la stessa ferrea risolutezza che vedo in Madeline quando è determinata ad arrivare per prima su una storia.

« E se chiamassi Dani? » chiedo.

Scuote la testa e guarda lo schermo.

« Stai pensando ad Alaka », dico. Alaka Jha era una giornalista che lavorava per lui trent'anni fa. « La sua era una situazione molto diversa. »

«Hanno tirato in mezzo la polizia e lei ci ha lasciato la pelle. Non commetterò lo stesso errore con Madeline.»

Prendo una sedia dall'angolo della stanza e mi siedo accanto a lui. «So che hai paura. E ho paura anch'io. Dobbiamo fare la cosa giusta per Madeline.»

Sam fissa il timer della clessidra che ruota lentamente al centro dello schermo preistorico.

Non ho altra scelta che riferirgli del rilascio di Billy Monroe.

«Allora è stato lui!» ribatte, un'improvvisa vena di speranza nella voce.

«Meglio non trarre conclusioni affrettate.»

Sam mi ignora. «Se sappiamo già chi cercare, siamo a metà dell'opera.»

«Se si tratta di Monroe, trovarlo sarebbe molto complicato.» Penso a tutte le opportunità che mi ha offerto Madeline. Farei qualsiasi cosa per salvarla, ma, se devo aiutare Sam, devo anche credere che possiamo aiutarla davvero. «Dobbiamo capire meglio con chi abbiamo a che fare.»

«Billy Monroe? Madeline lo ha fatto condannare. Era certa fin da subito che fosse colpevole.»

«Stamattina ho riletto il suo articolo più famoso. Non gliele ha mandate a dire.»

«È stato il suo coraggio a costringere la polizia metropolitana ad agire.»

«Deve averne avuto la certezza, per pubblicare un pezzo del genere e accusare Monroe di omicidio... In mancanza di un'accusa formale, ha esposto il giornale a una denuncia per diffamazione grande quanto una casa.»

«La verità non è diffamazione.» A distanza di tutto questo tempo dai fatti, la voce di Sam è ancora carica di orgoglio. «Ha insistito tanto, pubblicando un articolo ogni due settimane, finché un uomo colpevole di omicidio non è finito dentro.»

«Ha fatto pressioni sulla polizia?»

«Direi.»

«Ma come faceva a essere così sicura?»

«Conosci Maddy meglio di chiunque altro: ha sempre accesso alle fonti migliori. E poi ha messo le mani sulle immagini delle telecamere di sicurezza che alla fine hanno portato al suo arresto.»

Quando Sam riesce finalmente ad aprire le sue e-mail, indico un messaggio di Min che gli ho inoltrato. Sam clicca sul link a un articolo pubblicato da Madeline il giorno dopo la condanna di Billy Monroe, dodici anni fa.

COLPEVOLE – FINALMENTE!

La nostra campagna ha portato alla condanna di Billy Monroe per l'omicidio di Aaron Welsby.

Ieri, una giuria dell'Old Bailey lo ha dichiarato colpevole dell'omicidio di Aaron Welsby.

La giuria ha impiegato meno di due ore per condannare Monroe per omicidio colposo volontario, pur riconoscendogli alcune attenuanti per incapacità d'intendere e di volere.

L'azione penale nei confronti di Monroe è scattata solo dopo che dalle pagine di questo giornale abbiamo prodotto prove in precedenza ignorate dalla polizia metropolitana.

I filmati delle telecamere a circuito chiuso di cui siamo entrati in possesso, infatti, attestavano la presenza di Monroe a St. Marnham la notte dell'omicidio di Aaron.

Solo a quel punto la polizia ha perseguito Monroe, scoprendo infine le prove del DNA che hanno portato alla sua condanna.

«Clicca sul link successivo», dico.

Sam apre l'editoriale del giornale, anche questo pubblicato il giorno dopo la condanna di Monroe. Madeline scriveva:

L'omicidio di Aaron Welsby è stato un crimine d'odio. Billy Monroe ha atteso in agguato il passaggio di un uomo diretto da solo verso il pittoresco prato di Baron's Field, sulle rive del Tamigi. All'epoca, Baron's Field era un noto luogo di ritrovo per omosessuali.

Quando ha visto Aaron avvicinarsi, Monroe lo ha aggredito con un unico fine: ucciderlo.

Quasi due anni dopo, giustizia è fatta.

Benché Monroe possa essere affetto da qualche lieve disabilità mentale, questo non gli ha certo impedito di attendere con pazienza la sua vittima. L'operato di quella notte è stato premeditato e pianificato.

Ora Monroe trascorrerà parecchi anni in prigione. La sentenza verrà pronunciata di qui a quattro settimane.

Da queste pagine, chiediamo al giudice Malcolm Charles di condannare Billy Monroe alla pena massima di ventiquattro anni.

«Quella condanna non è arrivata?»

«Il giudice è stato severo, gli ha dato una pena adeguata, qualcosa tipo vent'anni, ma di questi tempi pare che lascino uscire gli assassini con una pacca sulla spalla dopo non più di un paio d'anni.» Sam si gira e solleva lo sguardo verso di me. «Mi dispiace», dice, ricordando che chi ha ucciso mio fratello ha scontato solo un decennio, «ma sai cosa intendo.»

Leggo ad alta voce le ultime due righe dell'editoriale di Madeline.

Sia fatta giustizia. E che sia esemplare.

In memoria di Aaron Welsby, è il momento di regolare i conti.

25

Sam prende il telefono e indica le stesse parole nel messaggio del rapitore.

È il momento di regolare i conti.

Fisso il messaggio. Siccome cita direttamente le parole di Madeline, la minaccia non può che provenire da Billy Monroe.

«Monroe vuole soltanto vendetta», dice Sam.

«Perché una condanna per omicidio colposo, invece che per omicidio volontario?» chiedo, sapendo che la seconda avrebbe tenuto Monroe in prigione molto più a lungo dei dodici anni che vi ha scontato.

«L'accusa era di omicidio volontario», risponde Sam, «ma la difesa ha sostenuto che soffrisse di notevoli *problemi di sviluppo* fin dalla nascita. Secondo me era un po' ritardato, niente di più. Di certo non era pazzo. Sua madre aveva assunto droghe durante la gravidanza. In aula, la difesa ha snocciolato tutta la triste storia.»

«La madre ha confermato?»

«Era morta da tempo. Il nonno, però, gli è rimasto accanto e ha assistito a ogni singola udienza del processo.»

Sam clicca sull'ultimo dei link inviati da Min. Compare una serie di fotografie pubblicate dal giornale di Madeline il giorno dopo la conclusione del processo. Mi appoggio allo schienale della sedia di Sam mentre lui scorre le foto, molte delle quali ritraggono Billy Monroe che fissa l'obiettivo con i suoi occhi scuri.

« Ecco! » dico, scorgendo l'immagine di un uomo più anziano che, con il colletto alzato, si allontana dall'Old Bailey. « Vedi se riesci a ingrandire. »

Sam mi guarda e inarca le sopracciglia. Prendo il suo mouse, faccio doppio clic e ingrandisco l'immagine. Sotto la foto c'è la didascalia: « Il nonno dell'imputato, Tosh Monroe (63 anni), mentre esce dal tribunale dopo il verdetto di ieri. L'uomo si è rifiutato di rilasciare qualsiasi commento ».

« Se è l'unico famigliare di Billy », dico, « è da lui che dobbiamo iniziare. »

26

«Grazie, Min», dico, chiudendo la chiamata e aprendo la portiera dell'auto. «Tosh Monroe vive appena fuori Nottingham, in un posto chiamato West Bridgford», spiego a Sam, mentre usciamo dal vialetto e ci immettiamo nel traffico londinese.

«Come hai fatto a scoprirlo così in fretta?»

«Non chiedermelo», rispondo sorridendo. «Diciamo solo che abbiamo ottimi contatti.»

«Non nella polizia?»

«No, non preoccuparti. E non ho detto a Min perché lo stavo chiedendo.» Gli lancio un'occhiata. «Sei sicuro che stiamo facendo la cosa giusta?»

«Al cento per cento. Lasciamo che sia lui a dettare le regole. È l'unico modo per essere certi di riportare a casa Maddy sana e salva. Non potrei continuare a vivere se le succedesse qualcosa.» Sam mi guarda. «Quasi ogni venerdì mi offre il pranzo al Cricketers. Quando fa bello, ci sediamo fuori a guardare Richmond Green. È a mille miglia di distanza dalla vita sotto pressione che conduce negli altri sei giorni e mezzo alla settimana. È convinta di tenermi d'occhio. Non ha ancora capito che sono io a tenere d'occhio lei.»

Ascoltando Sam, mi rendo conto che è protettivo nei confronti di Madeline quanto lo era il giorno in cui è nata.

Mi guarda e sembra leggermi nel pensiero. «Sarà sempre la mia bambina, Ben.»

Mentre imbocchiamo la M1, il mio navigatore ci informa del fatto che, nel traffico del tardo pomeriggio, siamo a più di due ore da West Bridgford. Sam si sporge verso i comandi sotto il sedile e reclina la poltrona.

«Mettiti comodo», dico.

«Già fatto», risponde, prima di girarsi verso il sedile posteriore.

«Che stai cercando?»

«Il mio telefono. L'ho messo nella tasca del cappotto.» Afferra il cappotto e comincia a tastarlo dappertutto. «Merda», dice poi. «Ero sicuro di averlo preso. E se mandasse un altro messaggio? Mi sa che dobbiamo tornare indietro.»

Lancio una rapida occhiata alle mie spalle e scorgo il cellulare di Sam. «È sul sedile posteriore.»

«Grazie al cielo.» Slaccia la cintura di sicurezza e si gira, rischiando di urtare la leva del cambio.

«Ti serve adesso?» chiedo, mentre l'avviso della cintura di sicurezza comincia a suonare. «Vuoi che mi fermi alla prossima stazione di servizio?»

Sam mi ignora. «Non riesco a prendere quel cazzo di coso. Non ci arrivo.»

«Lascialo stare.»

«No», risponde in tono sgarbato. «E se mandasse altri messaggi?»

Mi sposto nella corsia interna. Sam sembra sprofondare lentamente tra il suo sedile e quello posteriore, e quando lo guardo devo mordermi il labbro per impedirmi di ridere.

«Fermati un attimo sulla corsia di emergenza», dice.

«Non c'è una corsia di emergenza.»

«Come sarebbe a dire?»

«È un'autostrada intelligente.»

«Che diavolo è?» grida, bloccato su un fianco.

«Due minuti e ci fermiamo.»

Il parcheggio della stazione di servizio è affollato, ma trovo un posto davanti a uno Starbucks. Slaccio la cintura e aiuto Sam a rimettersi a sedere. Poi mi allungo all'indietro e gli passo il telefono. Senza dire una parola, lo tiene tra le mani come se stesse pregando.

« Sam? » dico con delicatezza.

« Chi voglio prendere in giro? » dice lui, con la voce che gli trema. « Ho settantaquattro anni e non riesco nemmeno a recuperare il mio cazzo di telefono. » Tira su col naso arrossato, poi ci strofina sopra la mano. « Da piccola, Maddy non ha mai trascorso una notte fuori casa fino ai tredici anni. C'era una gita scolastica in Francia, una di quelle vacanze avventura all'aria aperta. Io e sua madre abbiamo cercato di dissuaderla, sapendo che non le sarebbe piaciuta, ma già allora era sicura del fatto suo. Sono certo che in qualche modo ci fosse di mezzo un ragazzo. Primo giorno in Francia e tutta la classe deve imparare ad andare in canoa. La cosa le fa schifo, ovviamente. Ho dovuto guidare dodici ore per riportarla a casa. »

Ascoltando Sam, mi rendo conto che ha ricordi di una Madeline che riesco a stento a immaginare. Davanti a tutto l'amore nella sua voce, non posso fare altro che annuire.

« Per lei ci sono sempre stato, Ben. Sempre. » Poi si gira verso di me, gli occhi gonfi di lacrime. « E se stavolta non riuscissi a salvarla? »

27

Dani Cash parcheggiò sul retro della stazione di polizia di Haddley e osservò la sua immagine riflessa nello specchietto. Gonfiò le guance e passò le dita sulle occhiaie. L'orologio sul cruscotto le comunicò che aveva ancora quattro ore di turno. Con un respiro profondo, si ravviò i ricci con le dita, afferrò la borsa e fece per aprire la portiera. Un colpetto al finestrino del passeggero attirò la sua attenzione. Scese dall'auto e girò sul lato opposto, dove l'aspettava suo marito.

«Una controllatina al trucco?» le disse mentre lei si appoggiava alla macchina.

«Molto divertente. Ma ho un aspetto terribile.»

«Forse sei un po' dura con te stessa», replicò lui, toccandole un braccio.

«Grazie.»

«Dove sei stata?»

«La Barnsdale mi ha mandato al magazzino della PDQ per il furto di un veicolo. Una perdita di tempo. Un qualsiasi agente avrebbe potuto occuparsene in dieci minuti.»

«Sai cosa penso della Barnsdale.»

Dani non aveva la forza per discutere. Mat credeva che la Barnsdale fosse troppo ligia alle regole. Dani si sentiva più magnanima verso il suo superiore, e spesso si chiedeva se fosse proprio quell'approccio a determinarne il successo.

Arretrando con la sedia a rotelle, Mat sorrise. «Un uccellino mi ha detto che la Barnsdale ha un nuovo amico speciale alla PDQ. Scommetto che volesse impressionarlo mandando un'investigatrice.»

«Sono l'esca per i suoi amichetti?» ribatté Dani, ridendo insieme al marito.

«Uno dei proprietari», precisò Mat. «L'ha rimorchiato dopo il drink di compleanno. Ci sono filmati di telecamere in cui flirta nel bel mezzo dell'Haddley Bridge.»

«Non c'è nulla che rimanga privato, in questo posto? Chi te le ha girate?»

«Non posso rivelare l'identità dei miei informatori, ma so da fonti attendibili che l'ha portata lui in stazione, stamattina.»

Dani era sicura che fosse stata l'agente Cooke a spettegolare sul sergente investigativo. La Cooke vantava una conoscenza enciclopedica della vita privata di ogni collega. Si chiese quanto ci avrebbe messo a diffondere pettegolezzi su lei e Ben. Dani si voltò e s'incamminò verso l'ingresso della stazione. «Sono contenta per la Barnsdale, e sono soltanto affari suoi.»

La maggior parte dei colleghi trovava che la Barnsdale fosse rigida. Se ne stava sulle sue, certo, ma a Dani piaceva lavorare con lei. Sentiva di potersi fidare.

«Vai o vieni?» chiese al marito.

Lui sollevò un sacchetto del supermercato lì vicino. «Invece che il solito Deliveroo, ho pensato di prepararmi una pizza, tanto per cambiare.»

«Aprire una scatola e mettere la pizza in forno non è 'preparare'.»

«È un passo avanti.» Ridendo, Mat si spinse su per la rampa verso la porta posteriore. Dani espose il badge per aprire le porte automatiche. «Grazie», disse lui, passandole avanti.

Tre mesi prima, Mat avrebbe riversato tutta la sua collera sulla moglie anche solo per avergli aperto la porta. La combinazione di orgoglio e incapacità di accettare la nuova condizione lo aveva colmato di frustrazione. Era contenta che stesse voltando pagina. Anche se il lavoro che avrebbe iniziato la settimana dopo non era quello che sognava, gli avrebbe dato comunque l'opportunità di condurre le sue indagini e con questo, almeno sperava lei, nuove motivazioni. Mat varcò la porta che conduceva direttamente agli uffici dell'unità investigativa e si fermò accanto alla scrivania di Dani. «Farai tardi anche stasera?» chiese, mentre lei appendeva la giacca allo schienale della sedia.

«Non come ieri, spero, ma tornerò comunque dopo le dieci, probabilmente più tardi.»

«Ti lascio una luce accesa.»

Lei gli sorrise. «Non devi aspettarmi sveglio.»

«Non ho altro da fare.»

Dani si voltò e accedette alla sua schermata. Odiava il pensiero che Mat si aggrappasse alla speranza di un futuro insieme. «Devo mettermi al lavoro. Registrare il veicolo rubato e poi riprendere la ricerca sui social delle vittime delle effrazioni.»

«Qualche progresso?»

«Ancora niente.»

Dani alzò gli occhi e vide entrare l'ispettore capo Bridget Freeman. Mat si voltò e seguì lo sguardo della moglie. La Freeman si consultò brevemente con il sergente Barnsdale prima di avvicinarsi a loro.

«Finisce la prossima settimana, sergente investigativo Moore?» chiese a Mat.

«Niente paura, capo, non ho intenzione di battere la fiacca.»

«Non ho mai pensato che lo avrebbe fatto. Agente Cash, ho letto il rapporto sull'effrazione di ieri sera a Haddley Common.»

«Sarah Wright, signora.»

«Sì», rispose la Freeman. «Se consideriamo anche il caso di Shannon Lancaster, tutte le effrazioni sono avvenute tra le due e le quattro del mattino. Quella della signora Wright si è verificata prima di mezzanotte.»

«Sì, signora. Ho verificato l'orario con la signora Wright proprio oggi.»

« Potrebbe non significare niente, ma è un particolare da tenere presente. Ora devo scappare. Ho una cena con il sovrintendente capo. Buona serata a entrambi. »

Dani guardò la Freeman premere il pulsante di sicurezza per aprire le porte sul retro. Non poteva fare a meno di ammirare la sicurezza e l'autorità con cui guidava la stazione. In qualche modo, riusciva sempre a restare al corrente di ogni elemento delle operazioni in corso all'interno dell'unità.

Qualsiasi agente avrebbe confermato che era corretta, equilibrata e attenta a ogni dettaglio. Sembrava non commettere mai errori. Ma era proprio quella capacità di tenere a mente ogni dettaglio delle singole indagini a far girare quel pensiero inquietante nella testa di Dani.

28

Verso le sette, il traffico fuori Nottingham è intenso. Sfiliamo a passo d'uomo davanti all'università, dove gli studenti si accalcano intorno alla fermata dell'autobus pronti a dare inizio al venerdì sera. Seguiamo la strada lungo il fiume Trent, poi ci allontaniamo dalla città per entrare nel sobborgo di West Bridgford. Con le luci dello stadio da calcio che brillano in lontananza, svolto sull'alberata Musters Road e mi fermo davanti a una paninoteca, il Mrs Bunns Cob Emporium. Sam guarda di nuovo il cellulare. Sono passate sei ore dall'ultimo messaggio di Billy Monroe.

« Niente? » chiedo.

Scuote la testa. Mi sento inquieto. Cosa vuole Billy Monroe? In mancanza di una richiesta finanziaria, non riesco a scacciare il timore che possa avere tutt'altra motivazione.

« Troviamo la casa di Tosh », dico, scacciando il pensiero.

Sam indica una strada davanti a noi che si dirama verso destra. « È quella? »

Annuisco. « Millicent Road. » Scendiamo dall'auto e percorriamo la strada ben tenuta.

« Bel quartiere », osserva Sam, mentre passiamo davanti a una chiesetta dove una luce solitaria brilla nella nebbia serale. Sam allaccia il cappotto e si sfrega le mani. Attraversiamo una strada laterale prima di fermarci davanti a un edificio georgiano ben curato e diviso in quattro appartamenti. Su un lato c'è una scala antincendio in metallo vecchio stile, più adatta a una casa a schiera di Brooklyn che a un sobborgo di Nottingham.

« È questo, il posto? » chiede Sam.

«Appartamento numero quattro», rispondo.

«E adesso che facciamo?»

«Quello che facciamo sempre nel nostro lavoro: bussiamo alla porta.»

Sam mi segue lungo l'angusto vialetto. Ci stringiamo tra una Honda blu con il contrassegno per disabili sul parabrezza e un furgoncino con la pubblicità di un'azienda locale di moquette sulla fiancata. Premo il pulsante del numero quattro. Appoggiata accanto alla porta d'ingresso c'è una bicicletta nera con un cestino di vimini vintage fissato sul davanti. Lo scampanellio ininterrotto della bici da parte di Sam riecheggia nella notte.

«Temi che Tosh Monroe non senta il citofono?»

Sam sorride. «Potrei essere il rider che porta i panini di Mrs Bunns.»

Sto per suonare una seconda volta quando una voce dall'accento marcato risponde al citofono.

«È il signor Monroe?» chiedo.

«Chi lo desidera?»

«Mi chiamo Ben Harper. Mi chiedevo se fosse possibile farle un paio di domande su suo nipote.»

«È un giornalista?»

«Sì, ma sono qui con il mio collega...» Guardo Sam, che inarca le sopracciglia «... e speravamo potesse dedicarci anche solo cinque minuti.»

«Non parlo con i giornalisti.»

«Condivido, signor Monroe, e non siamo qui in cerca di scoop; vogliamo semplicemente parlarle di suo nipote.» Tosh Monroe tace, ma riesco a sentire il suo respiro dal citofono. «Signor Monroe, sappiamo che Billy è stato rilasciato e vogliamo solo aiutarlo.» Attendo un attimo prima di continuare. «O ci facciamo due chiacchiere su da lei o la aspettiamo qui finché non esce, ma in un modo o nell'altro dobbiamo parlarle.»

Dopo una breve pausa, arriva la sua risposta tagliente. «Cinque minuti, non di più.»

La serratura scatta e Sam si affretta ad aprire la porta. Ci troviamo in un piccolo ingresso con una moquette rossa a motivi floreali che prosegue fino all'ultimo piano.

«Niente ascensore?» chiede Sam. Cominciamo a salire lentamente. «Vivere qui mi ucciderebbe, cazzo», continua, il respiro sempre più corto.

Ci fermiamo a metà. «Quando ci presentiamo», spiego, imbastendo la nostra storia, «diciamo che siamo giornalisti che stanno facendo ricerche per un articolo sull'impatto della criminalità sui parenti dei trasgressori.»

«Chi lavora per chi?»

«Cosa?»

«Sei tu che lavori per me o il contrario?»

«Siamo soci.» Affronto la rampa successiva, girandomi a guardare verso Sam.

«La storia dei soci non mi convince», borbotta. «Qualcuno deve avere il comando.»

«Zitto.»

Le scale sembrano sempre più ripide mentre affrontiamo una nuova rampa. L'appartamento di Tosh Monroe occupa il piano mansardato dell'edificio, e quando lo raggiungo devo chinare la testa. La porta è socchiusa. Mi giro di nuovo a guardare Sam, che mi sussurra: «Vai piano».

Spingo la porta e ho ancora quattro gradini da salire, nella luce sempre più fioca. «Signor Monroe, sono Ben Harper!» dico per annunciare il nostro arrivo. Superate le scale, mi ritrovo in un soggiorno poco illuminato. La stanza è essenziale, con solo un divanetto in vimini e un'ampia tv. Avanzo ancora di un passo, con Sam al mio fianco, ed entrambi ci voltiamo di scatto quando sentiamo aprirsi una porta alle nostre spalle.

«Il signor Monroe?» dico trasalendo.

«Ho pensato che avremmo avuto bisogno di questa», risponde, passandoci accanto con una sedia pieghevole da cucina. Si siede davanti alla televisione, lasciandoci il divano.

«Sono Sam Hardy», dice Sam, avvicinandosi a lui per porgergli la mano. «E questo è Ben Harper.» Poi gli spiega a grandi linee l'articolo a cui stiamo lavorando.

«Sedetevi», dice Monroe.

Facciamo come ci dice, ritrovandoci stretti l'uno all'altro.

«Non dev'essere stato un periodo facile per lei», comincio, «con il rilascio di suo nipote...»

«Non l'ho visto.»

«Non si è fatto vivo?» chiede Sam.

«No.»

«La sorprende?»

Si stringe nelle spalle.

«Però lei gli è stato vicino durante il processo», osservo. «Ha presenziato a tutte le udienze. Ha mai creduto alla sua colpevolezza?»

«Non sta a me giudicare.» Io e Sam rimaniamo in silenzio, aspettando di vedere se aggiungerà qualcosa. Dopo un istante, in effetti, qualcosa aggiunge. «Ero l'unico parente che gli era rimasto, perciò mi sembrava giusto sostenerlo. Qualunque cosa avesse potuto fare.»

«Pensa che abbia capito quello che ha fatto?» chiede Sam.

Monroe ride. «Sì che lo ha capito. Checché ne dicesse la gente, non era così stupido.»

«Posso chiederle cosa è successo a sua madre?»

«Mairi non era una ragazza cattiva, è solo finita nella compagnia sbagliata.» Tira su con il naso. «Non è mai stata sua intenzione far male a Billy. Ha preso della roba quando non sapeva nemmeno cosa stesse facendo. E Billy ha dovuto subirne le conseguenze.»

«Siete rimasti in contatto mentre era dentro?»

«Ho fatto del mio meglio. Lo tenevano in un posto fuori Birmingham, a non più di un'ora da qui.»

«È ancora legato a Billy?» chiede Sam.

«Ha scontato la sua punizione.»

«Come l'ha presa?»

«Immagino che, come quasi tutti, con il tempo abbia trovato il modo di gestire la situazione.»

«Quanto spesso lo vedeva?»

«Ogni due o tre mesi.»

«Quindi sapeva che lo avrebbero rilasciato?» Tosh Monroe è molto abbottonato, ma Sam continua a insistere. «E comunque, per quanto gli sia stato vicino, non gli ha offerto un posto in cui stare finché non si fosse sistemato...»

Tosh si alza e piega la sedia. «Devo andare in stazione a prendere il treno. È per lavoro.»

«Turno di notte?» chiede Sam.

«Se proprio vuole saperlo, sì. Vent'anni fa gestivo un magazzino. Ora vado in giro tutta la notte a gettare stronzate in un carrello solo per pagarmi l'affitto.»

Sam annuisce. «Posso usare il bagno?» Tosh lo fissa ma, mentre si alza, Sam argomenta: «Alla nostra età, bisogna cogliere ogni opportunità».

Tosh ride. «Provi a stare in piedi tutta la notte in un magazzino con le palle che le si congelano. Dopo la cucina, sulla sinistra.»

Mentre Sam sgattaiola fuori dalla stanza, io affianco Monroe. «È sicuro di non avere idea di dove possa essere andato Billy?»

«Nessunissima idea», risponde, dirigendosi verso la porta della cucina.

«Dobbiamo parlare con lui», dico, prendendolo per il braccio.

«Non so come aiutarvi.» La sua voce è ferma, quasi fin troppo. «La porta sapete dov'è», aggiunge, quando Sam ritorna dalla cucina.

«Se dovesse sentire Billy, ecco il mio numero», azzardo, scarabocchiandolo sul retro di un vecchio scontrino del benzinaio.

«Non succederà», risponde lui, accartocciando lo scontrino in tasca.

Non appena usciamo dal suo appartamento, Tosh Monroe chiude la porta alle nostre spalle.

Io e Sam scendiamo le scale in silenzio. Una volta fuori, faccio suonare il campanello della vecchia bicicletta nera. «E adesso cosa facciamo?» dico.

Sam sorride. «Aspettiamo.»

29

Lesley Barnsdale fece un cenno al sergente all'accettazione mentre varcava velocemente l'uscita principale della stazione di polizia. Mancavano venti minuti alla fine del turno e per la prima volta in diciotto anni di carriera avrebbe smontato in anticipo. Era anche la prima volta che salutava il sergente al bancone.

Nella debole luce di un tramonto di febbraio, si affrettò lungo la strada principale, attraversò l'Haddley Bridge e, lottando contro un vento che annunciava burrasca, si diresse verso il palazzone di vetro scintillante che si ergeva imponente sulla sponda nord del fiume. Ai piedi della torre c'era il supermercato gourmet in cui non era mai stata come cliente ma di cui aveva sentito tante volte parlare i colleghi. Scese i gradini fino al cortile che dava sul fiume ed entrò a passo spedito.

Aveva sempre immaginato quel posto come meta di banchieri della City e ricchi avvocati londinesi di ritorno alle loro case intorno all'Haddley Common. Guardando gli altri clienti, si rese conto di non essersi sbagliata. Ma quella sera non le importava. Rigatoni con sugo di manzo brasato, scaglie di feta, pane all'aglio e una bottiglia di pinot nero. O forse lui preferiva la birra? Si rese conto che non ne aveva idea. Guardò il cestino della spesa. Dieci sterline per il pane all'aglio. Trenta per una bottiglia di vino. Chi stava prendendo in giro? La notte precedente, sull'Haddley Bridge, quando Phil aveva fatto per baciarla, si era improvvisamente trovata di fronte alla realtà della sua vita. Dopo il college, era entrata nelle forze di polizia e aveva fatto carriera lavorando con diligenza. Le avevano promesso una promozione a ispettore di lì a dodici mesi, e sapeva quanto ne sarebbe stata fiera sua madre. Strada facendo, era uscita con un paio di colleghi ufficiali, ma non si era mai innamorata. E non era mai stata amata. Aveva fatto della carriera il suo obiettivo finché, per una frazione di secondo, sull'Haddley Bridge, alla vigilia del quarantesimo compleanno, non si era detta: *Che diamine!* Guardò di nuovo il cestino della spesa e per un istante pensò di rimettere tutto al suo posto. Ma poi, dopo un respiro profondo, prese piuttosto una seconda bottiglia di vino.

Mentre si affrettava per i vicoli vittoriani verso il suo bilocale, sentì il telefono vibrare. Guardò lo schermo e vide che sua madre la stava chiamando. Sul punto di rispondere, si fermò. Per una volta, poteva aspettare.

Dopo aver fatto le scale quasi di corsa, si mise a riordinare in fretta e furia. La casa di Phil l'aveva stupita e, anche se non poteva sperare di fare la stessa impressione su di lui, voleva metterlo a suo agio. In verità, quello era poco più che il posto in cui dormiva tra un turno e l'altro, ma era determinata a fare del suo meglio. Si fiondò in camera da letto, scosse il piumone e sprimacciò i cuscini. Chiuse le tende, accese solo una lampada e spruzzò un po' del profumo che le aveva regalato sua madre per Natale. In soggiorno, rassettò i cuscini e ricavò uno spazio per due sul divanetto IKEA. Accese un paio di candele sul fornello a gas e le portò in bagno, posandole con attenzione ai piedi della vasca prima di cercare i sali profumati, un altro regalo di sua madre. In cucina aprì il vino e cominciò a preparare la cena. Avrebbero mangiato al tavolino della cucina o sul divano? Dal momento che consumava quasi tutti i suoi pasti davanti alla televisione, per l'occasione scelse la prima opzione. Apparecchiò con due calici da vino e accese un'altra candela.

Al suono del campanello il suo cuore ebbe un sussulto, ma più tardi, rannicchiata insieme a lui sul divano a sorseggiare vino rosso, si rimproverò per quell'ansia. Phil era esattamente come la sera prima: divertente e premuroso al punto da farle adorare ogni momento trascorso con lui. A un certo punto la prese per mano e la condusse lentamente verso la camera da letto.

Fu in quell'istante che le squillò il telefono. Lui cercò di impedirle di prenderlo, ma lei sapeva di doverlo fare.

«Agente Cooke?» disse, rispondendo alla chiamata.

«Mi spiace disturbarla, signora, ma il corpo di un uomo non identificato è stato rinvenuto nel parcheggio sul retro della rimessa delle barche di St. Marnham.»

30

«Uova e maionese o roast beef e insalata?» chiedo a Sam risalendo in macchina.

«Vado sul sicuro: uova e maionese.»

Passo a Sam una confezione di sandwich del supermercato.

«Niente patatine?» chiede.

«Temo di no. Mi attengo alle istruzioni di Madeline di farti seguire una dieta più sana.»

Lui sorride. «Qual è il mio caffè?»

«Quello che preferisci. Li ho appena presi da un distributore automatico. Mi sono perso qualcosa, qui?»

Dopo aver lasciato l'appartamento di Tosh, ho svoltato l'angolo con la macchina. Ora siamo parcheggiati su una strada laterale proprio di fronte a casa sua.

«Niente», risponde Sam. «È ancora di sopra.»

«Giusto perché aveva fretta di prendere il treno.»

Sam si gira verso di me. «Forse deve fare un salto in solaio, prima di uscire.»

Diretto verso il bagno di Tosh, Sam aveva notato una botola sul soffitto della cucina che portava al sottotetto. Poggiato dietro la lavatrice, c'era un bastone con un gancio all'estremità per aprire la botola. Graffi freschi sulla vernice suggerivano che la botola era stata aperta di recente.

«Pensi che Madeline potrebbe essere lassù?» chiede Sam.

«Vediamo di non correre troppo», rispondo. «Tosh sa sicuramente più di quanto lascia intendere. Scommetto quello che vuoi che ha visto Billy dopo il rilascio, ma questo non significa che sia qui, adesso. O che ci sia Madeline.» Addento il mio sandwich.

«Com'è?»

«Gommoso», rispondo, la bocca ancora mezza piena. Bevo il caffè prima di prendere il telefono e rileggere gli articoli di Madeline che descrivono la notte dell'omicidio di Aaron Welsby. Le scale di pietra che salivano dal ponte pedonale, i muri ricoperti di graffiti, la nicchia buia in cui si era nascosto Billy Monroe. L'omicidio è avvenuto a soli duecento metri dalla strada principale in stile vittoriano di St. Marnham, con i negozi già illuminati dalle luci di Natale.

Rileggo l'articolo scritto da Madeline nell'anniversario della morte di Aaron. La provocazione con cui sfidava Billy Monroe a fare causa al suo giornale, il coltello affondato più volte nello stomaco di Aaron, che poi torna barcollando sul ponte, in una fuga disperata, prima di precipitare nelle profondità del Tamigi. Scorro di nuovo la pagina verso l'alto e ricomincio a leggere da capo.

«Qualcosa non torna», dico a Sam. «Senti qua. *Sbucando dall'ombra, si è scagliato addosso ad Aaron urlando il suo nome.*»

«Cosa? Che c'è?» ribatte, staccando distrattamente la crosta dal suo sandwich.

«*Urlando il suo nome*», ripeto. Passo velocemente in rassegna gli altri articoli scritti da Madeline nei mesi successivi. «Lo dice solo in questo primo articolo.»

«E?»

«Come faceva a saperlo? Come faceva Madeline a sapere che Monroe aveva urlato il nome di Aaron? Uno dei motivi per cui le indagini della polizia si erano arenate è che non c'erano testimoni. Non riuscivano a collocare Billy sulla scena.»

«A volte ricorriamo tutti a qualche licenza drammatica nei nostri reportage. Lo sai com'è.»

«Non Madeline», obietto. «E non su un dettaglio così importante. Non infioretta mai, non inventa mai. A certi cronisti ha fatto il culo a strisce anche per la minima esagerazione: l'ho visto con i miei occhi.» Mi giro sul sedile. «Spiegami cos'è successo dopo la pubblicazione del primo articolo. Com'è che Madeline è riuscita a convincere la polizia a portare il caso in tribunale?»

«Ha scoperto i filmati di Monroe girati dalle telecamere di sorveglianza a St. Marnham.»

«Quindi è stata lei, e non la polizia, a recuperare una prova così importante?»

«Sì», risponde Sam, bevendo il caffè. «A difesa della polizia metropolitana, va detto che era quasi impossibile arrivarci. Dopo aver ucciso Welsby, Monroe si è calato dal ponte pedonale sulla linea ferroviaria sottostante. Una mossa difficile da immaginare, finché non hai visto quanto è alto Billy Monroe. Ha seguito la ferrovia attraverso il paese, si è tuffato nel Bryan Brook e ha nuotato per quasi un chilometro, prima di tornare a riva davanti alla St. Marnham Primary School.»

«È stato ripreso dalle telecamere a circuito chiuso della scuola?»

Sam annuisce. «La scuola è a circa tre chilometri dal ponte. La polizia aveva esaminato tutte le telecamere a circuito chiuso nel raggio di un chilometro e mezzo – sulla banchina della stazione, in paese, nei pub, nei negozi – ma non aveva trovato nulla. Senza sbattersi troppo, aveva dedotto che l'assassino si fosse dileguato oltrepassando Baron's Field, dove non c'erano telecamere.»

«Billy è stato ripreso solo dalle telecamere della scuola?»

«Sì. Come ti ho detto, ha scelto una via di fuga impensabile, ma Madeline è riuscita a ricostruirla. Le riprese della scuola hanno indotto la polizia a interrogare Monroe. Non molto tempo dopo, gli hanno trovato un paio di scarpe da ginnastica macchiate del sangue di Aaron.»

Guardo Sam. «Com'è possibile che Madeline sapesse così

tante cose? Ha imbastito il caso per la polizia e li ha condotti alle prove.»

Sam mi fissa, e un barlume di consapevolezza gli si accende negli occhi. «È quasi come se qualcuno le avesse passato le informazioni. Come se avesse parlato con un testimone.»

Annuisco. «C'era qualcun altro, lì.»

31

«C'era un testimone?» chiede Sam. «Ma perché avrebbe dovuto passare le informazioni a Maddy, invece che alla polizia?»

«Chi lo sa? Forse non si fidava, per qualche motivo.»

«C'era di mezzo qualche agente, dici?»

Mi stringo nelle spalle. «Non abbiamo modo di saperlo, in questo momento. Dobbiamo capire qualcosa di più su Aaron.» Digito velocemente un messaggio per Min. Devo sapere se Aaron ha parenti ancora in vita. Più cose scopriamo sul suo conto e sulla notte del suo omicidio, più sarà facile rintracciare Billy Monroe e ritrovare Madeline viva.

Sam mi allunga una gomitata sul braccio. «Tosh ha spento le luci.»

Pochi attimi dopo, la porta d'ingresso di casa sua si apre e lui sale sulla Honda blu parcheggiata nel vialetto. I fari sono un lampo nella nebbia, poi l'auto si allontana. Apro la portiera e verso i resti del caffè nel canaletto di scolo. Sam fa lo stesso e poi attraversiamo la strada.

«Posso farlo da solo», dico a Sam una volta ai piedi della scala antincendio di metallo.

«No, la troveremo insieme.»

È inutile discutere con lui. Faccio un salto e tiro giù la scala. «Sta' attento ai primi gradini», dico. «Quando saremo sulla scala principale, sarà più semplice.»

Sam si inerpica molto più velocemente di quanto non abbia salito le scale fino all'appartamento di Tosh. Arrivati in cima, ci ritroviamo davanti a un'ampia finestra a ghigliottina.

«Porta direttamente al bagno», specifica Sam.

Provo ad alzarla e viene su facilmente.

«Ci sto prendendo la mano», dice sorridendo, mentre ci infiliamo dalla finestra. Poi fa per agguantare il cordino della luce del bagno, ma io gli afferro il braccio.

«Meglio non annunciare il nostro arrivo.»

Ci spostiamo in cucina. Sam mi passa il bastone per aprire la botola del solaio. Accendo la torcia del cellulare e lui fa lo stesso con il suo.

«Quando apro la botola, punta la luce verso il solaio.»

«E se dentro ci fosse Billy?» sussurra.

«C'è solo un modo per scoprirlo.» Metto il bastone in posizione. Poi, trattenendo il respiro, guardo Sam. Lui annuisce e io tiro il chiavistello. La botola si abbassa, rivelando una scaletta.

«Billy?» chiamo, alzando lo sguardo verso il buio. «Sei lassù? Se ci sei, scendi!»

«Con le mani in alto!» aggiunge Sam. Mi giro a guardarlo. «Perché no?» bisbiglia.

«Billy?» ripeto invano. Tenendo il telefono davanti a me, inizio a salire la scala. «Puzza di muffa», dico a Sam quando sono a metà strada. Oltrepassata l'apertura con la testa, riesco a vedere l'interno del solaio.

«Ben», dice Sam, in un sussurro forzato.

«Aspetta. Non c'è nessuno, ma qualcuno è stato quassù, di recente.» Continuo a salire.

«Fermati, Ben», dice Sam, alzando il tono di voce.

«Sto entrando», replico. «Ci sono un materasso, un sacco a pelo, involucri per alimenti, due tazze di caffè ancora mezze piene. Qualcuno vive qui, e scommetto che è Billy.»

«Ben, devi scendere.»

«No, siamo sulla pista giusta.»

«Scendi subito!» grida Sam.

«Shh! Perché?» chiedo dall'interno del solaio.

«Perché non voglio che il signor Monroe tiri il grilletto del fucile che mi sta puntando alla schiena.»

CINQUE

« Qualcuno lo ha colpito con forza alla nuca.
In quali circostanze, lo lascio stabilire a voi. »

Chiuse il libro sui pianeti, lo posò accanto al letto e si appoggiò al cuscino. Dal lucernario, scrutò il luminoso cielo notturno. Immaginò di sfrecciare tra le stelle, di fuggire a bordo dell'astronave più veloce di sempre e raggiungere la luna. Sempre lo stesso sogno.

Era il quarto compleanno che trascorreva in quella casa e nella mansarda. A lui la stanza sembrava fredda e umida, ma lei continuava a ripetergli quanto fosse fortunato ad avere tutto quello spazio. Se proprio aveva freddo di notte, poteva prendersi un'altra coperta. Gli aveva promesso una stufa ma, come il tappeto per il pavimento, non era mai arrivata. Per il compleanno, gli aveva comprato dei pantaloni nuovi per la scuola. Gli aveva detto che era ciò di cui aveva bisogno e che i soldi non crescevano sugli alberi. Era stato l'uomo a regalargli il libro sui pianeti. Non riusciva a leggere tutte le parole, ma era pieno di immagini a colori e gli piaceva.

Tre settimane prima gli aveva detto che, se fosse andato meglio a scuola, avrebbe potuto portare quattro amici al bowling. Non sapeva bene chi invitare, ma alla fine aveva scelto Ethan, il suo unico vero amico, più Dylan e Samuel. Erano fratelli e vivevano tre porte più in là e, le volte in cui non pioveva, giocavano con lui a calcio per strada. Il giorno prima del suo compleanno, però, gli era andata male la verifica di matematica. Era andata un po' meglio del solito, ma non era stato abbastanza. Così, lei gli aveva detto che non ci sarebbe stato nessun bowling e che toccava a lui comunicarlo ai suoi amici. Le aveva urlato contro tutto il suo odio, più e più volte, scoppiando a piangere, mentre lei lo fissava senza muovere un muscolo. Alla fine, era scappato dalla cucina spingendola via.

Ma aveva capito subito di aver commesso un errore. Mentre correva su per le scale, l'aveva sentita gemere. Si era detto che non gli importava ma, seduto sul bordo del letto, aveva avvertito una strana sensazione allo stomaco.

Di nuovo fuori dalla stanza, in cima alle scale, si era rimesso all'ascolto. Ma non si sentiva più nulla. Aveva sperato che stesse bene. Poi, però, aveva udito un altro gemito. Aveva pensato di andare a controllare, ma in quel momento aveva sentito suo figlio scendere le scale ed entrare in cucina. Trenta minuti dopo, aveva sentito arrivare un'ambulanza.

Ora era tornata a casa. La sentiva piangere al piano di sotto.

Poi, a un certo punto, le aveva sentito urlare: «Lo voglio fuori di qui!»

32

«Che stai guardando?» chiese Phil mentre aspettavano il verde al semaforo sull'Haddley Bridge.

«Non ti avevo mai visto con gli occhiali», rispose Lesley.

«Ti piacciono?» domandò lui, voltandosi a guardarla.

Gli occhiali lo facevano sembrare più vecchio, pensò lei. La montatura era troppo scura e pesante. «Molto distinti», rispose. Non sapeva bene cosa significasse, ma le era parsa una cosa positiva e non impegnativa da dire.

«Sto meglio senza?»

«No, assolutamente», rispose lei. «È solo che ti fanno sembrare diverso.»

Una mano picchiò sul cofano del furgone.

«Scusa, zio!» gridò una voce alticcia in strada, prima che un gruppo di ventenni si avviasse barcollando verso il sentiero lungo il fiume. Erano le nove passate di un venerdì sera e i bar di Haddley brulicavano di gente.

Phil avanzò lentamente, svoltando su Lower Haddley Road. «Li porto solo ogni tanto», disse, riprendendo la conversazione precedente. Lei si rese conto di averlo messo a disagio. «E solo per guidare, in realtà, se ho già tolto le lenti a contatto.»

«Guarda che mi piacciono», ribadì lei con una risata.

«Ma avresti scelto un altro modello, vero?»

«Diciamo che forse ti vedrei con un modello un po' diverso. La prossima volta che cambi la montatura potrei venire con te...» Se ne pentì all'istante. Non voleva sembrare invadente.

« È sempre utile avere un punto di vista femminile », rispose Phil sorridendo, e Lesley non riuscì a impedirsi di immaginarsi a fare shopping insieme a lui. A ogni modo, dubitava che sarebbe mai successo. Dopo la chiamata dall'agente Cooke, Phil l'aveva trascinata lentamente verso la camera da letto. Poi, sulla soglia, l'aveva baciata facendole desiderare che la portasse all'interno. Ma alla fine, sapendo di dover andare, si era costretta ad allontanarsi. Lui l'aveva seguita in bagno e, seduto sul bordo della vasca, l'aveva guardata mentre si spogliava per indossare gli abiti da lavoro. Il tono della conversazione era stato informale – lui era interessato alle indagini e ai risvolti che avrebbero preso –, ma quei pochi minuti le erano parsi i più intimi che avessero mai condiviso.

« Ti preferisco con i capelli sciolti », le aveva detto, mentre lei li tirava indietro per metterli in ordine.

« Sono più comoda così », aveva risposto. Anche se non era in uniforme, era la prima volta che la vedeva nei panni di investigatrice.

Poi, affiancandola davanti allo specchio del bagno, l'aveva baciata sulla guancia. « Dovresti provare a lasciarli giù, qualche volta. »

Era stato quello il momento, ne era sicura, in cui Phil si era reso conto di andare a letto con un'agente di polizia. Ed era da allora che si sentiva tormentata dai dubbi.

Il furgone attraversò Haddley Woods e proseguì fino a St. Marnham. « Hai idea di quando finirai? » le chiese mentre percorrevano la strada principale del paese deserto.

« Non si può mai dire, con queste cose. »

« Che ne dici se ti aspetto? »

Lei fece una smorfia. Non sarebbe stata una cosa breve. « Potrebbe volerci qualche ora », rispose. « Sarà già mattina quando torno a casa. » Mentre svoltavano lungo il fiume, scrutò la strada davanti a loro. Per Phil sarebbe stato tutto a un tratto ovvio che la priorità, per lei, era il lavoro. E non voleva cogliere la sua reazione. Sapeva già quale sarebbe stata.

«Allora facciamo qualcosa domani», propose lui. «Avrai pure qualche ora libera, prima o poi!»

Sentì la propria risatina nervosa e si rese conto che era un'espressione di sollievo, più che altro. «Magari a pranzo?»

«Devo riportare indietro il furgone, ma alla mensa del deposito PDQ fanno un pasticcio di manzo e birra strepitoso, il sabato a pranzo.»

«Tu sì che sai come viziare una donna.»

«Mi piacerebbe mostrarti dove lavoro.»

«Affare fatto», replicò lei.

Un taxi nero uscì dal cortile del ristorante di Mailer e Phil rallentò per lasciare che si immettesse nel traffico. A quel punto, Lesley intravide le luci blu lampeggianti.

«Puoi lasciarmi qui, se vuoi», gli disse quando erano ancora a circa duecento metri di distanza.

«Non vuoi che i tuoi colleghi ti vedano scendere dal mio furgone?» le chiese lui, accostando al bordo del marciapiede.

«Assolutamente no», disse lei sulla difensiva. «Be', forse non subito.» Lui sorrise e, mettendole una mano sulla gamba, si chinò per baciarla. «Devo andare», sussurrò lei aprendo la portiera.

«Ci vediamo domani», replicò Phil, appoggiandosi allo schienale del sedile. «Mandami un messaggio quando stai per arrivare.»

Lesley uscì nel traffico e attraversò di corsa la strada. Ormai vicina al parcheggio della rimessa delle barche, si guardò alle spalle, ma Phil era già scomparso sulla strada per Haddley.

33

Un agente in divisa sollevò il nastro della polizia e il sergente investigativo Barnsdale vi passò sotto. Mentre attraversava il parcheggio non illuminato di fianco alla rimessa delle barche di St. Marnham, cominciò a piovere. Chiudendosi la giacca, si diresse verso il fiume.

« Da questa parte, signora », disse l'agente Karen Cooke dalla cima di un argine. « Purtroppo c'è un bel po' di fango, qui. »

Sentendo l'umidità penetrarle nelle scarpe, la Barnsdale si pentì di non aver messo gli stivali.

« Una bella scarpinata », proseguì la Cooke, guardandosi alle spalle mentre conduceva la Barnsdale giù per una piccola scalinata di mattoni. Raggiunsero uno stretto fosso di cemento allagato da un paio di centimetri d'acqua.

« Chi diavolo ha trovato un corpo quaggiù? » chiese la Barnsdale.

« Segnalazione anonima », rispose l'agente. « Gli spacciatori locali spesso utilizzano la rimessa abbandonata delle barche sul retro del parcheggio. Immagino sia stato uno di loro a chiamare. »

« Che senso civico. Assicurati che qualcuno perlustri il capannone, non si sa mai. »

Sotto la chioma degli alberi, la luce flebile di un faretto illuminava a malapena il fosso. Accovacciato sul corpo c'era un medico legale.

« Salve », disse questi, levando lo sguardo e sorridendo. « Il sergente Barnsdale, vero? »

Lei annuì. Lo aveva già incontrato, ma non riusciva a ricordare il nome. Sembrava giovanissimo. «George Lennon», disse lui, sfilandosi i guanti blu per porgerle la mano. *Ma certo, il tipo con i genitori fanatici dei Beatles*, pensò lei.

«Cosa può dirmi?» gli chiese.

«Età tra i sessanta e i settant'anni. L'esame iniziale suggerisce due o tre colpi violenti alla nuca.»

«Uno dei quali lo ha ucciso?»

«Difficile dirlo adesso. È possibile che sia andata così ma, in caso contrario, la morte è sopraggiunta per arresto cardiaco immediatamente successivo o dopo essere rimasto qui privo di sensi nelle ultime ventiquattr'ore.»

«Ma qualcuno l'ha ucciso?»

«Qualcuno lo ha colpito con forza alla nuca. In quali circostanze, lo lascio stabilire a voi.»

Lei fece una smorfia. «Altri segni di aggressione?»

«Al momento non ne vedo. Darò un'occhiata più da vicino quando lo metteremo sul tavolo.»

«Ucciso sul posto o scaricato successivamente?»

«È disteso in qualche centimetro d'acqua. Non posso dirlo con certezza, ma suppongo non abbia fatto tanta strada.»

La Barnsdale sospirò. «Lo abbiamo identificato?»

«Se vuole tastargli le tasche, faccia pure.»

La Cooke alzò la torcia sul corpo della vittima e guardò dubbiosa il suo superiore.

A un cenno della Barnsdale, l'agente arrancò nell'acqua, infilandosi un paio di guanti in lattice prima di chinarsi sul corpo.

«Sarà più facile se gli toglie i pantaloni», disse Lennon.

La Cooke deglutì prima di seguire il consiglio. Ma non trovò nulla.

«Perché era qui?» chiese la Barnsdale, pensando ad alta voce.

«Ne so tanto quanto lei», rispose Lennon. «Sembra un po' anziano per il solito giro di gente che si incontra nella rimessa delle barche.» La Barnsdale attese che aggiungesse altro, ma lui indicò ai suoi colleghi che il corpo era pronto per essere infilato in un sacco e rimosso. «Buona fortuna», tagliò corto, e iniziò a risalire i gradini.

«Facciamo una ricerca in zona e vediamo se riusciamo a identificarlo in qualche altro modo», disse la Barnsdale all'agente Cooke.

«Possiamo fare un controllo sulle persone scomparse nelle ultime ventiquattr'ore.»

La Barnsdale annuì. Con la Cooke al seguito, risalì nel parcheggio della rimessa delle barche. Mentre l'agente si chinava per togliersi i copriscarpe di plastica, una donna sollevò sopra il suo metro ottanta di altezza il nastro della polizia posto sul ciglio della strada e le si avvicinò.

«L'agente Cooke?» chiese la donna con un lieve accento australiano. «Sono Kate Hoy, la responsabile della rimessa.»

«Grazie per aver fatto così in fretta», rispose la Cooke. «Le presento il sergente Barnsdale. È lei a condurre le indagini.»

Le tre donne attraversarono il parcheggio fino al cancello di ferro all'estremità della proprietà, chiuso con un lucchetto. La Barnsdale scosse il cancello. «Questo rimane sempre chiuso?»

«Non credo di averlo mai visto aperto; non so nemmeno se c'è una chiave.»

Il cancello conduceva direttamente nel cortile davanti al ristorante di Mailer. «Quindi l'unico modo per entrare e uscire è attraverso il cancello principale?»

Kate Hoy annuì. «A meno di non risalire dalla riva del fiume, ma non è così semplice.»

Sentendo l'acqua gelida nelle scarpe, la Barnsdale concordò. «Non trascinando un metro e ottanta di cadavere.» Poi mise a parte la Hoy della scoperta del corpo di un uomo, molto probabilmente sulla sessantina, rinvenuto sulle rive del fiume. «Capelli grigi, baffi. Potrebbe essere qualcuno legato in qualche modo alla rimessa?»

«Poveraccio. Abbiamo alcuni canottieri più anziani, per lo più gente che voga da una vita intera, ma la descrizione non mi dice niente. Mio padre, che sta a Sydney, ha i baffi grigi, perciò uno del genere me lo ricorderei sicuramente.»

La Barnsdale annuì. «Ci sono telecamere a circuito chiuso?»

La Hoy scosse la testa. «Abbiamo telecamere davanti alla rimessa principale, non nel parcheggio o nel vecchio capannone delle barche.»

«Mi risulta che il capannone sia utilizzato per altre attività, adesso...»

La Hoy alzò gli occhi al cielo. «Eh, ho inoltrato tre segnalazioni alla vostra unità, nell'ultimo mese. Più di tanto non posso fare.»

«Avremo comunque bisogno di accedere al capannone.»

«Naturalmente.»

Tornarono davanti all'edificio principale. Sentendo vibrare il telefono, la Cooke si allontanò.

Alla Barnsdale tornò in mente il commento di George Lennon. «Il parcheggio viene mai utilizzato per incontri romantici?»

La Hoy rise. «Non ci si incontra tutti online, di questi tempi? Se va bene ti vedi solo per una botta e via.»

«E nelle ultime ventiquattr'ore? Niente di insolito?»

«Faccio avanti e indietro tutto il tempo, ma non ho visto niente.»

«Grazie», disse la Barnsdale. «Se avremo ancora bisogno di lei, la contatteremo.»

«Sergente!»

La Barnsdale si voltò, sorpresa dall'urgenza nel tono della Cooke. L'agente si avvicinò di corsa, rimettendo il telefono in tasca.

« Segnalazione di un sospetto intruso in un'abitazione a Haddley Common », disse la Cooke, ansimando. « Una donna si è chiusa in bagno con il figlio, ma teme che l'uomo possa essere ancora in casa sua. »

« Vai subito sul posto! » ordinò la Barnsdale.

34

Scendo la scala del solaio.

«Lentamente», dice Tosh Monroe.

Guardo per un attimo alle mie spalle. Monroe mi sta puntando addosso il fucile.

«Non siamo qui per fare del male a nessuno», dico, scendendo dall'ultimo gradino della scala, la schiena sempre rivolta a Monroe. Poi mi giro con cautela, le mani alzate. Il fucile è a pochi centimetri da me. «Signor Monroe, la prego, metta giù il fucile e le spieghiamo tutto. Volevamo soltanto parlare con Billy.» Sposto nervosamente lo sguardo verso Sam. È di fianco alla cucina, gli occhi dilatati, le mani premute saldamente contro il muro. Mi giro verso Monroe, fissandolo negli occhi. «La prego, posi il fucile e lasci che le spieghi.» Poi abbasso le mani, sperando lui faccia altrettanto.

«L'ultima volta che ho controllato, l'effrazione era ancora un reato», dice Monroe. «Forse dovrei chiamare la polizia.» La voce è salda, ma colgo un tremore nella mano.

«Credo che nessuno di noi voglia coinvolgere la polizia», dice Sam.

«Per favore, metta giù il fucile», ripeto. «Dobbiamo trovare Billy. È urgente.»

«Vogliamo aiutarlo», rincara Sam.

Monroe abbassa lentamente l'arma. Sam si strofina le mani sul viso ed emette un sonoro sospiro.

«Non vi avrei uccisi», dice Monroe.

«Buono a sapersi», risponde Sam. «Ho bisogno di un drink se no me la faccio addosso.»

«Già che siete qui, che ne dite di un whisky?»

«Male non farebbe», risponde Sam con una risata ansiosa.

«Glenfiddich 12?»

«Non c'è altro?»

Lancio un'occhiataccia a Sam, ma lui alza le mani e fa spallucce. Monroe posa con attenzione il fucile sopra la lavatrice e poi lo seguiamo in soggiorno.

«Billy è stato qui», dice, chinandosi per aprire una piccola credenza e riempire tre generosi bicchierini.

«Perché dormiva nel solaio?» chiede Sam.

«Non è così male. Lo uso come stanza per gli ospiti. A Billy, dopo dodici anni in cella, andava di lusso. E gli piaceva il lucernario.»

«Quanto tempo è rimasto?»

«Gli ho detto che poteva restare quanto voleva, ma se n'è andato dopo qualche giorno.»

«Perché non ce lo ha detto?» chiede Sam, vuotando il suo bicchiere.

«Due giornalisti venuti a ficcanasare da Londra: pensate che sia stupido?»

Sam sorride e Monroe gli riempie di nuovo il bicchiere. Mi allunga la bottiglia. «Su, beva».

«Devo guidare», spiego.

Monroe si volta verso Sam. «Billy ne ha passate abbastanza. Merita la sua occasione, adesso.»

«Ha ucciso un uomo», replica Sam.

«Sì, e ha scontato la sua pena.»

Incrocio per un istante lo sguardo di Sam. Sappiamo entrambi di aver bisogno che Tosh Monroe sia dalla nostra parte. «Ha ragione, ha scontato la sua pena», concede Sam, «e so che l'ultima cosa che vorrebbe è vederlo di nuovo dentro.»

Monroe si accascia sulla sedia e sorseggia il suo whisky. «Cos'è che le fa pensare a questa possibilità?»

«Potrà anche non essere colpa di Billy, ma pensiamo che

corra il rischio di frequentare gente alquanto spiacevole; persone che teniamo d'occhio da un po'.» Sam si ferma un attimo. Sappiamo entrambi che dire la verità a Monroe ce lo metterebbe contro. «La storia che stiamo seguendo non riguarda Billy», continua, «ma il suo nome è saltato fuori in una lista di persone a cui lei non vorrebbe vederlo collegato.»

Annuisco all'indirizzo di Sam, che mi rivolge un breve sorriso.

«È un ragazzo di buon cuore, nonostante quello che ha fatto. Ma troppo ingenuo», ammette Monroe, con una risata amara. «Si lascia influenzare troppo facilmente, da sempre. È da quando è nato che la gente lo usa; e sua madre è stata la prima, probabilmente.»

«Vogliamo solo parlargli», conclude Sam.

Monroe guarda lui e poi me. «Perché vorreste aiutarlo?»

«Stiamo seguendo una storia, tutto qui», rispondo. «E, se nel frattempo abbiamo modo di aiutare Billy...»

Monroe manda giù un altro sorso. «È rimasto qui una settimana, poco più. Si è presentato appena uscito dal carcere. Gli ho dato dei soldi, gli ho comprato dei vestiti e un telefono poco costoso.»

«Può darci il numero?» chiede Sam.

«Sono quattro giorni che lo chiamo; gli ho lasciato un sacco di messaggi, ma niente.»

«Sarebbe comunque utile averlo», ribadisce Sam, cercando di mascherare l'impazienza, «così possiamo provare a chiamarlo anche noi.»

Monroe scompare in cucina, per riapparire pochi secondi dopo e consegnargli un pezzo di carta.

«Grazie», dice Sam, piegando il foglio e infilandolo nella tasca della giacca.

«Ho scritto anche il mio, sotto. Se lo trovate, fatemi un fischio.»

Annuisco. «Ha idea di dove sia, in questo momento?»

Monroe fa scorrere le dita di una mano sul dorso macchiato dell'altra. « Billy non ha mai avuto molti amici, ma c'era un ragazzo che aveva conosciuto a scuola, Ethan Harris. Si sentivano, di tanto in tanto... e poi, nei primi due anni in cui Billy è stato dentro, Harris era già lì. »

Inarco le sopracciglia.

« Non aveva ucciso nessuno », continua Monroe, « ma era alla guida di un'auto in fuga dopo una rapina in una stazione di servizio. Una volta uscito, credo sia tornato a trovare Billy in un paio di occasioni. »

« E pensa che Billy potrebbe essere con lui, adesso? » chiede Sam.

Monroe scrolla le spalle. « Ve l'ho già detto, Billy non ha molti amici. L'ho sentito parlare al telefono, mentre era qui. Speravo che Harris potesse avere una buona influenza. Ha un lavoro decente, ora; lavora di notte in un deposito a Wolverhampton, guida i carrelli elevatori. Il massimo che Billy abbia mai fatto è stato lavorare come operaio edile pagato a giornata. »

« È questo che faceva a Haddley, prima della morte di Welsby? » domando.

« C'era sempre lavoro, in zona. E Billy diceva che stare vicino al fiume gli ricordava casa. » Tosh vuota il suo shot. « È stupido, lo so, ma speravo che Harris potesse aiutarlo a trovare qualcosa di più stabile. »

« Non è che ha l'indirizzo di Harris? » chiede Sam.

Monroe fruga nella tasca posteriore dei pantaloni e tira fuori un altro pezzo di carta. Sul punto di passarlo a Sam, ha un attimo di esitazione.

« Se riusciamo a trovare Billy », dice Sam, « e a rimetterlo sulla retta via, sarà molto meglio per lui che farsi pizzicare di nuovo dalla polizia. »

Monroe guarda Sam e annuisce lentamente, prima di consegnargli il foglietto con l'indirizzo.

35

«Sarah, è ancora in linea?» chiese Dani. Premette con forza il pulsante sul retro dell'ufficio dell'unità investigativa e corse verso il parcheggio.

«Credo stia salendo le scale», rispose Sarah Wright, che aveva chiamato direttamente il numero dell'agente investigativo.

«Restate dove siete», rispose Dani, sapendo che Sarah si era chiusa in bagno con il figlio. «I colleghi stanno arrivando.» Saltò su un'auto di pattuglia e, con il lampeggiante acceso, puntò verso la strada principale. «Sono a tre minuti da lei», disse. «Come sta Max?»

Dopo aver sentito un rumore di vetri infranti in soggiorno, Sarah si era precipitata a recuperare il figlio dal suo letto. «È tutto okay, vero, Max?» gli stava chiedendo adesso.

«Voglio Nathan», lo sentì rispondere Dani. «Lui ci salverebbe. È Super Nathan.»

Dani non riuscì a trattenere un sorriso mentre passava con il rosso al semaforo in fondo alla strada principale, prima di svoltare per il lungofiume.

«Mamma», stava dicendo intanto Max. «Nathan prenderà l'uomo cattivo e gli tirerà un pugno in faccia! Verrà a trovarci presto, vero?»

Seguì un silenzio dall'altra parte del telefono.

«Nathan sembra molto coraggioso», disse Dani, cercando di tenere viva la conversazione.

«È molto coraggioso», disse Sarah al figlio. «Sono sicura che verrà a trovarci presto!»

«Deve venire adesso!» gridò Max.

«Shh!» esclamò Sarah. «Dobbiamo fare silenzio! Ma sì, sarebbe proprio bello se arrivasse.»

«Allora chiamalo!» disse Max a sua madre. «Oppure chiama papà. Verrà e ci salverà!»

«Sta arrivando la polizia», gli rispose Sarah.

Dani accelerò lungo la Lower Haddley Road e, avvicinandosi a Haddley Common, vide le luci blu arrivare dalla direzione opposta.

«Un minuto», disse. «Dica a Max che è un piccolo eroe.»

«Lo è eccome», rispose Sarah, prima di sussurrare: «Più di me».

«Ci sono quasi. Sente ancora rumori?»

«No, niente. Ho paura, Dani.»

«Tenete duro!»

«Oh, mio Dio!» disse Sarah all'improvviso.

«Che c'è?» chiese Dani, sfrecciando lungo un lato dell'Haddley Common.

«La luce della camera da letto si è spenta! Dev'essere nella stanza accanto!»

«Rimanete lì! Non aprite la porta!»

Il tonfo di una mano che sbatteva contro la porta del bagno echeggiò nell'auto, facendo sussultare Dani.

Sentì Max urlare.

Poi cadde la linea.

36

«Quanto è distante Wolverhampton?» chiede Sam, mentre apro le portiere dell'auto.

«Non molto, meno di cento chilometri.»

«Andiamo», replica, prima di prendere il telefono e comporre il numero che gli ha dato Monroe.

«Cosa dirai se risponde?»

Sam mi guarda e abbassa il telefono. «Non lo so. Tu che dici?»

«Siamo abbastanza sicuri che abbia preso Madeline.»

Sam annuisce.

«Quindi le possibilità che risponda al telefono sono piuttosto scarse, ma se risponde c'è il rischio di spaventarlo. E in tutto questo non sapremo ancora dove sono.»

«Dobbiamo provarci lo stesso. Se risponde, gli diciamo che abbiamo parlato con suo nonno e che gli siamo addosso. Gli diciamo di arrendersi prima che sia troppo tardi e poi andiamo direttamente a Wolverhampton.»

«Va bene, se è quello che vuoi.»

Sam digita di nuovo il numero per poi allungarmi frettolosamente il telefono. «Parlaci tu», dice.

L'altro telefono squilla, ma non risponde nessuno. «Niente», dico. «Probabilmente si sarà già sbarazzato del cellulare.» Vedo la delusione sul volto di Sam. Tira su con il naso e poi inspira a fondo.

«Su, andiamo», dice, dandomi un colpetto sul braccio prima di allacciarsi la cintura di sicurezza. «Magari saremo lì tra un'ora.»

Il mio cellulare vibra. «Un secondo», dico, recuperando la giacca. Un messaggio di Min. «I genitori di Aaron Welsby sono ancora vivi», leggo ad alta voce. «Dalla morte del figlio, Barbara e Patrick Welsby vivono nel piccolo centro di Winchcombe, nelle Cotswolds, non lontano da Cheltenham.» L'orologio sul cruscotto segna le dieci di sera. «Partendo adesso, possiamo essere lì prima di mezzanotte.»

«E Wolverhampton?»

«Ethan Harris fa il turno di notte.»

«Grazie a Dio, uno di noi due era attento», risponde Sam.

Avvio il motore. «Possiamo vedere i Welsby e poi trovarci davanti casa di Harris a Wolverhampton prima che finisca il turno.» Sam annuisce e io trasferisco su Apple Maps l'indirizzo che mi ha inviato Min.

Di notte c'è poco traffico, in autostrada, e presto ci ritroviamo nei paraggi di Birmingham. Sam posa la nuca sul poggiatesta. «Ventiquattr'ore fa», dice, con gli occhi chiusi, «stavamo festeggiando il mio compleanno al ristorante di East. Madeline mi ha offerto un passaggio a casa, ma io sono andato a bere con i miei amici. Avrei dovuto stare con lei.»

«Non è colpa tua.»

«Ma, se fossi stato con lei, avrei potuto fare qualcosa.»

«Se Madeline non è riuscita a...» Mi fermo, rendendomi conto che probabilmente non lo sto aiutando.

«So che pensi che io e lei battibecchiamo sempre, perché è così. Litighiamo e ci diamo il tormento a vicenda, ma solo perché ci vogliamo bene.» Sam fa una pausa. «Quando era bambina, voleva diventare una fotografa. Io e mia moglie la incoraggiavamo. Scattava foto fantastiche. Sua madre voleva che si dedicasse alla moda, ma io l'ho sempre saputo. Ogni volta che la portavo in redazione, le veniva qualche idea per un articolo. Non aveva ancora dieci anni e sapeva già come impostare una prima pagina.»

«Ce l'ha sempre avuto nel sangue», commento con un

mezzo sorriso, guardando Sam. Sotto la luce intensa dei lampioni dell'autostrada, per la prima volta in assoluto, quello che vedo seduto al mio fianco è un vecchio.

« E se non riuscissimo a trovarla, Ben? »

« La troveremo », ribatto, cercando di infondergli fiducia. « Stiamo facendo progressi ma se non la troviamo entro le prossime ventiquattr'ore, allora andremo alla polizia. » Sam non dice nulla. Voglio ritrovare Madeline, ma so anche che più andiamo avanti, più sarà complicato. « D'accordo? »

« D'accordo », risponde lui con un filo di voce.

Lasciamo l'autostrada per immetterci in una carreggiata buia nella campagna delle Cotswolds.

« Ricordi i genitori di Aaron, al processo? » chiedo.

« Non ne hanno perso un minuto », risponde Sam. « Non so se al posto loro sarei riuscito a farlo. L'accusa ha presentato alcuni dettagli orripilanti. Una volta concluso il processo, non hanno detto una parola. »

« Nessuna dichiarazione? »

« Niente, nemmeno da parte del loro avvocato fuori dal tribunale. »

Trovo strano che i Welsby abbiano deciso di rimanere in silenzio e di non offrire nemmeno una sorta di tributo alla memoria del figlio. « Probabile che a quel punto ne avessero avuto già abbastanza della stampa », prosegue Sam, leggendo i miei pensieri.

« Oppure non volevano finire sotto i riflettori. »

« Cosa speri che ci dicano? »

« Al processo, se non prima, devono aver conosciuto Madeline », rispondo. « Forse possono far luce su chi le ha girato così tante informazioni. »

37

Dani Cash non riuscì a trattenere un sorriso mentre il figlioletto di Sarah Wright le raccontava di come avesse messo in fuga l'intruso da casa loro.

« Super Max gli ha urlato contro e lui è scappato », disse il bambino animatamente, assumendo una posa da supereroe.

« Sei stato davvero fantastico », rispose Dani, sedendosi di fronte a Max e sua madre nella camera da letto temporaneamente riadattata. Guardò Sarah e le chiese di riferirle dell'effrazione.

« Ero qui a guardare un programma tv sull'iPad, quando ho sentito la finestra al piano di sotto vibrare, e poi un rumore di vetri rotti. » Sbadigliando, Max si rannicchiò accanto alla madre e lei lo abbracciò.

Dani si voltò un istante verso l'agente Cooke che, in piedi dietro il divano, aspettava il fischio del bollitore. A giudicare dalle parole di Sarah, era ovvio che l'intruso si stesse facendo sempre più impudente.

« Era da tempo che volevo far riparare la serratura di quella finestra, ma ho sempre pensato che nessuno avrebbe mai osato tentare di entrare dalla facciata anteriore della casa. È ben visibile dalla strada. »

« Sapesse », commentò Dani.

Karen arrivò con una tazza di tè. « Ecco qua », disse a Sarah, e si appollaiò sull'angolo del divano. « Ho dato un'occhiata alla finestra. Sembra che l'abbia forzata da sotto, probabilmente con un cacciavite o un attrezzo del genere. »

« Sono stata una stupida », osservò Sarah, accarezzando i capelli di suo figlio che, intanto, si stava addormentando.

« Non è colpa sua », disse Dani, « ma direi di far controllare tutte le serrature. »

Sarah raccontò di aver tirato Max giù dal letto prima di barricarsi con lui in bagno e chiamare Dani. « Quando ha sbattuto la mano sulla porta, ci siamo messi a urlare sia io sia Max, almeno mi pare, e mi è caduto di mano il telefono. Max gli ha gridato di andarsene, ed è quello che ha fatto, incredibilmente. Ma ho sentito le vostre sirene avvicinarsi dal parco, perciò immagino le abbia sentite anche lui. »

Dani annuì. Era stata la prima ad arrivare sul posto, precedendo la Cooke di qualche minuto. Erano entrate in casa dalla finestra del soggiorno. Spostandosi in cucina, avevano trovato le tavole rimosse e la stanza aperta sul giardino.

« Sembra se ne sia andato nello stesso modo della notte scorsa, uscendo dal retro per scavalcare la recinzione. Alcuni agenti stanno perlustrando la zona, adesso, ma temo si sia già allontanato. »

Sarah guardò suo figlio, ormai addormentato. « Perché ci ha presi di mira? »

« Non abbiamo modo di conoscere le sue motivazioni. Considerato che ieri è stato messo in fuga e che conosceva la via d'uscita dal giardino, è possibile che ci abbia semplicemente riprovato. »

« Ero terrorizzata », disse Sarah. « Era come se ce l'avesse con noi. Come se ce l'avesse con me. »

« Lasceremo un agente fuori, ma c'è qualcuno che potrebbe passare la notte qui? »

« Chiamerò il mio ex marito », rispose Sarah.

« Potreste anche valutare l'idea di trasferirvi per un paio di giorni, finché non acciuffiamo quel tizio. »

Dani scese le scale ed entrò nel soggiorno di Sarah Wright. Una brezza fresca soffiava nella stanza, facendo gonfiare in maniera inquietante i teli di plastica che ricoprivano la maggior parte dei mobili. Si fermò accanto a un suo collega che stava controllando la finestra.

« Non è difficile », disse l'uomo, indicando l'unica serratura della finestra a ghigliottina. « Uno spintone e sei dentro. »

« La faremo chiudere bene con delle assi, quando avrà finito », replicò Dani, voltandosi per trovare la Cooke sulla soglia. « Diventa sempre più audace », le disse quest'ultima.

« È proprio questo che mi preoccupa », rispose Dani. Tornò a guardare la finestra. « Perché rompere il vetro quando la serratura era così debole? »

« Forse l'ha rotto mentre tentava di scardinarla? »

« Forse », disse Dani, facendo scorrere pensosa la mano sullo schienale di un divano rivestito. « O forse il suo intento era proprio quello di generare il panico? »

38

Verso mezzanotte percorriamo la via principale di una Winchcombe deserta. Oltrepassiamo un negozio di antiquariato, uno studio d'arte, un fioraio e, subito dopo, un negozio di ferramenta dall'aria tradizionale. Winchcombe è un paesino vecchio stile in cui si respira una pace idilliaca. Posso capire perché i Welsby abbiano scelto di rifugiarsi qui dopo il trauma dell'omicidio del figlio.

Sveglio Sam con un colpetto di gomito.

«Siamo arrivati?» chiede, stiracchiando le braccia.

«Un paio di minuti e saremo a casa loro.»

Si stropiccia gli occhi e guarda dal finestrino. «Non riesco a immaginare che possa succedere mai qualcosa, qui», osserva.

Sorrido e, mentre la strada si restringe, superiamo una lunga fila di cottage in pietra tipici delle Cotswolds. L'imponente chiesa di St. Peter, con il campanile suggestivo che mi ricorda quello vicino a casa mia, a Haddley, si erge alla fine della strada principale. Percorriamo un breve tratto fuori dal centro fino a che non appare il pub Corner Cupboard.

«È ancora aperto», dice Sam, vedendo un uomo che scende i gradini barcollando.

«Uno dei lati positivi della vita di campagna», rispondo.

«Forse dovrei riconsiderare le mie opinioni.»

Oltrepassiamo il pub, e subito dopo accosto al marciapiede sul lato opposto della strada. Ci sono pochi lampioni e devo scrutare fuori dal finestrino finché non vedo un piccolo cottage a schiera con una finestra a bovindo. Nella parte superiore della porticina ben tenuta, di un bel colore verde, campeggia il numero 78.

« È quella, la casa? » chiede Sam, guardando il cottage. « È tutto spento. »

« Probabilmente staranno dormendo, a quest'ora. Avranno entrambi più di ottant'anni, credo. »

Sam mi affianca prima di afferrare il battente di ghisa. « Busserò piano », dice.

« Perché? »

« Per non spaventarli. »

« Vedi un po' tu », rispondo.

Bussa alla porta con delicatezza.

« Se stanno dormendo, questo non li sveglierà mai. »

Bussa di nuovo, stavolta con più trasporto.

« Diamo loro un minuto », dice. « A me ne serve sempre un paio per capire dove mi trovo, e sono ancora un arzillo settantenne. »

Arretro verso la strada e guardo la finestra della camera da letto, ma è ancora al buio. « Riprova », dico.

Sam bussa alla porta con una timidezza ancora maggiore rispetto alla prima volta.

« Per l'amor del cielo, Sam! » esclamo, prima di scuotere il battente.

« Questo risveglia i morti », dice, « o ammazza loro. »

Una luce si accende al piano di sopra. Un attimo dopo, vedo una sagoma scostare le tende.

« Il signor Welsby? » dico verso la finestra. « Chiedo scusa per l'orario... »

Lui richiude la tenda bruscamente.

Sam mi guarda inarcando le sopracciglia, ma nello stesso preciso istante il suo cellulare vibra. Si affretta a prenderlo dalla tasca e, stringendoci nella stradina, fissiamo lo schermo.

Domani a mezzanotte. St. Marnham Bridge.

«Tra ventiquattr'ore», dico a Sam, proprio mentre appare un secondo messaggio.

Due milioni in contanti.

39

« E adesso? » chiede Sam, con uno sguardo sconfortato.

« Non è ancora finita », rispondo. Sentiamo scorrere i chiavistelli all'interno della porta che poi si schiude appena, trattenuta da una catena di metallo. Sam si avvicina di un passo e scruta nella fessura.

« Signor Welsby », dice concitato. « Mi chiamo Sam Hardy. Lei non mi conosce, ma ho disperatamente bisogno del suo aiuto. La vita di mia figlia è in pericolo. » Poi, quando Welsby prova a chiudere la porta, è lesto a impedirglielo infilando un piede. « Signor Welsby, la prego. Penso che lei conosca mia figlia. Si chiama Madeline Wilson. »

Aspetta qualche istante per poi sfilare il piede dalla porta, che si chiude delicatamente prima che dall'interno si senta scivolare via la catena.

« È meglio che entriate », dice Patrick Welsby, spalancando completamente la porta.

Abbasso la testa e seguo il signor Welsby e Sam lungo uno stretto corridoio che conduce a un piccolo soggiorno. Travi di legno rivestono un soffitto irregolare. Welsby, in pigiama e vestaglia rosso scuro, ci invita a sedere accanto a una stufa a legna che, benché spenta, diffonde ancora un po' di calore nella stanza dalle pareti in pietra.

« Patrick, che succede? » chiede una voce dal piano di sopra.

« Siamo in soggiorno, cara! » risponde. Pochi istanti dopo appare una donna anziana, i lunghi capelli grigi raccolti alla bell'e meglio sulla nuca.

« Barbara, questo è Sam Hardy. Il padre di Madeline

Wilson.» Colgo un immediato lampo negli occhi della signora Welsby all'udire il nome di Madeline. Entrambi sanno chi è, ma non ho ancora capito fino a che punto la conoscano personalmente.

«E questo è Ben Harper», dice Sam, presentandomi mentre si alza per salutare Barbara Welsby. «Lavora con Madeline al suo sito di notizie. Non vi avremmo disturbati a quest'ora se non fosse stato urgente.»

«Vi prego, sedetevi», dice la signora Welsby, aspettando di vederci accomodare prima di prendere posto accanto a Sam sul divano.

«Abbiamo motivo di credere che la vita di Madeline sia in pericolo», dico, sporgendomi dalla poltrona di fronte.

Lei sostiene il mio sguardo. «Questo ha qualcosa a che fare con Billy Monroe?»

Poi rivolge un'occhiata al marito e io ne seguo la direzione. Nella stanza rischiarata soltanto da una flebile luce, l'oscurità ricopre il suo viso di ombre; quando lo osservo più da vicino, però, mi rendo conto di quanto sia fragile. Ha lo sguardo vitreo, tanto è ancora viva l'emozione per la morte del figlio.

«Lo sapete che Monroe è stato rimesso in libertà?» chiedo alla moglie.

«Per due volte ci siamo espressi contro il provvedimento di libertà vigilata», ci racconta, «ma la terza volta il nostro appello è caduto nel vuoto. Le autorità ci hanno informato due settimane fa.» Guarda verso il marito, ma lui abbassa gli occhi a terra. «Perciò abbiamo pensato che Madeline dovesse essere informata. Abbiamo provato a chiamarla più volte, ma inutilmente. Forse avremmo dovuto lasciare un messaggio. Sono sicura che sia molto impegnata.»

«Grazie per averci provato», dice Sam.

«Sua figlia è una donna davvero speciale. La sua campagna è stata fondamentale perché Aaron ottenesse la giustizia che meritava.»

«Posso chiedervi», dico a bassa voce, «se conoscevate Madeline da prima del processo?»

La signora Welsby scuote la testa. «L'abbiamo incontrata all'Old Bailey, ma solo una volta e per poco tempo. L'abbiamo ringraziata per tutto quello che ha fatto per attirare l'attenzione sull'omicidio di Aaron.»

«È stata solo una breve conversazione», aggiunge il signor Welsby. «Ma volevamo esprimerle il nostro apprezzamento.»

«Quella è stata l'unica volta in cui l'abbiamo incontrata. Ci ha dato il suo numero di telefono e ha detto di chiamarla se mai avessimo avuto bisogno del suo aiuto.»

Non ho motivo di dubitare di quanto ci stanno dicendo i Welsby, ma non riesco ancora a comprendere appieno la convinzione con cui Madeline ha sostenuto la causa di Aaron, né i rischi che ha corso.

«La figlia di Sam è davvero in pericolo. Per cercare di venire a capo della situazione, dobbiamo capire il più possibile sulla morte di Aaron», dico. La signora Welsby alza gli occhi fino a incontrare i miei. «La notte dell'omicidio di Aaron... Abbiamo riletto gli articoli di Madeline e, nel descrivere l'accaduto, ci sembra abbia fornito dettagli che non poteva conoscere. È quasi come se fosse stata sulla scena.» La signora Welsby non dice nulla. «Solo che, naturalmente, non c'era.»

Il respiro le si fa affannoso, mentre preme la mano contro il petto. «Madeline è in grave pericolo?» dice in un soffio.

«Sì.»

«Vogliamo aiutarvi, lo vogliamo entrambi, ma ci sono certe cose che abbiamo giurato di non dire.»

«Per favore.» La voce di Sam è poco più di un sussurro. «Ci rimane poco tempo.»

40

«Avevamo entrambi più di quarant'anni quando è nato Aaron. E sapevamo che sarebbe stato il nostro unico figlio», ci racconta Barbara Welsby, le mani ora appoggiate in grembo. «Ancora adesso, farei qualsiasi cosa per proteggerlo.»

«Posso capirlo», commenta Sam. «Madeline è l'unica figlia che ho.»

«Signora Welsby», dico piano, mentre lei sfiora con un gesto gentile la mano di Sam, «magari potrebbe dirci qualcosa sulla vita di Aaron? Non è cresciuto qui, a Winchcombe, giusto?»

«No, no. È nato a Hampton, nella zona ovest di Londra, a due passi da Hampton Court. Ha frequentato la scuola elementare cattolica e poi è andato alla Hampton School. Patrick faceva il commercialista in città. Hampton era casa nostra, ma dopo la morte di Aaron abbiamo sentito il bisogno di cambiare aria.»

«Aaron abitava ancora a Hampton quando è stato ucciso?»

«No, era già andato a vivere da solo. Fin da piccolo, il suo unico desiderio è stato quello di diventare architetto. Dopo l'università ha lavorato per una ditta di Richmond, poi ha avviato il proprio studio insieme ad altri due colleghi. Hanno lavorato insieme per un paio d'anni prima dell'omicidio di Aaron.»

«Sono tuttora in attività e lo studio va a gonfie vele», interviene il signor Welsby. «Sentiamo ancora gli altri due soci.»

«Solo ogni tanto», precisa la moglie.

«L'idea di fondare lo studio è stata di Aaron. Ed è stato lui a procurare il primo grosso cliente.» Sento l'orgoglio nella sua voce.

«I primi anni sono cruciali. Sono sicuro che Aaron sia stato fondamentale per il loro successo», commento. «Posso chiedere chi fosse il cliente?»

«La Haddley Grammar School», risponde il signor Welsby. «Un progetto edilizio importante.»

«Davvero?» dico. «È la scuola che ho frequentato.»

«Aaron ha progettato il padiglione sportivo.»

«Quello con il tetto di vetro? Non frequentavo più la Haddley Grammar quando ha aperto, ma ricordo che era in costruzione.»

Un sorriso fugace illumina il volto del signor Welsby. «Sì, credo sia ancora in piedi.»

«Già», confermo.

«Non abbiamo mai dubitato che avrebbe realizzato grandi cose.» La voce del signor Welsby si incrina. «Mi scusi», dice, alzandosi per uscire rapidamente dalla stanza.

«Fa ancora fatica a parlare di Aaron», dice la signora Welsby.

«È normale», risponde Sam. «Non posso nemmeno immaginare il dolore, ma è proprio per questo che ho bisogno di sapere tutto quello che potete dirci.»

«Sapevamo che Aaron era omosessuale... gay», dice a Sam, come se stesse ancora familiarizzando con i termini. «Ho conosciuto uno o due degli uomini che frequentava.» La sua voce è calma. «Non so quanto fossero seri. Uno di loro era un giornalista sportivo, viaggiava per il mondo per occuparsi dei maggiori eventi della stagione. Mi piaceva. Per Patrick è stato difficile, ma non per questo ha mai voluto meno bene ad Aaron. Non avrebbe potuto essere più orgoglioso di tutti i suoi traguardi.» Si ferma un istante e intuisco che sta ripensando alla morte del figlio. «Aaron era una brava persona. Non era il tipo che andava a fare sesso con uno sconosciuto in un parco vicino al fiume. Non che quegli uomini lì siano cattivi: semplicemente, non era da lui. Tutti hanno dato per scontato che fosse quello il motivo per cui stava attraversando il ponte pedonale verso Baron's Field, ma non è così.»

«Perché era sul ponte?» chiede Sam.

«Se devo essere sincera, proprio non lo so», risponde la signora Welsby.

«Per favore, ci dica quello che sa.»

«Mentre lavorava al padiglione della scuola, ha iniziato a dedicarsi anche a un altro grosso progetto», dice una voce dalla soglia. Il signor Welsby sembra essersi ricomposto, almeno all'apparenza. Mentre si avvicina alla poltrona, cerco di cogliere la sua espressione prima che il suo viso sprofondi ancora una volta nell'ombra.

Con la coda dell'occhio, vedo la signora Welsby coprirsi la bocca con la mano.

«Sulle rive del Tamigi, a St. Marnham, c'era un magazzino in pietra, abbandonato da cinque, forse anche dieci anni. I nuovi proprietari l'hanno acquistato con l'idea di ristrutturarlo completamente. Aaron era entusiasta di essersi assicurato il lavoro, sia come architetto sia come project manager. Per oltre sei mesi, ha seguito personalmente i lavori andando sul posto ogni due o tre giorni. E così ha stretto un legame con il proprietario.» Il signor Welsby si ferma.

«Abbiamo giurato di non rivelare mai questa cosa», dice la signora Welsby, «perché l'uomo aveva già un'altra relazione.» Guarda suo marito.

«Lo dobbiamo a Madeline», dice lui.

È lei a proseguire il racconto. «Il compagno dell'uomo andava di frequente a New York per lavoro. Aaron rimaneva spesso sul posto fino a tarda sera, trascorrendo sempre più tempo con il proprietario. Il più delle volte prendevano qualcosa da mangiare e cenavano insieme. Sono diventati intimi: probabilmente troppo, in tutta sincerità. Perché l'altro era già sposato.»

«Chi era quest'uomo?» chiedo.

«Era East Mailer, lo chef.»

SEI

« Lui le va incontro lentamente e, quando lei lo abbraccia, inizia a singhiozzare. »

Si sedette sul bordo del letto e guardò la stanza vuota. Erano quattro anni che sognava ogni giorno di scappare. Ora che stava per andarsene, non riusciva neanche a pensarci.

Sentì l'uomo salire le scale a passi svelti; due gradini alla volta, come sempre. Un colpetto e la porta si aprì cigolando.

« Tutto pronto? » chiese.

Lui si limitò ad annuire fissando il pavimento.

L'uomo si avvicinò e prese il borsone sportivo rosso. « Solo due bagagli? Possiamo portarne uno ciascuno. » L'uomo guardò il borsone. « Questo mi piace molto, ma penso che i giorni in cui giocavo a squash siano ormai alle spalle. È meglio se lo tieni tu. »

Il borsone non era nuovo, ma secondo lui era figo. Ci aveva infilato dentro tutti i suoi vestiti. Ancora seduto sul bordo del letto, incollò il mento al petto.

L'uomo gli arruffò i capelli. « Coraggio, non rendiamo le cose più difficili del necessario. »

Una volta in piedi, si ritrovò improvvisamente ad avvolgere le braccia intorno alla vita dell'uomo, premendogli il viso contro un fianco.

« Andrà tutto bene. »

Si morse il labbro. Era determinato a non piangere. Si ripeté che sarebbe stato meglio, senza di loro. Lasciò andare l'uomo, si strofinò gli occhi e prese lo zaino che usava per andare a scuola.

« Nuova scuola, il prossimo trimestre », disse l'uomo. « Continua a dare il massimo e un giorno arriverai nello spazio. »

Sapeva che non era vero, ma sorrise e si mise lo zaino in spalla.

Dentro c'erano le sue cose più preziose: il libro sulle stelle, l'album fotografico della sua famiglia e il taccuino segreto in cui scriveva di tutti i luoghi che aveva visitato con il nonno.

L'uomo gli mise un braccio sulle spalle e lo condusse verso la porta. Lui guardò la sua stanza un'ultima volta, chiedendosi se ne avrebbe mai più avuta una tutta per sé.

Scese le scale con cautela. Si fermò davanti alla porta della stanza di Travis e sbirciò all'interno. Il piumino di Spider-Man era stato rimpiazzato da uno della sua squadra di calcio preferita. Ogni due settimane, il sabato pomeriggio, Travis andava a vedere le partite. Accompagnarlo era sempre stato un suo desiderio, ma ogni volta che aveva avuto il coraggio di chiederlo era saltato fuori qualche motivo per cui non si poteva fare.

In cima alla rampa di scale afferrò il corrimano e ripensò a come lei lo aveva fissato da sotto in su al termine della sua prima settimana in quella casa. Lo aveva odiato fin dall'inizio. E le aveva visto in faccia la stessa espressione dopo averla spinta. Li aveva sentiti discutere di lui ogni notte; e tanto aveva urlato, lei, finché non l'aveva spuntata. Una volta congegnato il piano, non l'aveva più degnato nemmeno di una parola.

La porta d'ingresso era aperta. Prima di uscire, guardò in cucina. Lei gli dava le spalle. Aspettò nella speranza che si voltasse, ma lei non lo fece. Così uscì nel vialetto, dove un'auto lo stava aspettando. Una donna con un tailleur pantalone elegante scese e lo salutò. Lui non rispose. L'uomo aprì la portiera posteriore e posò il borsone sul sedile.

« Puoi sederti davanti con me, se vuoi », disse la donna. Glielo propose come se fosse un premio. Ma lui non era più un bambino.

« Stammi bene », disse l'uomo. Sentì che gli stringeva il braccio, prima di mettergli qualcosa in mano e chiudere la portiera.

La donna si girò a guardare e uscì dal vialetto in retromarcia. Lui aprì la mano e vide che l'uomo gli aveva lasciato cinque ban-

conote da venti sterline. Non aveva mai visto tutti quei soldi. Premette il pulsante per aprire il finestrino.

« Grazie! » gridò all'uomo, ancora fermo in mezzo al vialetto.

« Buona fortuna, Billy! » rispose l'altro.

Sabato

41

«Sta' lontano da mia moglie e da mio figlio.» La voce incollerita di James Wright echeggiò nella cucina di Will attraverso il telefono di Nathan.

Seduto di fronte a suo padre, Nathan premette il pulsante per disattivare il microfono. «Sto solo cercando di dare una mano», gli disse.

«Per ora lascerei perdere», rispose Will. Sul volto del figlio vedeva trasparire il rammarico e il desiderio di stare con Sarah e Max, ma all'una di notte non c'era più niente da fare. «Adesso c'è James, con loro, perciò evita.»

«Sei ancora lì?» chiese la voce di James dal telefono posato sul ripiano della cucina. Nathan riattivò l'audio.

«Come ho già detto, James, volevo soltanto dare una mano.»

«E il modo migliore per farlo è startene alla larga da mia moglie e mio figlio.» Will alzò gli occhi al cielo mentre James continuava. «Stai mettendo a rischio le loro vite, con tutti quegli stalker fanatici che ti vanno dietro sui social! Fuori dai piedi!»

Nathan si sporse, pronto a discutere con James, ma Will gli posò una mano sulla spalla. «No.»

«Manderò un messaggio a Sarah domattina», fu tutto ciò che disse Nathan, chiudendo la conversazione prima che James avesse modo di ribattere.

«Sta dicendo un mucchio di stronzate, ma non ha senso litigarci, adesso», commentò Will mentre suo figlio infilava il cellulare in tasca. «Sono tutti provati, soprattutto Sarah.

James è un tipo suscettibile, ma almeno Sarah e Max sono al sicuro.»

Dopo aver ricevuto un breve messaggio da Sarah una volta che la polizia aveva lasciato casa sua, Nathan l'aveva chiamata senza pensarci due volte. Ma era rimasto sorpreso quando a rispondere era stato James Wright, che non aveva perso tempo ad aggredirlo verbalmente. Will si era reso conto che James non aspettava altro che un'opportunità per dire a suo figlio di stare alla larga.

«Tengo ancora a entrambi», disse Nathan, appoggiandosi allo schienale della sedia, le mani sulla testa.

«Lo so, ma James è il padre di Max e il marito di Sarah.»

«Ex.»

«Sì, ma rimane pur sempre il padre di Max. Abbi pazienza.»

«Mi sento così inutile», replicò Nathan. «Non riesco a liberarmi dalla sensazione di aver creato tutto questo casino.»

«Non dire così.»

«E se fossi stato davvero io a metterli in pericolo?»

«Ma non è vero. Non puoi controllare i social; per quanto ne sappiamo, poi, tutta questa cosa non ha niente a che vedere con te.»

Nathan rimase in silenzio, e benché non avesse nemmeno un anno di esperienza come genitore, Will aveva già imparato che a volte era meglio non aggiungere altro. Si allontanò per riempirsi un bicchiere d'acqua. «Vuoi?»

«Grazie. Stai aspettando East?» Will fece spallucce. «Gli hai parlato, oggi?»

Will scosse la testa. «Ho pensato fosse meglio mantenere le distanze. Sono rimasto a casa e ho finito il mio libro.» Guardò l'orologio. «A quest'ora dovrebbe aver finito al ristorante.»

«Mi sa che devo andare», osservò Nathan.

«Non ti sto buttando fuori. Rimani qui, stanotte, se vuoi.»

«Ho ancora alcune cose da mettere in valigia», obiettò

Nathan. «E probabilmente è meglio non farmi trovare qui, quando rientra.»

«Io e East litigavamo già molto prima che arrivassi tu, sai?»

Nathan bevve un sorso d'acqua. «In ogni caso, è meglio se vado. Quanto a domattina, che ne dici se partiamo alle dieci?»

Nathan era determinato a tornare in Galles. E sebbene Will avesse tentato più volte di etichettare il viaggio come una semplice visita, suo figlio si era rifiutato di dargli corda. «Alle dieci va bene, per me.»

«Mamma non vede l'ora di conoscerti. Sta preparando il pranzo.»

«Hai pensato a quando tornare?»

Sentendo girare la chiave nella porta d'ingresso, Nathan sgranò gli occhi. «Me la squaglio dal retro», disse, eludendo la domanda di Will. «Grazie per l'ottima cena.»

«Non farti sentire. Per lui, il sugo in barattolo è un sacrilegio.»

«Dimentichi il pane all'aglio gourmet», replicò Nathan, aprendo la porta scorrevole che dava sul giardino.

«Te la stai svignando?» esclamò East con amarezza, entrando in cucina.

«Vado a casa», disse Nathan, indugiando sulla soglia. «Ci vediamo, East.» Poi, senza aspettare una risposta, si dileguò nella notte buia.

Will chiuse la porta scorrevole e guardò il marito. Aveva i capelli lunghi e bagnati incollati alla schiena, la barba umida e aggrovigliata, il viso gonfio e stanco. «Come ti sei ridotto?»

«Sta piovendo, nel caso non te ne fossi accorto. Ho fatto un giro in paese, prima di tornare.» Poi si girò verso il corridoio.

«Dove stai andando?»

«A farmi una doccia.»

Will seguì il marito di sopra. «Forse, se mi dicessi cosa c'è che non va, potrei aiutarti. È il ristorante? Se è quello, onestamente, non c'è motivo di preoccuparsi. Posso metterci altri soldi. »

Sulla soglia del bagno, East si tolse i vestiti da chef e li gettò sul pavimento. « Eccola, la tua risposta a tutto: i soldi. Ci sono cose che nemmeno i tuoi soldi possono risolvere. »

Will uscì sul pianerottolo e si sedette sul gradino più alto della scala a chiocciola di marmo. Fissò l'ampio ingresso di casa, le pareti decorate con opere d'arte scelte da East. Un tempo i suoi soldi lo avevano reso felice, East. Seduto su quel gradino gelido, si rese conto che erano stati i suoi soldi, non lui.

Pochi minuti dopo, East riapparve con addosso jeans e maglietta. Mise il giubbotto e gli sfilò accanto.

« Dove vai? » gli chiese Will. « È l'una di notte. »

« Fuori », rispose lui correndo giù per le scale.

« Ma sei appena tornato. E fuori piove. »

« Ho bisogno di un po' d'aria. » Aprì la porta d'ingresso e si voltò. « Non mi aspettare sveglio », disse, sbattendo la porta dietro di sé.

42

Una pioggerellina sottile cade dal cielo mattutino. Apro la portiera della macchina e salgo accanto a Sam.

«Ecco qua», dico, passandogli un panino per la colazione. «Non avevano bacon, perciò ti ho preso la salsiccia.»

«Niente bacon?» ripete, aprendo il sacchetto. Guarda dentro il panino e fa una smorfia. «Che razza di supermercato non ha il bacon?»

«Era un bar all'interno del supermercato. Il tizio ha detto che per il bacon ci sarebbero voluti quindici minuti, perciò gli ho detto di lasciar perdere.»

Aiutandosi con i denti, Sam strappa l'angolo di una bustina di salsa barbecue e ne spruzza il contenuto nel panino. «Ne vuoi un po'?» chiede.

Apro il mio panino e glielo allungo. «È successo qualcosa, qui?»

«Nada», risponde. «Non è che ce lo siamo persi, vero?»

Abbiamo lasciato la casa dei coniugi Welsby poco prima dell'una di notte, spiegando loro che dovevamo andare dopo che, generosamente, ci avevano offerto un letto per la notte. Sui Welsby gravava un'atmosfera di profonda tristezza. Era evidente che la perdita del figlio avesse prosciugato il loro spirito. Sono uscito da casa loro pensando a mia mamma e a quanto aveva patito la morte di mio fratello.

Da Winchcombe ci siamo diretti subito a Wolverhampton. E sono ormai sei ore che aspettiamo in una stradina fiancheggiata da abitazioni a schiera, davanti alla friggitoria Old Gold. Sopra il negozio c'è il monolocale in cui vive in affitto Ethan

Harris, amico d'infanzia di Billy Monroe. Nel corso della notte, sia io sia Sam abbiamo sonnecchiato di tanto in tanto, ma finora non s'è visto alcun segno di vita nell'appartamento.

«Diamogli ancora un po' di tempo», dico a Sam. «Se smonta dal turno alle otto, non può essere qui prima delle nove.»

Sam addenta il suo panino. «È freddo.»

«Ho dovuto portarlo fin qui dal bar.»

«Almeno il tè è caldo», replica, bevendo un sorso da un bicchiere da asporto. «Non hai comprato il giornale?»

«Mi hai preso per il servizio in camera?» Guardo l'edicola di West Park accanto alla friggitoria. «Potresti sempre andare a prenderlo tu.»

«Non voglio far saltare la copertura», risponde.

Sorrido e apro il posacenere dove ripongo sempre gli spiccioli. «Ecco qua», dico, porgendogli tre sterline.

«Grazie, papi.» Apre la portiera e dà un altro morso al panino, poi lo avvolge nella carta e lo getta nel cestino davanti all'edicola. Mentre lo guardo scomparire all'interno, il mio telefono vibra. È un messaggio di Min. Mi ha inoltrato una fotografia di Ethan Harris.

Non riesco a trovare niente di più recente, mi scrive. Guardo la foto, scattata sedici anni fa fuori da un tribunale. Poi chiedo a Min di eseguire una ricerca su East Mailer.

Cosa vuoi sapere?

Tutto ciò che non riguarda il cibo.

Sam riappare con una copia del *Times* e un cartoccio di patatine.

«Buttalo nel cestino», dico, lanciandogli l'involucro del mio panino non appena apre la portiera dell'auto. Quando risale al suo posto, si lamenta del tempo. Gli dico che ho chiesto a Min di fare ricerche su East.

«Maddy e East sono amici da quando erano adolescenti. Non ci sono praticamente segreti, tra loro.»

Né io né lui abbiamo motivo di dubitare di ciò che ci hanno raccontato i Welsby. Nel momento in cui è stato ucciso, Aaron aveva una relazione con East. Quest'ultimo, ogni anno, manda ai Welsby un cesto gourmet a Natale e un mazzo di fiori nel giorno del compleanno di Aaron.

«E se East fosse stato con Aaron la notte in cui è stato ammazzato?» chiedo a Sam.

«Va' avanti.»

«Aaron e East si incontrano al ristorante. Poi si incamminano sul lungofiume fino al St. Marnham Bridge.» Li immagino sul sentiero che ho percorso solo due sere fa. «Attraversano il ponte e scendono i gradini sul lato nord. Billy Monroe è nascosto nella nicchia.»

«Ma tutto questo emerge dalle carte del processo?»

«No, dal processo emerge che Billy ha commesso un crimine d'odio scegliendo una vittima a caso. Se però Aaron era con East, allora non si è trattato di un attacco casuale. Il bersaglio era proprio Aaron.»

«Come puoi esserne così sicuro?» chiede Sam.

«Perché, scagliandosi contro Aaron, Monroe ha urlato il suo nome.»

«Insomma, non era una fissa di Madeline per fare effetto...»

«Glielo ha raccontato East.»

43

«Il testimone di Madeline era East», dice Sam. Guardiamo un altro autobus rosso vuoto rallentare di fronte alla fermata qui vicino e passare oltre. «Le ha raccontato tutto ciò di cui aveva bisogno per chiedere a mezzo stampa la condanna di Billy Monroe.»

«Fin nei minimi dettagli.»

«Ma perché East non si è fatto avanti personalmente? Perché non è intervenuto quella notte?»

«Nascondersi sulle scale ha assicurato a Billy Monroe l'elemento sorpresa. Salta fuori di scatto e pugnala Aaron. East aiuta Aaron a risalire le scale, ma Monroe li insegue brandendo un coltello. Mettiti nei panni di East: per quanto estremo possa sembrare, non arriva un momento in cui devi pensare a salvarti la vita?»

«E la polizia?»

«Il mondo è tutt'altro che perfetto, e quattordici anni fa era molto diverso da com'è oggi. Penso che anche Elizabeth Jones capirebbe il motivo per cui East non abbia voluto immischiarsi con la polizia metropolitana.»

Sam tira su con il naso. «E aveva già un compagno. Forse mandare fiori e cesti gourmet ai Welsby è un tentativo di alleviare il senso di colpa per essere fuggito dalla scena dell'omicidio del figlio.»

Bevo un altro sorso del mio caffè con troppo latte, apro la portiera dell'auto e lo verso sul ciglio della strada. Sam mi passa la sua tazza vuota e salto giù dalla macchina per spingere entrambi i contenitori in un cestino già traboccante.

«Per ora possiamo fare soltanto ipotesi», dico, sedendomi al volante. «Quello che sappiamo, almeno credo, è che East era con Aaron al momento dell'omicidio. E questo ci dice che Aaron era proprio l'obiettivo di Billy Monroe, dal momento che lo ha chiamato per nome. Ma perché?»

«Forse Billy aveva un conto in sospeso. Oppure Aaron sapeva chissà cosa.»

«Un segreto per proteggere il quale Billy Monroe era disposto a uccidere?»

Sam si passa le mani sul viso. «Non corrisponde al Billy Monroe che conosciamo. Un ragazzo semplice. Anzi, con qualche forma di ritardo mentale, a detta del nonno.»

«E se il segreto da nascondere fosse di qualcun altro?»

Mi chino in avanti, appoggiandomi al volante, e osservo la strada. Un bus a due piani, con i tergicristalli che oscillano da una parte all'altra, rallenta in prossimità delle strisce pedonali. Una donna attraversa la strada spingendo un passeggino mentre cerca di trascinarsi dietro altri due bambini piccoli. L'autobus riparte per rallentare quasi subito dopo, in corrispondenza della fermata. Apro la foto di Ethan Harris e guardo una coppia di anziani, entrambi con le borse della spesa vuote, scendere dal bus per dirigersi verso il supermarket. Il terzo a scendere, dietro di loro, è un tizio stempiato con i capelli scuri che si piazza sotto la pensilina della fermata.

Sam lancia un'occhiata alla foto sul mio telefono. «È lui.»

44

«Meno capelli e il girovita più largo, ma si può dire lo stesso di me», osserva Sam. «È lui di sicuro.»

Al riparo dalla pioggia sotto la pensilina, Harris si accende una sigaretta e si siede su un sedile di plastica. «Dobbiamo fare attenzione», dico a Sam, mentre attraversiamo insieme la strada davanti alla friggitoria.

Sam raggiunge la pensilina e prende posto accanto a Harris, mentre io rimango in piedi dall'altra parte. «Fa male alla salute», dice Sam, indicando con un cenno del mento la sigaretta accesa nella mano destra di Harris. Quest'ultimo alza appena lo sguardo. «Sei Ethan Harris?»

«E tu chi sei?»

«Paperino. Perché, non lo avevi capito?»

«Fottiti, nonno.» Aspira una boccata di fumo.

«Vogliamo solo farti un paio di domande», dico, avanzando per tagliargli la strada. Harris valuta le sue possibilità di fuga, scivolando verso il lato opposto.

Sam gli posa una mano sul braccio. «Giusto un paio, tutto qui.»

«Riguardo a cosa?»

«Billy Monroe», rispondo, sedendogli accanto. Pressato tra me e Sam, ha poco spazio di manovra.

«Non conosco nessun Billy Monroe», dice, facendo cadere la cenere sulle scarpe di Sam e sorridendo.

Sam sbatte un piede contro l'altro. «Non eri a scuola con lui? E poi avete fatto un paio di anni insieme nel carcere di Winson Green...»

«Non mi ricordo», risponde Harris, schiacciando la sigaretta sotto lo scarpone. «Non frequento più gente come Billy Monroe.»

«Davvero?» ribatto. «Non è quello che ci hanno detto.»

Harris mi guarda agitato. «Cos'è che vi hanno detto?»

«Che la settimana scorsa Billy Monroe è stato qui.»

Con una smorfia, Harris spinge da parte Sam e balza in piedi. Ma Sam allunga una gamba e lo fa inciampare, mandandolo a schiantarsi con la spalla contro il lato della pensilina dell'autobus. Poi tenta di afferrarlo per il colletto, ma Harris si rialza immediatamente, lanciandosi sul marciapiede per poi attraversare la strada in un frastuono di clacson.

«Non lasciarlo scappare, Ben!» grida Sam, mentre io mi precipito all'inseguimento di Harris sulla strada principale. Lui si infila in una stradina laterale, alla fine della quale scorgo gli alberi di West Park. Accelero, con l'aria fredda del mattino che mi brucia nei polmoni, e lui entra dal cancello del parco. Con Sam che alle mie spalle urla istruzioni, continuo a correre sull'erba ben curata, finché non vedo Harris dirigersi verso il lago e rallentare. Un ultimo scatto e, ormai vicino alla riva, so di averlo messo all'angolo. Alla fine, si gira per affrontarmi.

«Nessuno di noi due vuole fare un bagno di primo mattino», dico. Lo sento ansimare. Ancora a corto di fiato, avanzo con cautela. «Non ci interessa di te né di quello che potresti aver fatto. Stiamo solo cercando Billy.» Poi, dopo una pausa, aggiungo: «E Madeline Wilson».

Harris non può nascondere di aver riconosciuto all'istante il nome di Madeline. Quando muove un passo verso di me, lo vedo guardarsi intorno in cerca di una via di uscita. Infine, si gira improvvisamente e salta nel lago.

«Cazzo!» Mi tuffo in acqua e, dopo tre rapide bracciate, gli afferro un braccio. A quel punto lui si rigira e mi centra alla tempia con un pugno. Vengo sbalzato all'indietro, ma subito dopo gli salto sulla schiena, mentre Sam strilla dalla riva.

Harris cede e insieme affondiamo sotto la superficie, lottando corpo a corpo finché non riesco a spingerlo più in basso. Riemergendo per respirare, gli afferro il collo e lo tengo giù. Poi lo riporto su, lasciando che si riempia disperatamente d'aria i polmoni.

«Dov'è Madeline?» urlo. Di fronte al suo silenzio, lo costringo di nuovo sott'acqua. Quando lo riporto a galla, è scosso dai conati, la gola ostruita dall'acqua melmosa dello stagno.

«Basta così, Ben!» grida Sam.

Trascino Harris a riva, dove crolla senza fiato. Sam si avvicina. Quando gli sale sulle dita, sento lo scricchiolio.

«Dov'è mia figlia?»

45

Mentre esco dall'acqua, Sam mi guarda con le sopracciglia inarcate. «Ce l'hai un asciugamani, vero?»

Faccio una smorfia prima di chinarmi per rimettere in piedi Ethan Harris. «Dov'è Billy?» gli chiedo, sfiorando quasi il suo viso con il mio.

«Non lo so, davvero! Non lo so!»

Lo spingo a sedere su una panchina del parco. Ancora senza fiato, rabbrividisce nei vestiti inzuppati.

«Ti do un aiuto. Non molto tempo dopo il suo rilascio è venuto da te.» Harris fissa l'acqua torbida. «Puoi tornarci, se proprio ti piace», aggiungo.

«Va bene, è venuto a trovarmi.»

Sam gli si piazza davanti. «Non è venuto a trovarti. È venuto a stare nella tua topaia sopra la friggitoria.»

«Ha detto che gli serviva un posto dove dormire per qualche notte.» Harris solleva lentamente la testa. «Billy le ha sempre prese dalla vita. Per me, qualche notte sul divano non era un problema.»

«Madeline Wilson è mia figlia.» Sento la frustrazione nella voce di Sam. «Dimmi quello che sai.»

Harris mi scocca una rapida occhiata e salta in piedi. Lo afferro e lo spingo di nuovo giù.

«Devi dirgli tutto quello che sai, o non sarò responsabile delle sue azioni.»

Harris si scosta la maglietta bagnata dal torace. «Sì, andavamo a scuola insieme e poi a Winson Green.»

«Conoscevi Aaron Welsby?»

«Il tizio che Billy ha pugnalato? No, ero dentro quando lo ha ucciso.» Harris guarda Sam. «Diceva che era stata tua figlia a farlo condannare, e che un giorno si sarebbe vendicato. Ma non pensavo intendesse sul serio. Billy è tutto chiacchiere, non ci metti molto a capirlo. Una volta fuori di lì, sono tornato a trovarlo un paio di volte. So che sembrerà stupido dirlo ma, nonostante tutto, non è un cattivo ragazzo. Ogni volta che lo vedevo non faceva che parlare, ma...»

«Ma cosa?» chiede Sam.

«Ma non gli ho mai creduto, finché non è uscito ed è venuto a stare da me. Dal momento in cui è arrivato, non ha fatto altro che parlare di tua figlia e del piano che aveva in mente per lei.» Percepisco la tensione nel corpo di Sam, mentre Harris continua. «In qualche modo, un piano lo aveva davvero: conosceva il ristorante in cui mangiava, il punto in cui l'autista parcheggiava e si addormentava sempre, e diceva che avrebbe cambiato mezzo sul vecchio campo sportivo e evitato le telecamere in strada passando dal lungofiume.»

«E lasciami indovinare», dico. «La tua esperienza alla guida ti ha reso il candidato ideale per dargli una mano?»

«Era l'unico motivo per cui era venuto da me. Mi sono fatto incastrare da Billy Monroe. Ma non ho fatto altro che rubare il furgone, riverniciarlo e poi guidare la macchina.»

«Cos'è successo all'autista di Madeline?» chiedo. «È morto?»

«Io non l'ho toccato», si affretta a rispondere Harris. «Io e Billy abbiamo passato il pomeriggio in riva al fiume. Abbiamo tirato qualche riga.» Ripenso a giovedì sera e ai due uomini che ho visto nel retro del pub. «Quando siamo arrivati all'auto, le chiavi erano sul sedile del passeggero. Non ho idea di cosa sia successo all'autista.»

«Billy lo ha ucciso?»

Harris fa spallucce. «Se l'ha fatto, io non l'ho visto.»

«Però c'eri quando ha rapito Madeline, vero?» chiede Sam. «Quando è salita in macchina, Billy la stava aspettando.»

Sam esita. «Le ha fatto del male?» domanda. Poi, davanti al silenzio di Harris, si china e ripete urlando: «Le ha fatto del male?» Quindi, di punto in bianco, gli sferra un pugno in pieno volto. Harris non reagisce e, quando Sam lo colpisce di nuovo, dal naso gli sgorga un fiotto di sangue.

«Avrai notizie dalla polizia», dice infine Sam, prima di voltarsi e andarsene con le spalle incurvate.

Harris mi guarda, la mano premuta sul naso. «Credo di essermelo meritato. È sua figlia.»

«Dimmi cos'è successo dopo che avete caricato Madeline sul furgone.»

«Non ne ho idea. A quel punto, Billy ha proseguito da solo. Tutto quello che so è che era diretto a nord. Non mi ha mai detto cos'aveva in mente di fare dopo, e io non gliel'ho chiesto.»

«Billy ha inviato un messaggio al padre di Madeline, chiedendo un riscatto. C'è da fidarsi?»

«Tutto quello che posso dire è che a Billy servono soldi. Non faceva che parlarmi del camper di lusso che voleva comprarsi.»

«E tu? Perché ti sei lasciato tirare dentro?»

«Stesso motivo. Soldi.»

«Quanto?»

«Diecimila sacchi in anticipo.»

«Dov'è che Billy ha preso tutti quei soldi?»

«Non ne ho idea.»

«Qualcuno lo ha aiutato?»

«Non lo so», replica Harris. «Non volevo finisse così. Devi credermi.»

«Allora dimmi chi lo ha aiutato.»

«Davvero: non lo so. L'unica persona di cui parlava era suo

fratello. Vivevano insieme, da bambini. E per un po' abbiamo frequentato la stessa scuola.»

«Sono ancora in contatto?»

«Ho avuto questa impressione, a giudicare da un paio di cose che ha detto. Tipo che è stato suo fratello a trovargli una ragazza. Billy non è mai stato capace di tenere la bocca chiusa.»

«Come si chiama suo fratello?»

Harris scuote la testa. «Non ricordo. Un nome scozzese.»

«Pensaci.»

«Travis», dice infine Harris, dopo un sospiro. «Travis Monroe.»

46

Lesley Barnsdale spense lo schermo e afferrò il giaccone dallo schienale della sedia. Vedendo Dani Cash uscire dal retro degli uffici dell'unità investigativa, la chiamò.

«Aspetta un secondo, esco con te.»

Dani premette il pulsante e le tenne la porta aperta. Poi entrambe scesero la rampa che portava al parcheggio della stazione.

«Finito, per questo weekend?» chiese la Barnsdale.

«Spero proprio di sì», rispose Dani. «Sono ancora sui post delle vittime dell'intruso. Al momento, però, non c'è molto altro che foto di feste e regali di compleanno.»

«Come sta la signora Wright?»

«Il suo ex rimane da lei per qualche notte, ma non credo che l'intruso si azzarderà a tornare una terza volta.» La Barnsdale, intanto, stava cercando distrattamente le chiavi dell'auto nella borsa. Non trovandole, aprì due tasche interne, ma con lo stesso risultato. «Accidenti.» Si tastò freneticamente il giaccone. «Grazie al cielo!» sospirò infine, tirandole fuori.

«Niente sul corpo trovato alla rimessa delle barche?» chiese Dani.

«Non ancora. Devo andare all'obitorio nel pomeriggio.» La Barnsdale aprì la portiera dell'auto e si fermò. «Volevo chiederti se c'erano aggiornamenti sul furgone rubato...» Arrossendo, si disse che si stava comportando come una quattordicenne.

«Quello della ditta di consegne?»

«Sì.»

«Ho passato il caso agli agenti, ma temo non abbiano ancora niente in mano.»

La Barnsdale annuì. «Grazie comunque.»

«Programmi per il fine settimana?» chiese Dani.

Benché fosse solo una domanda di circostanza, il fatto di non avere programmi, in effetti, procurò alla Barnsdale una fitta di dispiacere. «Immagino saprai che domani è il mio compleanno.»

«Ho sentito che avete festeggiato un po', giovedì sera.»

«Mi dispiace che tu non sia potuta venire. Ci siamo divertiti.» La Barnsdale afferrò il bordo superiore della portiera.

«Magari potremmo andare a bere qualcosa dopo il lavoro, la prossima settimana. Un brindisi in suo onore.»

La Barnsdale rimase piacevolmente sorpresa. Era da tre anni che lavorava con la Cash e, benché non fossero certo amiche, era una dei pochi ufficiali di cui sentiva di potersi fidare. «Non sarebbe male.»

«Proviamo a organizzare per l'inizio della settimana?»

Era come se la Cash fosse ansiosa di parlare. «C'è qualcosa che ti preoccupa?»

«No, no, niente in particolare.» Dani cambiò argomento. «Cosa farà di bello domani?»

A un tratto, la Barnsdale ebbe la netta sensazione che la Cash stesse indagando. Non poté fare a meno di chiedersi se alla stazione circolassero già pettegolezzi sulla sua storia con Phil.

«Una serata tranquilla. Solo un paio di drink», rispose, ritrovandosi improvvisamente a sperare che Phil si ricordasse che era il suo compleanno.

Salì in macchina, sbattendo la portiera prima ancora di aver finito di augurare un buon weekend alla collega. Avviò il motore e si chinò sul volante, lasciando che l'aria climatizzata le mitigasse il rossore.

47

Sam sta di guardia fuori dalla tenda del camerino degli uomini mentre infilo velocemente un paio di pantaloni della tuta e un maglioncino a righe bianche e nere.

«Non sarai sulla pagina della moda, la prossima settimana», dice, aprendo la tenda. «Tieni, scaldati un po'», aggiunge poi, porgendomi una tazza di caffè mentre ripongo i vestiti bagnati in una borsa di plastica. «Te ne ho preso uno forte.»

«Mi vizi sempre», commento. Sto per uscire dal camerino quando Sam entra e si chiude dietro la tenda. «Che stai facendo?»

Si siede sullo sgabello all'angolo. «Qual è la nostra prossima mossa?»

Ethan Harris ci ha dato conferma delle motivazioni di Billy Monroe, ma non abbiamo ancora la minima idea di dove tenga Madeline. «Dobbiamo rintracciare Travis», dico.

Sam si fruga nelle tasche e mi passa il pezzo di carta consegnatogli da Tosh Monroe.

«Non credo valga la pena di chiamare di nuovo Billy», dico.

Sam scuote la testa. «Tosh mi ha scritto il suo numero in fondo. Perché non gli chiediamo dell'altro nipote?»

Compongo il numero, ma il telefono squilla a vuoto. «Non risponde», dico, appoggiandomi alla parete del camerino. «Potremmo tornare a Nottingham.»

Sam si stringe nelle spalle. «Penso sia giunto il momento di passare al piano B.»

«Vuoi che chiami la polizia?»

«No», risponde Sam, attivando il cellulare e digitando un numero su FaceTime.

«Chi stai chiamando?»

Ma non ha il tempo di rispondermi. «Sam, cosa c'è che non va?» chiede una voce.

«Annabel, anche per me è un piacere vederti», replica lui, tenendo il telefono dritto davanti alla faccia. È evidente che sta parlando con la sua ex moglie, la madre di Madeline.

«A chi vuoi darla a bere, Sam? Non mi cerchi mai, men che meno in videochiamata.»

«Non voglio che tu vada nel panico, Annabel.»

«Sam, non vado mai nel panico.»

«La nostra ragazza è un po' nei guai.»

«Che tipo di guai?»

«Mi prometti che non ti farai prendere dal panico?»

«Sam!» sbotta Annabel. «Dimmelo subito!»

«Madeline è stata rapita.»

«Che diamine stai dicendo?»

Appoggio la testa contro il muro mentre Sam le riassume gli eventi delle ultime ventiquattr'ore.

«Stai facendo la cosa giusta», dice infine Annabel. «Se ha scritto 'Niente polizia', dobbiamo fare come dice.»

Sam mi guarda da sopra il telefono.

«A noi interessa solo che Madeline torni a casa sana e salva», continua Annabel. «Ci vediamo da te a Richmond. Arrivo.»

48

Il traffico del sabato all'ora di pranzo su Haddley Hill era intenso. Lesley Barnsdale tamburellò con le dita sul cruscotto dell'auto e, mentre l'orologio digitale segnava le dodici, svoltò in una strada laterale deserta. Attraversando la zona residenziale periferica, percorse la strada sopra Haddley Heath e proseguì fino a un piccolo polo industriale. Dopo aver superato la sbarra di sicurezza della PDQ Deliveries, si fermò nel parcheggio davanti al deposito. Solo allora esitò. Così, dal nulla, si stava buttando a capofitto in una relazione con un uomo che conosceva appena. Il suo lavoro le aveva insegnato a evitare il rischio e la spontaneità. Era stata cauta per tutta una vita, lavorando sodo e concentrandosi sulla carriera. Eppure, all'improvviso, le era sembrata la cosa più naturale del mondo.

Si avviò velocemente verso l'accettazione. Quando era ormai vicina, la porta si aprì lasciando uscire Dom, il socio di Phil, in compagnia di un adolescente che Lesley immaginò essere suo figlio.

« Dom! » esclamò impaziente, sperando che lui si ricordasse di lei.

« Chi si rivede, investigatore! » replicò lui.

« Lesley, ti prego. »

« Non sei qui per questioni ufficiali, vero? Speravo avessi ritrovato il furgone di Phil! »

« Ancora niente », ribatté lei, « ma le ricerche proseguono. »

« Questo è mio figlio, Ryan », disse Dom, presentando il ragazzo, cui riuscì un mezzo sorriso imbarazzato. Indossava una maglietta di un vivace arancione.

«Calcio, questo pomeriggio?» chiese lei.

«Stavamo giusto andando», rispose Dom, sbloccando le portiere della sua BMW, prima di tornare verso la porta d'ingresso dell'edificio. «Aspetta, ti faccio entrare», continuò, facendo scorrere il badge sulla porta di sicurezza. «L'ufficio di Phil è in cima alle scale, la seconda porta a sinistra.»

«Grazie», disse lei, affrettandosi all'interno. «E in bocca al lupo!»

Salì le scale di metallo fino al primo piano. Davanti alla porta dell'ufficio di Phil, lo sentì parlare al telefono. Mentre aspettava, due donne le passarono accanto nello stretto corridoio. Una delle due si girò a guardarla e lei si spostò, sentendosi a disagio. Ebbe come la certezza di non essere il tipo di donna che Phil invitava di solito nel suo ufficio. Ma le stava accadendo qualcosa che aveva sempre visto succedere agli altri. Ed era felice.

Dall'altra parte della porta, Phil stava cercando di convincere un autista a fare dei turni extra nel fine settimana. Avendo appurato che non si trattava di una telefonata confidenziale, Lesley fece capolino nella stanza. Non appena la vide, Phil le fece cenno di entrare con un sorriso. Mentre lui terminava la conversazione, lei attraversò l'ufficio e si fermò davanti a una delle quattro finestre che davano sull'interno del deposito. Centinaia di scatole di cartone marrone, pronte per la consegna, viaggiavano lentamente su un gigantesco nastro trasportatore.

«Davvero impressionante», disse lei, quando Phil ebbe messo giù il telefono.

«Non siamo esattamente Amazon», rispose lui, avvicinandosi da dietro per farle scivolare le braccia intorno alla vita, «ma ci dà il nostro bel da fare.» Le scostò i capelli e la baciò sul collo. «Non ti aspettavo così presto.»

«Mi dispiace», replicò lei. «Eravamo rimasti per pranzo, ma non sapevo bene che cosa significasse per te.»

«Nessun problema.» Phil si sedette sul bordo della scrivania e la attirò a sé. «Vedo che sei riuscita a superare il nostro eccellente sistema di sicurezza...»

«È stato Dom a farmi entrare.»

«Andava alla partita di calcio.»

«Brentford?» chiese lei.

Phil scosse la testa e si sporse sulla scrivania per prendere una foto incorniciata. «Luton Town», disse, porgendogliela. «Dom ci porta Ryan quasi ogni settimana. Viene dalla periferia, è sempre stata la sua squadra. Questi siamo noi tre a una partita dell'anno scorso. Mi hanno costretto a mettere il cappello con i pompon!»

Lesley rise. Posò la foto, prese Phil per mano e lo baciò.

«Non hai fame?» le disse lui, per poi alzarsi e abbassare le tapparelle delle finestre.

49

«Il tuo piano B era Annabel?» chiedo a Sam mentre attraversiamo il parcheggio dell'ASDA.

«Sono disposto a tutto per riportare Madeline a casa, anche se questo significa pagare il riscatto.» Ora capisco perché Sam ha chiamato la ex moglie.

«Pagare il riscatto non garantisce che ci ridaranno Madeline.»

«Ma è quello che ci hanno chiesto, e non vedo una soluzione migliore.»

Penso alle diecimila sterline che Billy Monroe ha girato a Ethan Harris e a tutta la pianificazione dietro al rapimento di Madeline. «Qualcuno deve pur aiutare Billy», dico a Sam. «Non è possibile che faccia tutto questo da solo. Non è abbastanza sveglio. Ci sono troppi dettagli, compreso il fatto che sapeva dove cenava Madeline. Dopo dodici anni passati al fresco.» Mentre esco dal parcheggio, prendo il cellulare. La chiamata risuona dagli altoparlanti dell'auto. «Min, sono io», dico, non appena risponde.

«Dove siete?» chiede.

«Stiamo lasciando Wolverhampton. Billy ha un fratello, particolare che suo nonno ha distrattamente dimenticato di menzionare. Mi serve qualsiasi cosa tu possa trovare su Travis Monroe.»

«L'ideale sarebbe sapere dove diavolo è», aggiunge Sam.

«Farò del mio meglio.»

Rallento mentre ci avviciniamo a un semaforo rosso. «Qualsiasi cosa tu possa trovare, davvero.»

« E alla svelta! »

« Lascia fare a me, Sam, ci penso io. Spero tu stia bene », dice Min. « Sto pregando per Madeline. »

Sam fatica a rispondere.

« In un modo o nell'altro, ci stiamo avvicinando », dico prima di chiudere la telefonata. Poi mi giro verso Sam. « Ieri sera ho parlato con Min, mentre dormivi. Ho dovuto dirle cosa stava succedendo. Mi fido completamente di lei. »

Ci dirigiamo fuori città, verso l'autostrada. Il mio cellulare vibra e abbasso lo sguardo sullo schermo. « Merda! »

Sam guarda il nome sul display. « Meglio che rispondi. »

Faccio un respiro profondo. « Dani », dico, « mi dispiace davvero. »

« È da un'ora che sono seduta davanti casa tua. Dove sei? »

Faccio una smorfia. « Sono proprio mortificato, ma è successa una cosa. »

« È successa una cosa? Che significa? »

« Ho dovuto seguire una storia », dico. « Madeline ha voluto assolutamente che me ne occupassi io. Non ho potuto sottrarmi. »

« E non ti è venuto in mente di chiamarmi? »

Esito.

« Ben? » continua Dani. « Una telefonata veloce, non chiedevo altro. »

« Non succederà più, te lo prometto. »

« Quanto ti ci vuole? »

« Non posso saperlo al cento per cento. »

« Non dovevamo passare la notte fuori? »

Sam mi guarda con un sorrisetto.

« Dovevamo... dobbiamo », mi affretto a rispondere. « Dovevamo », ammetto infine, esitando di nuovo. « Mi dispiace. »

« Ben, mi stai dando sui nervi. Ho detto a Mat che sarei stata via, stanotte. »

« Perché non rimani da me? » propongo. « Torno prima che

posso.» Mi sposto dalla corsia di sorpasso per lasciar passare un furgone bianco. «Eh, Dani? Che ne dici?»

Segue un attimo di silenzio. «Vabbè, non importa», risponde. «Posso preparare qualcosa da mangiare, se vuoi.»

Mi rendo conto di non essermi spinto fino a questa ipotesi con le previsioni. «La situazione qui è in continuo divenire.»

«Ben, che diavolo significa? A che ora torni?»

«È un po' difficile da dire, ma Holly, tre porte più in là, può darti una chiave. Mettiti comoda, guardati un po' di tv e io sarò lì il prima possibile.»

«Questa è la nostra uscita!» grida Sam, mentre stiamo per superare il bivio con la M42. Sterzo bruscamente per prendere lo svincolo.

«Chi accidenti era, quello?» chiede Dani.

Mi giro verso Sam. *Grazie*, gli dico, muovendo le labbra senza emettere un suono. «Sam, il padre di Madeline. Sono con lui.»

«Lavora per te, adesso?»

«È il contrario», risponde Sam.

«Sta' zitto», dico, mentre cerco al tempo stesso di seguire il navigatore satellitare. «È una storia che interessa a entrambi. Facciamo che ti richiamo tra un po', quando avrò un'idea più precisa sulla tempistica.»

«Fa' come ti pare, Ben», dice Dani. «Ho di meglio da fare che lasciarmi incasinare da te.»

50

« Ha detto che sarebbe arrivata entro le nove », dice Sam, guardando l'orologio per la terza volta in cinque minuti.

« Siediti, Sam », ribatto.

Lui invece esce dal soggiorno di casa sua e si dirige verso la camera degli ospiti. Da lì può vedere le auto che imboccano il vialetto. Pochi secondi dopo, ricompare in soggiorno e riprende a camminare avanti e indietro.

« Sono sicuro che avremmo saputo qualcosa, se ci fosse stato un problema. »

« Non conosci Annabel. Ha sempre vissuto nella convinzione che il mondo intero ruoti intorno a lei. Non riesco a ricordare l'ultima volta che è stata puntuale per qualcosa. Anche al nostro matrimonio ha ritardato di mezz'ora. Ha incolpato sua madre, ma già allora avrei dovuto imparare a non fidarmi. »

Esce di corsa dalla stanza. Prima di seguirlo, lancio un'occhiata al cellulare. Per tutto il pomeriggio e la sera, ho chiamato Tosh Monroe a più riprese, ma lui non ha mai risposto. Non trovo nulla nemmeno adesso. Entrando nella camera degli ospiti di Sam, lo vedo appoggiato alla scrivania, intento a scrutare il vialetto. Gli metto una mano sulla spalla.

« Vieni a mangiare », dico.

« Non ho fame! » risponde brusco.

Faccio un respiro profondo. « Ci aspetta una lunga nottata. Qualche cosa devi metterla nello stomaco. »

Torno nella cucina di Sam e apro il frigorifero. Accanto a una cassa di birra ci sono due pork pie Melton Mowbray e un pezzo di formaggio. Prendo le pork pie.

«Ecco», dico, tornando in camera da letto e porgendone una a Sam.

«Grazie», risponde, allontanandosi lentamente dalla finestra e appollaiandosi sulla scrivania da reporter con il ripiano in pelle. Mi siedo accanto a lui e scarto l'altra pork pie.

«Se lo scambio non riesce», dice, «non so cosa farò. Non ha senso vivere senza di lei.»

«Non dire così. Faremo lo scambio e stanotte Madeline tornerà a casa.»

Mangiando la sua pie, Sam si allunga e mi stringe il braccio. Fisso dritto davanti a me, lo sguardo concentrato sull'edizione incorniciata del *Richmond Times* che Madeline gli ha regalato per il compleanno. L'ha lasciata appoggiata contro la parete. So che se guardo Sam, rischio di cedere alle lacrime.

Lui, dal canto suo, torna velocemente alla finestra non appena sente il rumore di un'auto. «È lei», mi dice mentre una donna con i capelli grigio fumo e gli abiti eleganti scende dalla Mercedes guidata da un autista.

«Non so cosa ci abbia mai visto, in te», dico a Sam con un sorriso, tanto per provare a tirarlo su di umore.

Mi guarda strizzando un occhio. «Falle ridere, Ben. Funziona sempre.» Poi si allontana dalla finestra. «Va' giù ad accoglierla.»

«Perché io?»

«Non la vedo di persona da più di dieci anni.»

«E?»

«Ben, vai e basta.»

Decido che è più facile non discutere e fare come mi dice.

Una volta fuori, mi presento ad Annabel Wilson. È grata per il mio sostegno, calma e focalizzata sulla situazione. Vuole sapere che piani abbiamo per effettuare lo scambio e il suo atteggiamento mi fa pensare che è da lei che Madeline ha ereditato l'attenzione maniacale ai dettagli. Dopo aver chiesto al suo autista di aspettare sul retro del condominio, Annabel sale con me in ascensore.

«Come sta Sam?» domanda.

«Sopravvive, più o meno.»

«Stravede per Madeline dal momento in cui è nata. Vale anche per me. Per molto tempo, è stata lei il nostro collante. Ma il legame tra loro due è qualcosa di cui non ho mai fatto parte.»

«Qualcosa nel sangue», dico, mentre usciamo dall'ascensore.

La porta dell'appartamento di Sam è aperta; entrando, lo chiamo. Appare sulla soglia del soggiorno.

«Hai fatto con comodo, eh», dice ad Annabel.

Invece di ribattere, lei si limita ad aprire le braccia. Lui le va incontro lentamente e, quando lei lo abbraccia, inizia a singhiozzare. Mi ritiro nel corridoio per lasciarli un po' tranquilli.

Dieci minuti dopo, trascino il primo dei due enormi borsoni dal bagagliaio dell'auto di Annabel fino all'appartamento di Sam.

«Caspita se pesa, un milione di sterline», dico.

Sam e Annabel siedono insieme al tavolo da pranzo di vetro.

«Come hai fatto ai controlli di sicurezza?» le chiede.

Lei gli stringe la mano. «Sam, tesoro mio, negli aeroporti privati non si fa la fila come quando prendi un EasyJet per Alicante.»

Torno di sotto a recuperare il secondo borsone e, quando risalgo, Annabel ha tra le mani un bicchierino di vino rosso.

«Perché avrebbe disposto lo scambio proprio sulla stessa scalinata?» chiede.

In base alle istruzioni inviate a Sam, dovremmo lasciare i soldi proprio nella nicchia in cui Billy Monroe si era nascosto in agguato la notte in cui ha ucciso Aaron.

«Parecchio morboso se vuoi il mio parere», commenta Sam.

«Immagino lo reputi un posto molto discreto, da cui è facile entrare e uscire senza essere visti.»

Billy vuole che lasciamo i soldi a mezzanotte sul lato del ponte pedonale che dà su Baron's Field. Dieci minuti dopo, Madeline verrà liberata sulla sponda del fiume su cui sorge St. Marnham. Mi preoccupa il fatto che il rilascio non sia simultaneo, ma Sam e Annabel sono convinti a procedere.

«L'unica cosa che ci preme è riportare Madeline a casa sana e salva. Non me ne può fregare di meno dei soldi.»

«Non appena Madeline sarà al sicuro, andremo alla polizia», dice Sam. «Prenderanno Monroe in un batter d'occhio. Sappiamo esattamente con chi abbiamo a che fare.»

Ma è proprio questo il dubbio che mi assilla in maniera sempre più insistente.

51

L'orologio sul cruscotto mi dice che mancano cinque minuti a mezzanotte. Mentre attraversiamo il Chiswick Bridge, un motorino solitario ci sfreccia accanto, portando un curry notturno a qualche bevitore affamato. All'incrocio con Baron's Field, rallento. Nell'attesa che scatti il verde, noto una telecamera della polizia installata per cogliere sul fatto eventuali trasgressori. Potrebbe essere la stessa che ha ripreso Billy Monroe mentre entrava e usciva da Baron's Field? Non posso fare a meno di pensarlo, ma so anche che ormai la priorità è un'altra. La vita di Madeline dipende da me e Sam.

Lasciamo la strada principale e seguiamo un sentiero che si restringe verso la riva del fiume. Quando oltrepassiamo l'ultimo lampione, gli anabbaglianti della mia auto rimangono l'unica sorgente di luce sotto un pesante cielo notturno. Sam indica una svolta a destra molto stretta e protetta da cespugli selvatici. Rallento fino a fermarmi prima di affrontarla. I rami degli alberi mi graffiano la portiera. Non appena entriamo in un piccolo parcheggio non illuminato, sento i sassi scricchiolare sotto le ruote. Raggiungo l'angolo più isolato dell'area e spengo il motore. Io e Sam rimaniamo in silenzio, respirando piano e in sincrono. Nell'oscurità, riesco a distinguere solo il contorno del suo viso.

«Sei pronto?» chiedo con voce pacata.

«Sì», risponde. «E grazie, Ben. Non avremmo potuto farcela senza di te.» Mi stringe la mano.

«Non abbiamo ancora finito», rispondo.

Quando apro la portiera dell'auto, la luce gli illumina il viso per un istante. Davanti a quell'improvvisa luminosità, alza la mano per schermarsi; non prima, però, che io colga l'agitazione nei suoi occhi.

«Riportiamola a casa», dico, uscendo nel buio. Chiudo con delicatezza la portiera dell'auto per poi aprire il bagagliaio. Con la tensione che mi attanaglia lo stomaco, sollevo il primo dei due borsoni oversize. È ancora più pesante di quanto ricordassi; ma poi, sotto la spinta dell'adrenalina, me lo metto in spalla e richiudo il bagagliaio. Usando solo la luce dello schermo del telefono, percorro un sentiero fangoso che attraversa un boschetto e prosegue verso il ponte pedonale. Azzardo un'occhiata alle mie spalle e vedo Sam seduto rigido sul sedile anteriore della mia auto e illuminato dalla luce del suo cellulare.

Con la schiena china, seguo il sentiero per raggiungere la riva. Sotto il peso del borsone, le mie gambe si muovono in fretta e ogni tanto inciampo nelle radici nodose degli alberi. Le luci di St. Marnham, intanto, si riversano sull'acqua. Percorro il sentiero tortuoso fino alle scale di cemento che conducono al ponte.

Mi fermo. Ai piedi dei gradini, tutto quello che riesco a sentire è lo sciabordio del fiume che lambisce la battigia. Lascio cadere il borsone, mi avvicino ai gradini e abbasso la testa per sbirciare sotto il ponte. Quando accendo la torcia del telefono, non vedo altro che bottiglie di birra rotte e lattine vuote mescolate ai detriti portati dall'acqua. Ritorno ai piedi delle scale, sollevo il borsone e inizio una lenta salita. Infine, lo lascio nella nicchia buia che nascondeva Billy Monroe la notte dell'omicidio di Aaron Welsby.

Sentendo uno scricchiolio alle mie spalle, mi giro di scatto, ma è solo la brezza che soffia nel boschetto. Scendo i gradini e torno tra gli alberi, seguendo il sentiero fino alla macchina. Quando emergo nel parcheggio, Sam è ancora seduto immobile sul sedile anteriore.

« Vedi qualcuno? » sussurro, mentre lui apre la portiera.

« Nemmeno un cristo. Tu? »

Scuoto la testa e lui chiude la portiera. Poi riapro il bagagliaio e sollevo il secondo borsone. Torno sui miei passi, stavolta più svelto, più sicuro del percorso, e quasi subito dopo sono di nuovo alle scale. Mi giro e scruto gli alberi. Qualcuno mi sta osservando? Sono sicuro di sì, ma quando guardo dall'altra parte del fiume, verso le luci di St. Marnham, il mio unico pensiero è riportare Madeline al sicuro.

Salgo di corsa le scale e metto il secondo borsone sopra il primo. Li spingo entrambi in fondo alla nicchia per poi voltarmi e riattraversare il boschetto di corsa. Salto in macchina e metto in moto.

« Andiamo? » dico a Sam.

« Andiamo », risponde, e filando via dal parcheggio ci lasciamo alle spalle qualsiasi possibilità di mettere le mani su Billy Monroe. Non ha che da prendere i soldi, adesso.

Io e Sam non fiatiamo mentre riattraversiamo il ponte di Chiswick e superiamo il semaforo a tutta velocità sul lungofiume che porta a St. Marnham. Rallento solo quando arriviamo in paese. Né io né Sam possiamo impedire ai nostri occhi di puntare verso il cortile davanti al ristorante di Mailer. Per essere un sabato sera è deserto – cosa del tutto inconsueta – e le luci, di solito così vivaci, sono minacciosamente spente.

Usciamo da una piccola rotonda ai margini del paese. Salgo con l'auto sul marciapiede davanti al White Hart, da cui stanno uscendo gli ultimi avventori della serata. Sam salta immediatamente giù e devo mettermi a correre per raggiungerlo. Seguiamo un breve sentiero che, costeggiando il lato del pub, conduce alla riva. Annabel sta aspettando seduta a un tavolo di legno. Porge la mano a Sam e lui la prende.

« Qualche segno di Madeline? » le chiede con urgenza.

« Ancora niente », risponde lei. « Voi avete fatto tutto? »

« Esattamente come richiesto », replico. Poi li seguo entrambi mentre sfrecciano sul sentiero lungo il fiume: un viottolo normalmente frequentato da dog sitter e ciclisti ora è tutto per le angosciate speranze di due genitori che non smetteranno mai di amare la loro figlia. Percorriamo il pendio in salita. Davanti a noi, sotto la struttura vittoriana del ponte, vedo un senzatetto cercare rifugio per la notte. È lo stesso uomo che ho incrociato solo quarantotto ore fa, mentre andavo a cena con Madeline e Sam.

Annabel e Sam si fermano in cima al sentiero, sotto i lampioni che illuminano i gradini che portano al St. Marnham Bridge. A quel punto, tutti e tre ci giriamo da una parte all'altra, scrutando lo spazio circostante alla ricerca disperata di un qualsiasi segno di Madeline.

«Dov'è?» urla Sam.

Guardo il cellulare. Sono trascorsi quattordici minuti dalla mezzanotte. «Diamogli ancora un paio di minuti», dico.

Annabel avanza un altro po' e, dal punto elevato in cui ci troviamo, si sporge a guardare verso la riva. «Laggiù!» grida, indicando un corpo disteso sulla battigia.

Con il cuore in gola, salto giù da una rampa di scale e, precipitandomi lungo un sentiero coperto di muschio, mi lancio verso la riva di ciottoli. Pur rischiando di scivolare a ogni passo, mi sforzo di procedere finché non raggiungo il corpo.

L'acqua gli lambisce le gambe. Quando lo tiro su dal fiume e lo giro, quelli che mi fissano sono gli occhi freddi e spenti di Billy Monroe.

SETTE

« Se Aaron era il vero obiettivo, saremmo di fronte a un omicidio del tutto diverso. Capire cosa è successo nei giorni precedenti il suo assassinio diventa vitale. »

Dalla finestra, guardò Billy andare via.

A Billy tremava il labbro mentre saliva sul sedile anteriore dell'auto, e si vedeva che stava per piangere. Aveva un'aria pietosa, mentre salutava con la mano in cui stringeva con gratitudine le sue cinque banconote da venti sterline. Del resto, Billy era sempre stato emotivo; non ci voleva mai molto per farlo esplodere. Quante volte, dopo, lo aveva visto trascinarsi di sopra in mansarda... Era proprio quella sua vulnerabilità a renderlo debole e malleabile.

Attese alla finestra finché l'assistente sociale non uscì dal vialetto in retromarcia. Poi si diresse in cucina, verso sua madre che sedeva al tavolo. La strinse in un abbraccio. Lei sorrise e lo baciò sulla fronte. Erano felici entrambi che se ne fosse andato.

Al piano di sopra, la stanza ormai vuota puzzava di umido. Ci aveva messo piede solo un paio di volte negli ultimi quattro anni. Lasciare che Billy entrasse in camera sua era un gesto molto più potente. Lo aveva invitato ogni volta che aveva avuto bisogno che facesse qualcosa per lui, tipo prendersi la colpa per una bottiglia di vino rubata o per un porno sul portatile di suo padre. Offrendogli un'attenzione occasionale, imprevedibile quanto intensa, aveva capito di poter convincere Billy a prendersi la colpa per quasi tutto.

Guardandosi intorno, si rese conto che nella stanza non c'era nulla che valesse la pena di portarsi via. Gli arredi, acquistati da rivenditori online, erano economici; la biancheria da letto ruvida. Aprì i cassetti di un armadio che cadeva a pezzi, ma erano vuoti, a parte qualche calzino sporco e alcune magliette mangiate dalle tarme. Vuotò sul pavimento una scatola di vecchi giochi da tavolo: niente di interessante. Poi sollevò il sottile materasso e lo ribaltò su un lato. Nascosto sotto c'era un taccuino sulla cui copertina Billy aveva scarabocchiato il suo nome.

Si sedette sulla struttura del letto e lo sfogliò. Frasi praticamente illeggibili ricoprivano ogni pagina. La maggior parte erano robaccia, divagazioni sui razzi spaziali e sulla luna. Andò avanti fino alle ultime pagine. Lettere mai spedite al nonno. Leggere di quanto Billy amasse suo nonno, di come ricordasse tutti i posti in cui erano stati insieme e di come credesse che un giorno li avrebbero visitati di nuovo lo fece ridere. Che speranze infantili. Era così ingenuo.

Decise di conservare il taccuino.

Domenica

52

Afferro una vecchia felpa dal divano in fondo alla cucina e spengo la macchina del caffè. Cerco la chiave della porta scorrevole ed esco nel giardinetto sul retro. Una volta fuori, il primo sorso di caffè mi rilassa un po'.

Uno squarcio tra le nuvole consente alla luce dell'alba di illuminare la mattinata gelida di fine febbraio. Durante la notte è caduta una forte pioggia e i piedi mi affondano nel riquadro di erba che ogni estate fatico a mantenere in vita. Attraverso il giardino e mi siedo sul muretto di pietra che ho costruito con mia mamma quindici anni fa. Per un istante mi sembra ancora di vederla mescolare il cemento con i guanti verdi da giardinaggio, mentre io corro a recuperare i mattoni dietro casa. Affrontava la vita con feroce indipendenza. *Sarà poi così difficile costruire un muro?* si era chiesta a un certo punto. Si era rivelato più difficile di quanto avessimo immaginato, come abbiamo avuto modo di appurare una volta alle prese con quel calcestruzzo che non smetteva di colare, ma adesso sorrido davanti al muro di mia madre ancora orgogliosamente in piedi dopo tutti questi anni. L'indipendenza, insieme alla determinazione a non accettare mai un no come risposta, è una delle cose che mi ha trasmesso. A volte mi trascina nei guai fino al collo, ma so andare avanti finché non trovo le risposte che sto cercando.

La porta della cucina si apre appena. Con addosso la mia felpa di pile grigia, Dani attraversa il giardino e posa con cautela un bicchiere d'acqua sul muretto, poi si siede accanto a me.

«Ciao», dico a bassa voce. «Stavi dormendo.»

Si passa le mani tra i riccioli biondi, sempre così ribelli al mattino. «Non proprio il fine settimana che avevo immaginato», risponde.

Insieme al sergente investigativo Lesley Barnsdale, Dani ha assistito al recupero del corpo di Billy Monroe. Al momento, Sam e Annabel stanno collaborando con la polizia metropolitana e la National Crime Agency nel tentativo disperato di scoprire dove si trovi Madeline. Nelle prime ore del mattino, ho aspettato vicino al fiume finché il corpo di Monroe non è stato rimosso e Dani ha potuto lasciare la scena. Poi siamo tornati a piedi a casa mia, a Haddley, praticamente senza parlare.

«Vuoi che ti prepari la colazione?» dico. «I miei sandwich al bacon se li sognano persino negli alberghi di lusso.»

Scuote la testa. «Non ho fame.» Poi alza lo sguardo. «Pensavo ti fidassi di me...»

«Certo, assolutamente, al cento per cento», rispondo un po' troppo in fretta. Gli occhi azzurri e taglienti di Dani mi mettono a nudo. «Mi dispiace», aggiungo.

«Prima agisci e poi preoccupati delle conseguenze. Comincio a capire che è questo il tuo mantra nella vita, però non ti assumi mai la responsabilità delle conseguenze.»

«Volevo dirtelo, ma Sam è stato irremovibile: niente polizia. Avevo i miei dubbi e ho cercato di convincerlo, ma lui e Annabel erano concordi. E Madeline è la loro figlia.»

«Non è questo che intendo», replica Dani, prendendo il bicchiere. Mi mordo il pollice, aspettando che continui. «È di noi che sto parlando: di me e te. Non della polizia. Mi hai detto che potevo fidarmi di te. E che ti saresti sempre fidato di me, perché mi ami.»

«Sì, sempre.»

«Ma non abbastanza da parlarmi, da confidarti con me.»

Esito. Gli occhi di Dani puntati addosso mi fanno venire

voglia di diventare piccolo piccolo fino a sparire. « È stato Sam a... »

Mi interrompe. « Non ci provare. Sei stato tu, ed è quello che fai sempre. Hai messo a rischio la vita di Madeline, quella di Sam e la tua. E non hai voluto parlarne con me. »

Bevo l'ultimo sorso di caffè. « Mi dispiace, ma sei un'agente in servizio e il punto era proprio non tirare in ballo la polizia. Non volevo comprometterti. » Il conflitto tra la mia vita di giornalista e quella di Dani mi si para davanti in tutta la sua evidenza.

« Prima di ogni altra cosa, perché io possa mettere fine al mio matrimonio, tu e io dobbiamo essere uniti. Una squadra. Pensavo fosse quello che volevi... » La sua voce sembra farsi distante, affievolirsi. « Me l'avevi promesso, Ben. »

Intreccio le mie dita alle sue, ma lei tira via la mano. « Ho passato tutta la vita a costruire un muro intorno a me finché non mi sono sentito al sicuro », le dico. « Era l'unico modo per sopravvivere. Ma voglio cambiare. So che devo farlo per te. »

Prende il bicchiere e io la seguo dentro. Si appoggia su uno sgabello accanto all'isola della cucina. « Tu e io dobbiamo essere al di sopra di ogni altra cosa. Devi desiderarlo quanto me. Qualunque cosa accada, dobbiamo decidere insieme. Ho bisogno di questa certezza, se vogliamo avere un futuro. »

Sentiamo un colpo alla porta d'ingresso. « Chiunque sia, lo mando via », dico mentre Dani mi segue nel corridoio.

Apro la porta e sospiro. Mentre mi strofino le mani sul viso, dal fondo del corridoio sento Dani sussurrare sottovoce: « Merda! » alla vista del sergente investigativo Barnsdale.

53

«Ci risiamo, signor Harper», dice il sergente Barnsdale, sedendosi di fronte a me e lisciandosi le pieghe dei pantaloni neri. «Non è la prima volta che nasconde delle prove alla polizia in un caso di omicidio.»

«Non è corretto», ribatto. Siamo seduti nel soggiorno sul lato anteriore di casa mia. È una stanza che uso di rado, perché mia madre ci passava molto tempo quando la casa era sua. La Barnsdale si riferisce proprio agli eventi legati al suo omicidio. Se avessi aspettato la polizia di Haddley, l'identità dell'assassino di mia madre sarebbe ancora sconosciuta. «Il mio unico obiettivo, nelle ultime quarantott'ore, è stato trovare Madeline e riportarla a casa sana e salva.»

«Qualcosa per cui pensava di essere meglio attrezzato rispetto ad agenti di polizia appositamente addestrati?» Davanti alla collera della Barnsdale, non posso far altro che guardare Dani. In piedi alla finestra, si passa le mani tra i capelli, rifiutandosi di incrociare il mio sguardo. Decido che è meglio non discutere con il sergente.

«Se avessi pensato di esporre Madeline a un pericolo maggiore...»

«È proprio questo il problema, signor Harper: lei non pensa mai», taglia corto la Barnsdale, seduta sul bordo della sedia. «Una donna rapita, un uomo strangolato e poi gettato sulle rive del Tamigi, e i suoi amici che a quanto pare ci hanno rimesso due milioni di sterline. Si è dato da fare.» Poi guarda verso la finestra. «Agente investigativo Cash, hai qualcosa da aggiungere?»

«No, signora», risponde Dani, arrossendo mentre abbassa gli occhi.

«No, infatti», concorda bruscamente la Barnsdale.

«Tutti i nostri sforzi, adesso, dovrebbero concentrarsi sulla ricerca di Madeline Wilson», dico. «Darei la vita per lei. Quindi, in qualsiasi modo io possa aiutarvi...»

«Le sue pagliacciate ci sono costate le quarantotto ore più importanti. La morte di Billy Monroe ci porta a credere che la vita dell'ostaggio sia in grave pericolo. Le suggerisco di iniziare riferendomi molto velocemente tutto quello che sa.»

Racconto la storia del rapimento di Madeline con tutti i dettagli che sono riuscito a ricostruire. Le richieste inviate a Sam, il modo in cui siamo arrivati a Tosh Monroe e il ruolo giocato da Ethan Harris.

«Dopo aver parlato con il padre della Wilson, abbiamo arrestato Harris nelle prime ore di questa mattina, mentre tentava di imbarcarsi su un traghetto in partenza da Hull a Rotterdam», replica la Barnsdale. «Grazie alle informazioni fornite da lui, al momento gli agenti stanno setacciando Haddley Wood in cerca dell'auto della signorina Wilson.»

Annuisco. «Dubito che possa dirvi molto di più, a parte il fatto che Billy Monroe ha un fratello.»

«Ne siamo già a conoscenza», dice la Barnsdale. «Stiamo sentendo il nonno.»

«Ritengo che trovare Travis potrebbe essere determinante.»

La Barnsdale non dice niente e, quando le squilla il telefono, guarda lo schermo. «Devo rispondere», dice, uscendo dalla stanza.

«C'è qualcos'altro che non le hai detto?» mi chiede Dani, ancora ferma accanto alla finestra a braccia incrociate.

Faccio scorrere la lingua all'interno della bocca. «Il problema è che so come reagirà.»

«Ben! Devi dirle tutto! Sa fare il suo lavoro e mi fido di lei.»

Non rispondo e aspettiamo in silenzio che la Barnsdale rientri.

«Un veicolo dato alle fiamme è stato rinvenuto all'estremità opposta di Haddley Woods. Riteniamo sia la Mercedes della signorina Wilson.» La Barnsdale è proprio di fronte a me. «E, signor Harper, credo di doverla informare del ritrovamento di un corpo maschile non identificato nel parcheggio della rimessa delle barche di St. Marnham, venerdì sera. Riteniamo si tratti del corpo dell'autista della signorina Wilson, Dennis Thackeray.»

Abbasso la testa e mi passo la mano tra i capelli. «Era una brava persona», dico con la voce incrinata. «Sempre disponibile con tutti...»

La Barnsdale si siede sul divano accanto a me. «Se è a conoscenza di altri elementi, mi servono adesso.»

Inspiro a fondo. «Io e Sam abbiamo incontrato i genitori di Aaron Welsby.»

«E?»

«Prima della sua morte, Aaron aveva avuto una breve relazione con East Mailer. Non abbiamo trovato nulla che colleghi East all'omicidio di Billy, ma i Welsby sono ancora in contatto con lui. È molto probabile che East fosse a conoscenza del rilascio di Billy.»

La Barnsdale si alza. «Spero che da ora in poi lascerà tutti gli elementi di questa indagine alla polizia.» Poi, fermandosi sulla porta, si gira verso Dani. «Agente investigativo Cash, aspetterò in macchina mentre finisci di vestirti.»

54

Mi trovo ai piedi delle scale. Qualche istante dopo, Dani compare in cima, con addosso un paio di jeans e un maglione bianco, tra i pochi vestiti che tiene a casa mia.

« La Barnsdale ha ragione. Abbiamo perso le quarantotto ore più importanti per ritrovare Madeline. Se è nelle mani di chi ha ucciso Monroe... »

« Avrei dovuto chiamarti, lo so », dico, premendomi la mano sulla nuca. Prende il giaccone accanto alla porta d'ingresso. « Possiamo parlare stasera? » chiedo.

Dani scuote la testa. « Non lo so. Devo pur tornare a casa, a un certo punto. Ti chiamo più tardi. » Mi bacia al volo sulla guancia.

La guardo allontanarsi lungo il vialetto. « Dani, aspetta! » Le corro incontro. « Billy Monroe non ha organizzato il rapimento di Madeline da solo. E non credo abbia agito da solo per uccidere Aaron Welsby. »

« Cosa te lo fa pensare? » mi chiede.

« La polizia metropolitana e Madeline, nel suo reportage, hanno dato per scontato che la morte di Aaron fosse un crimine d'odio commesso alla cieca. » Dani mi ascolta con attenzione mentre le spiego in fretta che Billy, al momento di uccidere Aaron, lo ha chiamato per nome. « Se Aaron era il vero obiettivo, saremmo di fronte a un omicidio del tutto diverso. Capire cosa è successo nei giorni precedenti il suo assassinio diventa vitale. » Dani annuisce e io continuo. « Il padre di Aaron ci ha detto che suo figlio ha conosciuto East all'epoca in cui lavorava al progetto del padiglione sportivo della Haddley

Grammar School. Cos'è successo mentre era lì? Nello stesso periodo, Billy Monroe faceva l'operaio in vari cantieri della zona.»

«Non ci sono prove che abbiano mai lavorato allo stesso progetto edile.»

«E se le loro strade si fossero in qualche modo incrociate? Se riusciamo a capire perché Billy ha ucciso Aaron Welsby, sapremo anche chi ha ucciso Billy.»

Dani non dice nulla, ma sul volto le appare un sorriso fugace. Poi si gira e si allontana. Rimango a guardare l'auto della Barnsdale dirigersi verso Lower Haddley Road, sperando con tutto il cuore che il sergente trovi un modo per riportare Madeline a casa.

Spinto dall'urgente bisogno di una seconda tazza di caffè, sto per rientrare in cucina quando una Mercedes sportiva rosso scuro si avvicina dando di gas lungo il lato inferiore del parco. L'auto inchioda proprio davanti casa mia, e il finestrino del conducente si abbassa.

«Sali, Ben», dice Annabel Wilson con lo stesso tono perentorio con cui impartisce istruzioni a sua figlia. «Sam è convinto di aver scoperto qualcosa.»

Esito una frazione di secondo. «Annabel, che succede? Non è tutto nelle mani della polizia, adesso? Gli agenti stanno cercando Madeline. Non dovremmo lasciare che siano loro a occuparsene?»

«Da quello che Madeline mi ha detto di te, non credi a una sola parola di ciò che stai dicendo.» Non posso fare a meno di sorridere. «Io e Sam abbiamo riferito alla polizia tutto ciò che sapevamo. E loro ci hanno detto che adesso non possiamo fare altro che aspettare che chi ha preso Madeline ci contatti. Ma, finché c'è ancora la possibilità di trovare nostra figlia viva, perché dovremmo fermarci?»

Ripensando alla determinazione di mia madre che non accettava mai un no come risposta, prendo le chiavi e chiudo con forza la porta d'ingresso alle mie spalle.

«Sam ci sta aspettando sulla strada principale», mi dice Annabel mentre salgo su un'auto che sarà costata molto più di quanto potrei mai sperare di guadagnare in un anno. «Ha trovato il modo di arrivare a Travis Monroe.»

«Ne sei sicura?» chiedo, mentre Annabel schiaccia il piede sull'acceleratore.

Lei aggrotta le sopracciglia. «Chiunque abbia ucciso Billy Monroe e intascato i miei due milioni potrebbe essere l'unica persona al mondo a sapere dov'è Madeline. È questa la persona che dobbiamo trovare.»

Sulla Lower Haddley Road, Annabel sorpassa due furgoni impegnati nelle consegne mattutine. In prossimità del semaforo, chiudo gli occhi d'istinto mentre lei anticipa di una frazione il rosso sfrecciando sulla strada principale.

«Bella macchina», dico, sorridendo nervosamente nel momento in cui sfiliamo davanti alla stazione di polizia, dove ci fermiamo con un sobbalzo.

«Scendi e falli salire», dice Annabel, indicando Sam, fermo all'ingresso di un negozietto di beneficenza. Accanto a lui c'è Tosh Monroe.

«Signor Monroe», dico, sorpreso dalla sua presenza a Haddley. «Qualunque cosa abbia fatto, mi dispiace davvero che la vita di suo nipote sia finita in maniera così brutale.» Lo vedo un po' spiazzato dalle mie condoglianze.

«Non c'è tempo, adesso, per queste cose», replica Sam, rinvigorito dalla determinazione di trovare sua figlia. «Ben, siediti con me», dice, spingendo avanti il sedile anteriore dell'auto e stringendosi sul sedile dietro. Mi accomodo accanto a lui e infilo le ginocchia sotto il mento.

«Tosh, tu mettiti davanti!» dice poi. Mentre ripartiamo a razzo, fatico a capire se si sia sviluppata un'autentica connessione tra i due settantenni o se Sam abbia semplicemente trovato un canale di comunicazione con Tosh a me rimasto precluso. Pigiati come siamo, mi giro verso Sam, e lui legge la perplessità nel mio sguardo.

«Sono venuto a sapere che la polizia ha portato Tosh a Haddley, ieri notte, per identificare il corpo di Billy», mi spiega.

«Sei venuto a sapere?»

«Non sei l'unico ad avere dei contatti.» Sam si sporge in avanti e preme una mano sulla spalla di Tosh Monroe.

«Stamattina alle due, gli agenti si sono presentati al deposito in cui lavoro, a Leicester, e mi hanno portato a Londra in macchina.»

«Tosh ha accettato di parlare con noi e di aiutarci in ogni modo possibile.»

«Non voglio che facciano del male a Madeline. E chiunque abbia ridotto Billy in quel modo deve pagare.»

Annabel si ferma davanti alla caffetteria in Upper Haddley Road. Una volta dentro, troviamo un tavolino per quattro. Stringendo la mia tazza di caffè, mi chino verso Tosh Monroe. «Billy e Ethan Harris hanno rapito Madeline. Ethan ci ha detto che Billy aveva intenzione di portarla a nord, fuori Londra. Ha idea di dove potrebbe essere andato?»

«Magari.» Monroe si gratta la guancia non rasata. «Ci sono tante cose che non so della vita di Billy. Quando aveva nove anni, lo hanno dato in adozione. Il primo Natale che ha passato lontano da me, ho ricevuto una lettera e un paio di fotografie. La lettera era da parte dei genitori adottivi: mi raccontavano come andava a scuola, quali sport gli piacevano... quel genere di cose. Passava la maggior parte del tempo in camera sua, al piano di sopra. Dopo il secondo anno, però, niente più lettere. A quel punto, ho perso i contatti con Billy per quasi cinque anni.»

Sam inzuppa un biscotto allo zenzero nel caffè e lo succhia tra i denti. «Tosh, parlarci un po' del resto della famiglia.»

55

La cameriera sparecchia il tavolo prima di tornare con altri caffè. Vedendo Tosh esitare, Annabel gli mette una mano sulla sua e dice: «Perché non ci parla di sua figlia?»

«Mairi», replica lui. Il sorriso di un istante gli rischiara il viso, per svanire subito dopo. «Poco dopo il suo settimo compleanno, siamo rimasti soli. Sua madre se n'è andata con il tizio che era venuto a ripararci il tetto. Ero più preoccupato per Mairi che per me; una bambina ha bisogno della sua mamma. Ho provato a rintracciare sua madre, a convincerla a tornare a casa, anche solo per il bene di Mairi, ma lei trovava sempre una scusa per non venire nemmeno a farci visita. È rimasta con il conciatetti. L'ultima volta che ho sentito parlare di loro, vivevano in Finlandia; un posto come un altro, suppongo. Mairi non ha più rivisto sua madre.»

«E cos'è successo a Mairi?» chiede Annabel.

«Ero convinto di cavarmela decentemente. Gli insegnanti non facevano che dirmi quanto era attenta. Alla fine di ogni trimestre, la pagella era sempre bella – ne ho conservate una o due, quelle dove si diceva che era destinata a grandi cose – e poi, a quindici anni, è rimasta incinta. Abbiamo litigato, e tanto. Voleva tenere il bambino, ma anche lei era ancora una bambina. Non avevo idea di come gestirla, e tutto questo non faceva che rendermi ancora più testardo. Forse, se mi fossi comportato diversamente, chissà... Mairi è andata a vivere in una casa occupata con il ragazzo di cui era così disperatamente innamorata. Naturalmente, tre settimane dopo lui è sparito. Gli uomini. Le ho chiesto di tornare a casa, ma lei era cocciuta quanto me. E io non avevo intenzione di implorarla. Dopo di che, ha iniziato a frequentare le 'persone sbagliate'. Non è sempre così che finisce? Ha preso delle sostanze mentre era ancora incinta di Billy; un'idiozia, ma cosa poteva saperne? Una volta avuto il bambino, le hanno assegnato una casa popolare nella zona di Meadows, a Nottingham. Non voglio pensare a quello che avrà fatto per mantenersi. A vent'anni era di nuovo incinta, ed è stato allora che ho messo da parte l'orgoglio e, questa volta, l'ho implorata di tornare a casa. Ma lei non ha voluto saperne. Voleva cavarsela da sola. Ho iniziato a darle dei soldi e lei, a quel punto, mi ha permesso di trascorrere un po' di tempo con Billy. Mi odierete per quello che vi sto dicendo, ma era un ragazzo dolcissimo. C'erano giorni in cui avreste pensato che non c'era niente di sbagliato, in lui, a parte il fatto che era un po' lento.»

«Ci racconti del secondo figlio», dice Annabel.

«Travis. Era un ragazzino brillante; teneva completamente in pugno sia Mairi sia Billy. Dio solo sa chi fosse suo padre. A ogni modo, due bambini erano troppo per Mairi. Ha ricominciato a prendere roba. A ventiquattro anni è morta.»

«Mi dispiace», dice Annabel. La paura per sua figlia le si leggeva in faccia.

«E i ragazzi sono venuti a vivere con lei?» chiedo a bassa voce.

Tosh annuisce. «Ci ho provato, ma poi mi sono ritrovato sempre più spesso a pensare a quello che era successo a Mairi. Era stata tutta colpa mia?»

«Sono sicura di no», risponde Annabel.

«Chi può dirlo?» replica Tosh. «Non molto tempo dopo, i medici mi hanno diagnosticato un enfisema. Non mi davano più di cinque anni. Ma si sbagliavano, come potete vedere», aggiunge con una risata amara. «I ragazzi erano ancora abbastanza piccoli perché qualcun altro potesse fare un lavoro migliore del mio. La mia unica richiesta era che restassero insieme.»

«Ed è stata accolta?» chiede Sam.

«C'era una coppia che viveva da qualche parte vicino a Welwyn Garden City e sembrava non aspettasse altro. Una bella casa con un sacco di spazio all'aperto. Sembrava perfetto. Sapevo che Travis avrebbe trovato la sua strada. Era brillante, piaceva alla gente e lui lo sapeva. Billy era un bel peso per chiunque, come hanno dimostrato i fatti.»

«Cos'è successo?» domando.

«La coppia lo ha tenuto per quattro anni», risponde Tosh. «Poi lo hanno semplicemente restituito, come una macchina usata.»

56

Will Andrews sedeva dietro la scrivania del marito nel piccolo ufficio sul retro del ristorante. Faceva scorrere le prenotazioni per il pranzo della domenica sullo schermo del computer e poi contattava i clienti in lista. La chiamata alla signora Pitt, di East Sheen, era la ventunesima della mattina. Lei rispose subito e lui, per l'ennesima volta, spiegò che, purtroppo, quel giorno il Mailer's sarebbe rimasto chiuso per pranzo e che sperava di riaprire in settimana. Nemmeno lui, però, sapeva se le sue parole fossero vere. Come tutti gli altri ospiti del ristorante che aveva contattato, la signora Pitt si dimostrò estremamente comprensiva. Aveva sentito del ritrovamento del cadavere sulle rive del Tamigi, a pochi metri dalla terrazza all'aperto del Mailer's, e quindi le sembrava assolutamente normale che chiudessero per rispetto.

Will terminò la chiamata e tirò un breve sospiro di sollievo. La signora Pitt era l'ultima della lista, almeno per quel giorno. In realtà, la chiusura del ristorante non aveva nulla a che vedere con il cadavere ritrovato sulle rive del fiume. Il Mailer's era chiuso perché l'omonimo titolare, nonché chef, era uscito di casa sabato notte e da allora non si era più visto.

Will spinse indietro la sedia e fece scorrere le dita sulle superfici immacolate della cucina. Il pomeriggio del giorno prima, uno del team di East gli aveva telefonato per dirgli che suo marito non si era fatto vivo al ristorante. Non avendo altra scelta, Will si era scusato con i genitori di Nathan ed era rientrato di corsa a Londra. Un pranzo di presentazione, che già stava andando male, si era concluso in un disastro. Non era si-

curo di cosa aspettarsi, arrivando lì, ma la madre di Nathan aveva faticato a sopportare la sua presenza in casa. Parlare della madre biologica di Nathan o della sua adozione era stato impossibile, ovviamente, ma anche una conversazione civile sull'infanzia del figlio era sembrata fuori portata. E mollare il pranzo prima del piatto principale non aveva certo aiutato. Accompagnandolo fuori dalla casa dei suoi, Nathan lo aveva abbracciato sussurrando: « È stato il primo incontro. Normale che fosse un po' complicato, ma poteva andare peggio ».

Will gli aveva sorriso. « Preferirebbero che io non esistessi, se vuoi sapere come la penso. »

« Senza di te, non esisterei neanch'io », aveva risposto Nathan. « Ci vorrà un po' di tempo. Hanno sempre saputo che questo momento sarebbe arrivato. Qualsiasi bambino adottato può decidere, un giorno, di scoprire da dove viene. »

« Il problema sta proprio lì: da dove vieni. »

« È una cosa che non potremmo cambiare nemmeno se lo volessimo. »

« E immagino che tu lo vorresti. » Will se n'era andato con quel commento, rimpiangendo subito dopo di averlo fatto. Era stupido e sapeva di autocommiserazione. Nathan non aveva chiesto nessuna delle attenzioni che gli erano state imposte. Era stato più aperto nei suoi confronti di quanto avrebbe potuto sognare o meritare. Aveva guidato fino a Londra irritato con se stesso, ma da quando era tornato a casa la ricerca di East lo aveva assorbito completamente. Aveva passato il sabato sera a respingere i clienti contrariati mentre tutti i tentativi di rintracciare East per telefono durante la notte si rivelavano infruttuosi. Nelle prime ore del mattino aveva chiamato tutti gli ospedali locali, ma adesso, con il passare delle ore, aveva capito che gli importava sempre meno dove fosse suo marito.

Si avvicinò al cocktail bar e per qualche istante ammirò il cristallo molato che scintillava accanto alle costose bottiglie di liquore. Poi prese una bottiglia di whisky Hibiki e se ne versò una dose generosa. Si sedette al bancone, afferrò un sottobicchiere e lo fece scorrere tra le dita. Quindi, lo piegò per bene a metà, prima di strapparlo in due e poi ancora in pezzi che sparse sul bancone. Infine, senza nemmeno aver toccato il whisky, si diresse verso la sala del ristorante. Al rumore di un'auto che entrava nel cortile anteriore, si voltò e vide con orrore una volante della polizia fermarsi davanti all'ingresso.

57

Lesley Barnsdale si fermò nel cortile davanti al Mailer's. Scese dall'auto, immaginandosi per un attimo a camminare verso l'edificio in pietra insieme a Phil Doorley, entrambi impazienti di cenare al ristorante di East Mailer. Nel giorno del suo quarantesimo compleanno, invece di festeggiare le toccava indagare sugli elementi che collegavano lo chef a un duplice omicidio e a un rapimento.

All'ingresso del ristorante, si fermò ad attendere l'agente investigativo Cash. Durante il tragitto dalla casa di Ben Harper, a Haddley Common, non avevano aperto bocca. «Quello che fai della tua vita privata sono affari tuoi», aveva detto a Dani quando le fu abbastanza vicina. «E puoi star certa che nessuno alla stazione verrà a sapere niente da me.»

«Grazie», rispose Dani, tenendo gli occhi rivolti verso la strada lungo il fiume.

«Ma devi stare attenta. Non fatico a credere che sia una brava persona, ma spesso ho come la sensazione che sia in competizione con noi. Come agente in servizio, è realistico pensare a un futuro con un giornalista investigativo?» Dani non rispose. «Prendiamoci un po' di tempo per parlarne, la settimana prossima.»

«Volentieri», rispose Dani, guardando verso il cancello di ferro lucchettato che separava il cortile del ristorante dal retro della rimessa delle barche di St. Marnham.

«Il corpo di Dennis Thackeray è stato trovato proprio al di là di quel cancello», disse la Barnsdale. «E nessuno, alla rimessa, ha una chiave per quel lucchetto.»

«Forse è un'altra di quelle cose per cui il signor Mailer potrebbe darci un aiuto?»

«Già.» La Barnsdale aprì la porta ed entrò nell'ambiente climatizzato del ristorante. In quello strano silenzio, un uomo venne loro incontro, presentandosi come il marito di East Mailer.

«Il signor Mailer è qui?» chiese la Barnsdale.

«Posso chiedere di cosa si tratta?» replicò Will Andrews.

«Forse sarà a conoscenza del ritrovamento di un corpo sulle rive del fiume, ieri sera. Abbiamo una serie di domande da porre ai potenziali testimoni, ovvero a persone che in quel momento si trovavano nelle vicinanze.»

«Posso aiutarvi?»

«Era al ristorante, ieri sera?»

«Ci ho fatto soltanto un salto. Abbiamo chiuso presto. Sono tornato a casa mia, in paese, poco dopo le nove.»

«Con il signor Mailer?»

Will esitò. «Ieri è stata una giornata impegnativa, perciò sono andato a letto presto.»

«Ma il signor Mailer era con lei oppure no?» insistette la Barnsdale.

«Perché non ci sediamo?» propose lui.

«Se preferisce.» Attraversando il ristorante, la Barnsdale seguì con lo sguardo la spettacolare vista sul fiume, mentre all'interno, sotto le lampade di bronzo lucidato, non poté non notare la precisione con cui era apparecchiato ogni tavolo. Seduta di fronte al proprietario del ristorante, si ritrovò a far scorrere le dita sulla soffice tovaglia di lino. Intercettando lo sguardo di Will, intrecciò le mani in grembo.

«Il signor Mailer era con lei, ieri sera?» ripeté. Will Andrews si appoggiò allo schienale della sedia di pelle verde e incrociò le braccia. «È una domanda semplice», aggiunse lei.

«Credo fosse a casa, ma non l'ho visto.»

«Davvero?» commentò lei, lasciando trasparire tutta la sua incredulità. «Non l'ha visto in casa per tutta la sera?»

«È una casa abbastanza grande.»

La Barnsdale inarcò le sopracciglia. «Signor Andrews, stiamo indagando su un omicidio. Ho bisogno di risposte, risposte oneste. Il signor Mailer era a casa, ieri sera?»

Will curvò le spalle. «No.»

«Ed è qui, adesso?»

«No.»

«Grazie», rispose la Barnsdale. «Non era così difficile, vero? Quando l'ha visto l'ultima volta?»

«Sabato notte, all'una e mezzo.»

«Ed è da allora che non lo vede?»

Will scosse la testa, ma proprio in quell'istante si aprì la porta in fondo al ristorante. «East!» esclamò.

La Barnsdale si alzò subito e andò incontro all'iconico chef che, intanto, puntava verso il cocktail bar. Quando lei si presentò, fece un passo indietro; ma poi, vedendo il marito già seduto con l'altra agente, accettò di malavoglia di unirsi a loro.

«Se preferisce», disse la Barnsdale, «possiamo parlare anche da soli.»

Will guardò il marito che stava per sederglisi accanto. «East?»

«No», rispose lui. «Penso sia arrivato il momento che anche tu senta quello che ho da dire.»

58

«Non c'è da stupirsi che Billy fosse fuori di testa», dice Annabel.

«Essere rispedito ai servizi sociali non è mai una bella esperienza per un ragazzino», conferma Tosh.

«Non è tornato da lei?»

«Non funziona così.» Nella sua voce, sento i frantumi di una famiglia spezzata. «Legalmente, rimanevano i suoi genitori.»

«Ma la sua era l'unica vera casa che avesse mai conosciuto.»

Tosh si strofina il naso rosso fragola. «È stato riassorbito dal sistema. Prima un istituto, poi un paio di famiglie affidatarie, ma ovviamente sapeva dove vivevo. Ogni volta che i servizi sociali lo affidavano a una famiglia, un paio di settimane dopo usciva dalla finestra della sua camera e tornava da me in autostop. Rimaneva per qualche giorno, finché le autorità non venivano a prenderlo per riportarlo via.»

«Quanti anni aveva?» chiede Annabel.

«Quattordici, ma quando ne ha compiuti quindici i servizi sociali hanno gettato la spugna. A quel punto, sono stato ben felice di riaccoglierlo, e per due o tre anni tutto è filato liscio. Quando aveva sedici anni gli ho trovato lavoro nel deposito che gestivo, e per il diciottesimo compleanno gli ho comprato un'auto. Non era che un catorcio, ma è bastato a convincerlo che le ragazze avrebbero fatto la fila per salirci. Mi sembra di vederlo ancora mentre mi saluta agitando le mani come un pazzo.» Tosh fatica a proseguire. «Quel giorno l'ho visto allontanarsi così felice che ho pensato: ma sì, andrà tutto bene. E poi non l'ho più visto per altri due anni.»

« Cos'è successo? » domando.

« Proprio come sua madre, ha iniziato a frequentare le persone sbagliate. » Tosh si ferma per finire il caffè. « Poca roba, furtarelli in negozi e magazzini. » Un altro istante di silenzio mentre posa la tazza sul tavolo. « Aveva ancora accesso al deposito che gestivo. Non una roba enorme, ma era comunque un'azienda a conduzione familiare che spediva materiale didattico alle scuole di tutto il Paese. Una domenica, Billy ha passato l'intero pomeriggio a bere in un pub poco distante. Si è fatto trascinare da tre ragazzi e, proprio com'era da lui, nel disperato tentativo di farsi apprezzare, ha detto loro che aveva accesso al deposito. I tre si sono portati via del materiale per un valore di diecimila sterline. I proprietari erano gente a posto. Ho spiegato loro di Billy, ho detto che era un po' ingenuo e che avrei restituito i soldi. Loro hanno accettato, ma ci ho rimesso comunque il lavoro. Dopo di che, Billy ha girato diverse città, trovando lavoro soprattutto come manovale. Un ragazzone robusto come lui tornava sempre utile in cantiere. Non ho idea di dove vivesse effettivamente, ma un paio di volte all'anno si presentava alla porta di casa mia. E poi a Natale, con la speranza di trovare un bel regalo. Me la faceva ogni volta. »

Gli faccio un'altra domanda. « Nei mesi tra l'uccisione di Aaron Welsby e il suo arresto... lo ha visto? »

« Mai », risponde Tosh, « nemmeno una volta, nemmeno a Natale. »

« Dov'è andato? » chiede Sam.

« Non lo so, ma non era con me. »

Guardo Sam. Già allora, qualcuno stava aiutando Billy.

« Tosh », dico, « non c'è più molto tempo per Madeline. Dove possiamo trovare Travis? »

« Non lo vedo dal giorno in cui l'hanno adottato. Proprio come Billy, un paio di lettere e qualche foto nei primi due anni, poi più nulla. »

«Quanti anni aveva, allora?»

«Nell'ultima foto che ho di lui, sette. Adesso ne avrà...» Tosh si ferma un attimo per calcolare l'età del nipote. «Trentatré. Stento a crederci.»

«Quando lo vedeva, Billy le parlava mai di suo fratello?»

«Mai», risponde Tosh, scuotendo la testa. «Ma non parlava mai di nessuno, se non di Ethan Harris. Vorrei potervi dire di più.»

«Travis Monroe non è certo un nome comune», dico a Tosh, «ma anche dopo una ricerca esaustiva, non abbiamo trovato nulla.»

Tosh fruga nella tasca del cappotto. «Per Billy, suo fratello era e sarebbe stato per sempre Travis, ma ai nuovi genitori quel nome non piaceva. Nell'ultima lettera che ho ricevuto da loro, mi hanno detto che gli avevano cambiato nome.»

«Potevano farlo?» chiede Sam.

«La cosa non mi ha reso felice, ma non ho potuto farci nulla. Non riesco a capire come da un giorno all'altro si possa dare un nome del tutto nuovo a un bambino di cinque anni.»

«Hanno scartato il nome Travis?»

«Esatto», risponde Tosh. «Senza mai darmi una motivazione, a parte ribadire che erano i suoi genitori legali e che potevano fare quello che volevano.» Apre il foglio spiegazzato che ha tirato fuori dalla tasca. «È tutto qui», dice, indicando l'appunto scritto a mano. «Gli hanno cambiato nome in Sebastian Elliot-Taylor-Chapman.»

59

La Barnsdale osservò East Mailer dall'altra parte del tavolo. Con la barba incolta e i lunghi capelli scuri che gli ricadevano flosci sulle spalle, era ben diverso dall'uomo che aveva immaginato.

«Signor Mailer», disse, guardando la sua imponente figura, «il corpo scoperto ieri sera è quello di Billy Monroe.» Lui alzò lo sguardo fino a incrociare il suo. «È stato strangolato e poi gettato dal St. Marnham Bridge. Un atto che ha richiesto una forza notevole.»

Mailer annuì lentamente, e per un breve istante lei pensò che stesse per confessare. «In tutta onestà, non posso dire nient'altro se non che sono contento.»

Will Andrews scrutò il marito. «Chi è Billy Monroe?»

East lasciò la domanda inevasa.

«L'assassino di Aaron Welsby», disse Dani a bassa voce.

«East, cosa c'entra tutto questo con te?»

«Signor Andrews, per favore», disse la Barnsdale, risentita per l'interruzione. «Devo porre alcune domande al signor Mailer.» Quindi tornò a guardare lo chef. «Perché non comincia raccontandomi di lei e Aaron Welsby? Ho ragione a ipotizzare che lo conoscesse?» Una telefonata ai genitori di Welsby le aveva dato conferma di quanto le aveva detto Ben Harper. Mailer strofinò il dito su una profonda cicatrice che gli correva lungo il pollice. «Mi servono risposte, signor Mailer.»

Mailer guardò il marito, nonché suo socio da quindici anni. «Mi dispiace, Will.» Poi si rivolse nuovamente alla

Barnsdale. « Sì, conoscevo Aaron Welsby. Ha lavorato come architetto nella progettazione di questo ristorante. E tra noi è nato qualcosa. Lo amavo. »

La Barnsdale si accorse che la notizia suonava del tutto nuova alle orecchie di Will Andrews, ma aveva bisogno di informazioni, quindi continuò a insistere. « Dov'era la notte dell'omicidio di Aaron? »

Il respiro di Mailer rallentò. « Io e Aaron eravamo insieme. Quella mattina, Will era tornato a casa da un viaggio d'affari a New York, quindi sapevamo che non potevamo incontrarci a casa nostra. Ho cucinato per noi qui al ristorante. Siamo stati i primi a mangiare qui. Avevano appena installato la cucina. » East interruppe il suo racconto.

« E dopo che avete mangiato? » chiese la Barnsdale. « Cos'è successo, dopo, signor Mailer? »

« Io e Aaron avevamo preso l'abitudine di fare una passeggiata quasi tutte le sere, praticamente sempre lo stesso percorso, intorno al laghetto del paese e sul ponte. Stavamo chiacchierando, anche se non ricordo di cosa stessimo parlando. Abbiamo preso le scale che scendono dal lato che si affaccia su Baron's Field. Era una brutta serata e, quando la pioggia ha iniziato a intensificarsi, Aaron ha tirato su il cappuccio del giubbotto. Il cappuccio gli copriva gran parte del viso, e la cosa ci ha fatto ridere. Quando Monroe ci è venuto addosso di corsa, saltando fuori dalla nicchia dov'era nascosto, eravamo distratti. Poi ha urlato il nome di Aaron. Aveva in mano un coltello e prima che ci rendessimo conto di cosa stava succedendo, lo aveva già pugnalato all'addome. Due volte. Aaron è stato davvero coraggioso. Sono quasi riuscito a riportarlo di sopra, sul ponte, pregandolo di resistere perché vedevo che invece stava per perdere i sensi. Quando mi sono voltato, mi sono accorto che Monroe ci aveva seguiti. Ha pugnalato Aaron una terza volta, questa volta al petto. E Aaron è morto. Mi sono fatto schifo, per questo, ma sono scappato. Non avevo scelta. Monroe avrebbe ucciso anche me.»

«Perché non ha denunciato il fatto?» chiese Dani.

«Monroe mi aveva visto in faccia. Avevo il terrore che mi venisse a cercare.»

«La polizia l'avrebbe protetta», disse la Barnsdale.

«Per un crimine motivato dall'omofobia?» replicò. «Quanto avrebbero preso sul serio una minaccia alla mia sicurezza, quelli della polizia metropolitana?»

La Barnsdale si scoprì incapace di rispondere.

«Più di ogni altra cosa, volevo che fosse punito», proseguì Mailer, «ma c'erano altri modi per raggiungere l'obiettivo.»

«Madeline Wilson?» azzardò Dani.

«Sì», rispose lui. «Di lei mi fido ciecamente. Le ho raccontato tutto. L'avevo visto fuggire lungo i binari della ferrovia e nel giro di qualche tempo lei ha identificato Billy Monroe. Poco dopo, ha iniziato la campagna sul suo giornale perché venisse arrestato.»

La Barnsdale prese dal tavolo una forchetta ben lucidata e la rigirò tra le dita, soppesandola. «Tornando alla morte del signor Welsby», disse. «La notte dell'omicidio ha avuto l'impressione che l'intento di Monroe fosse quello di uccidere proprio lui?»

«Al cento per cento. Monroe stava aspettando Aaron.»

«Perché?» chiese la Barnsdale, rimettendo la forchetta nel punto esatto da cui l'aveva presa.

«Si è trattato di un crimine d'odio, come le ho detto.»

La Barnsdale parve dubbiosa. «Prima dell'aggressione, il signor Welsby le aveva espresso preoccupazioni specifiche circa la sua sicurezza?»

«No.»

«Oppure aveva ricevuto minacce?»

«Niente di cui fossi a conoscenza.»

«Signor Mailer», disse Dani. «Mentre lavorava per lei, il

signor Welsby era impegnato anche con un progetto per la Haddley Grammar School?»

«Sì, il padiglione sportivo.»

«Parlava molto della scuola?»

«Era orgoglioso del lavoro che aveva svolto. Il primo progetto di una certa importanza per il suo nuovo studio.»

«E il personale della scuola? Conosceva molta gente, lì?»

«C'era andato per quasi due anni, anche se di tanto in tanto; perciò, sì, conosceva qualcuno.»

«Abbastanza bene da socializzare?» chiese Dani.

«Avranno bevuto qualcosa insieme. Sinceramente, non lo so.»

La Barnsdale si sporse in avanti, le braccia poggiate sul tavolo. «Signor Mailer», disse, «questo è un caso di omicidio. È successo qualcosa, a scuola?»

«Una settimana prima che morisse, una sera Aaron è arrivato al ristorante tardi. Aveva il viso pieno di lividi. Il locale doveva ancora aprire e ricordo di aver cercato del ghiaccio come un disperato. Ci siamo seduti al bancone a bere gin perché era l'unico alcolico che avevamo. Mi ha detto che aveva litigato con uno degli insegnanti. Da quel giorno, non ha più rimesso piede in quella scuola.»

60

Il doppio shot di whisky Hibiki era ancora intatto sul bancone del cocktail bar. Will lo scolò d'un fiato.

Dall'altra parte del ristorante, East sedeva da solo al tavolo nell'angolo. Nel congedarsi, le due agenti gli avevano chiesto di presentarsi in giornata alla stazione di polizia per rilasciare una deposizione completa.

«Non penso che dovresti andarci da solo», disse Will, senza nemmeno guardarlo. «Faccio un paio di chiamate e ti trovo un buon avvocato.»

«Non ho bisogno di un avvocato», rispose East, riempiendo il vuoto del ristorante con la sua voce. «Non ho fatto niente di male.»

«Come minimo, hai tralasciato di farti avanti dopo aver assistito a un omicidio.»

«Non si sarebbe mai arrivati alla condanna di Billy Monroe, se non mi fossi rivolto a Madeline.»

«Qualunque cosa tu abbia fatto, hai nascosto delle prove. Lo avete fatto entrambi. Forse dovresti chiamarla.»

«Più tardi», replicò East sprezzante.

«Potresti finire dentro.»

«Non mi interessa.»

«Ora ti stai rendendo ridicolo.» Quando il suo telefono cominciò a squillare, Will intravide per un istante un numero di Cowbridge. Silenziò la chiamata.

East attraversò il ristorante a passi lenti. «Farei qualsiasi cosa per riportare in vita Aaron», disse.

Fissando con espressione vacua le bottiglie allineate davanti a sé, Will evitò di rivolgere lo sguardo al marito. «Sapevi che Billy Monroe era stato rilasciato?»

«Sì, l'ho saputo dai genitori di Aaron. Sono brave persone. Mi ero convinto che Monroe sarebbe venuto a cercarmi. Ero terrorizzato.»

«È per questo che ti è venuta quell'ossessione nei confronti di Nathan e dei social? Perché avevi paura che questa storia avrebbe portato Monroe sulle tue tracce?»

«Sulle nostre.»

Will si morse il labbro. «Dov'eri ieri sera?» chiese.

«Perché?»

«Perché qualcuno ha ucciso Billy Monroe a un centinaio di metri dal tuo ristorante.»

«E pensi sia stato io? È per questo che vuoi procurarmi un avvocato?»

Il telefono di Will squillò di nuovo. Sempre lo stesso numero di Cowbridge. Si chiese perché Nathan non telefonasse dal cellulare, ma in ogni caso toccò lo schermo per rifiutare la chiamata. Suo figlio poteva sempre lasciargli un messaggio in segreteria. «L'hai detto tu che eri terrorizzato. Conosco il tuo temperamento. Ti sto solo chiedendo adesso quello che la polizia ti chiederà tra un po'.»

«Aaron è sepolto nel cimitero di St. Mary, a Richmond. Sono stato da lui nelle ultime due notti. Parlare con lui mi ha tranquillizzato.»

«Piuttosto che parlare con me?»

«Non posso più mentirti. Non passa giorno in cui io non senta la sua mancanza.»

Will scese dal bar e andò verso la terrazza. Si fermò e guardò East. «Se vuoi un avvocato, mandami un messaggio.»

Si trattenne fuori per un po', fissando il fiume con sguardo assente finché non sentì squillare di nuovo il telefono. Una volta disconnessa la chiamata, compose il numero della segreteria telefonica. Cosa c'era di così urgente, la domenica mattina? I messaggi non erano di Nathan. La voce era quella di Rosanna, sua madre.

«Cazzo», si disse. Mise il telefono in tasca, cercò le chiavi della macchina e uscì di corsa.

61

Dani Cash sedeva all'angolo della scrivania quando l'ispettore capo Bridget Freeman chiese l'attenzione dell'unità nella stanza gremita. Calò il silenzio.

«Sono sicura che la domenica mattina avremmo tutti qualcosa di meglio da fare», esordì la Freeman, «ma abbiamo una donna rapita davanti a un ristorante a St. Marnham, un assassino che molto probabilmente si nasconde da qualche parte nella zona e un riscatto di due milioni di sterline finito chissà dove.» Dani udì un mormorio di biasimo levarsi tra i colleghi. «Lo so, lo so, la gente fa cose stupide, ma adesso non voglio sentire altro», proseguì la Freeman, e Dani vide con quanta rapidità la sua squadra rispondesse all'autorità dell'ispettore capo. «Aggiungeteci un pervertito che s'intrufola nella camera da letto di diverse donne. Abbiamo bisogno di risultati. Ora, so che un buon numero di voi aveva lavorato al caso dell'omicidio di Aaron Welsby e capisco che potrebbe non dispiacervi troppo per la morte di Billy Monroe.»

«Che quel maledetto riposi in pace», sentenziò una voce ai margini della stanza.

«Ho detto che non voglio sentire altro. Monroe è stato strangolato e poi gettato nel Tamigi. A casa mia, a prescindere dalla vittima, si tratta di omicidio. Il sergente investigativo Barnsdale ci fornirà le informazioni di cui abbiamo bisogno.»

«Billy Monroe è stato rilasciato da Winson Green poco più di due settimane fa», disse la Barnsdale. «Una vendetta ai suoi danni per l'uccisione di Aaron Welsby non è da escludere a priori, ma, tenendo conto del rapimento, sembra improbabile. Entrambi i genitori di Welsby hanno ottant'anni e a quel che risulta non aveva altri famigliari. L'unica altra persona con cui avesse una certa vicinanza era East Mailer, lo chef. Mailer potrebbe avere avuto motivo di volere la morte di Monroe ma, tra lui e il marito, due milioni di sterline sembrano una cifra irrilevante. L'ipotesi che possano aver messo in piedi tutta la truffa del rapimento non sta in piedi.»

«Io per due milioni lo avrei strozzato con le mie mani.»

«E io strozzerò te, agente Higgins, se non tieni la bocca chiusa.» Uno scoppio di risate riecheggiò per la stanza alle parole dell'ispettore capo Freeman. «Ammetto che dev'essere bello trovarsi nella posizione in cui due milioni di sterline non valgono la pena, ma il sergente Barnsdale ha ragione. Con gli elementi di cui disponiamo in questo momento, il caso in questione non si configura come una vendetta.» Si voltò di nuovo verso la Barnsdale. «Quello che dobbiamo capire è: Billy Monroe ha avuto un complice fin dall'inizio?»

«Complice che magari non voleva dividere i due milioni?» chiese Mat Moore.

«Infatti», rispose la Barnsdale. «Stiamo visionando tutte le riprese effettuate ieri sera dalle telecamere a circuito chiuso della zona, ma non c'è nulla nelle immediate vicinanze del punto in cui è stato consegnato il denaro. Stiamo cercando anche di rintracciare il fratello di Billy, Travis Monroe, ma è stato adottato in giovane età e finora non è stato possibile trovarlo.»

La Freeman riprese la parola. «Dobbiamo essere aperti all'idea che chiunque abbia ucciso Billy fosse anche un complice del primo omicidio.»

Nella stanza risuonò un gemito. «Ce l'avevamo in mano, Billy Monroe», disse una voce più anziana dal fondo della stanza.

«Nessuno sta dicendo che non fosse colpevole», replicò la Freeman, «ma potrebbe non aver agito da solo. È del tutto possibile che Aaron Welsby non sia stato preso di mira solo perché si trovava a passare di lì e dobbiamo capire perché. Agente investigativo Cash, cosa sappiamo delle ultime settimane di vita di Welsby?»

«Aaron Welsby stava lavorando a un progetto edile presso la Haddley Grammar School. Ma in qualche modo la cosa è finita male. Ho appena parlato al telefono con...» Guardò i suoi appunti «... un certo signor Łukasz Nowak che, come membro del consiglio scolastico, è stato coinvolto nel progetto quattordici anni fa. Il signor Nowak è il proprietario del minimarket di Haddley Hill; potremo parlarci questo pomeriggio.»

«Sergente Barnsdale, è compito suo. Porti con sé un agente», disse la Freeman. «Per quanto riguarda le effrazioni, l'agente investigativo Cash sta conducendo le indagini con il mio sostegno, ma fermare quest'uomo è compito di ogni singola persona in questa stanza. Non permetterò un altro crimine violento qui a Haddley. Dev'esserci qualche elemento che collega queste sei donne. Agente investigativo Cash?»

«Cerchiamo qualsiasi tipo di connessione tra queste donne, con un focus particolare sui social. Quanto al nostro uomo, l'unica cosa che sappiamo per certo è che diventa sempre più sfrontato.»

La Freeman si rivolse al sergente Moore. «Mat, tu guiderai le indagini sul rapimento di Madeline Wilson.»

«Sì, signora», rispose Moore. «La National Crime Agency ha preso in mano il caso, e nell'eventualità in cui un secondo rapitore dovesse stabilire un contatto, gestirà la situazione. Nonostante gli sforzi dei suoi genitori e del nostro supereroe locale, Ben Harper», e qui Moore alzò la voce per sovrastare i lazzi e gli sberleffi generali, «Madeline Wilson non è stata rilasciata all'avvenuto pagamento del riscatto. Ora, ogni istante diventa essenziale. Ethan Harris, il conducente, ci ha rivelato di aver rubato il furgone alla PDQ Deliveries e di aver poi cambiato le targhe. Ha procurato anche un secondo set di targhe perché Monroe potesse sostituirle nuovamente a un certo punto del tragitto. Abbiamo le riprese di un furgone bianco senza contrassegni, diretto a nord sulla M1 da Staples Corner, nella tarda serata di giovedì. Pensiamo che sia Monroe. Quello che non sappiamo è quanto sia andato lontano. A quell'ora c'è poco traffico, perciò speriamo di avere in mano qualcosa nel pomeriggio. Monroe ha passato l'infanzia tra un villaggio fuori Welwyn Garden City e una cittadina alla periferia di Nottingham. Sono le nostre aree di interesse immediate, ma, anche con una targa e usando il sistema di riconoscimento automatico, siamo ancora lontani dal sapere dove Monroe possa aver portato Madeline Wilson.»

«Grazie, Mat», disse la Freeman. «Siamo tutti alle strette, ma se c'è una cosa che so di questa squadra è che porta sempre a casa il risultato. Punto numero uno: troviamo la donna. Vediamo di soddisfare le richieste dell'NCA. Punto numero due: troviamo l'assassino. Con ogni probabilità, chiunque abbia ucciso Billy Monroe ha ucciso anche Dennis Thackeray.» La Freeman si fermò e rivolse lo sguardo verso Dani. «Punto numero tre: fermiamo le effrazioni prima che sia troppo tardi.»

62

Con l'agente Karen Cooke al suo fianco, Lesley Barnsdale attraversò la strada al semaforo in cima alla via principale di Haddley. Percorsero la breve distanza su per la collina prima di fermarsi davanti al minimarket di Nowak.

«Vai avanti», disse la Barnsdale, lasciando che la sottoposta passasse per prima attraverso le porte automatiche.

Un odore pungente di spezie fresche impregnava il negozio ben fornito. La Cooke si presentò alla giovane commessa seduta alla cassa e chiese se Łukasz Nowak fosse disponibile.

«È il proprietario», rispose la donna.

«Questo lo sappiamo», disse la Cooke, «ma è qui?»

La giovane donna guardò la Cooke come se fosse stupida. «Passa qui ogni singola ora in cui siamo aperti, e chissà quante altre, direi. Non se ne va mai, dannazione.»

«Adesso dov'è?»

«In magazzino.» Indicò con un cenno il retro del negozio. «Penso che vada lì per contare i soldi.»

«Grazie», disse la Barnsdale con un sorriso, passando davanti alla cassa per seguire la Cooke verso una porta sul retro del negozio.

«Che c'è?» esclamò una voce quando la Cooke bussò alla porta. «Ho da fare.»

«Polizia», rispose lei.

La porta si aprì all'istante. «Chiedo scusa, agente, mi ha colto in flagrante», disse l'uomo, tenendo in mano una cartuccia per sigarette elettroniche.

«Non esiste una legge che vieti di fumare la sigaretta elettronica negli ambienti chiusi», osservò la Cooke.

«Ma nel mio negozio c'è», rispose l'uomo, portandosi il dito alle labbra. «Al personale faccio credere che sto controllando le scorte.»

La Cooke sorrise. «Lei è il signor Nowak, vero?»

«Łukasz Nowak», puntualizzò lui, porgendo la mano. «Lieto di conoscervi.»

La Cooke presentò se stessa e la Barnsdale. Nowak le invitò entrambe nel suo ufficetto in fondo al deposito.

«Sedetevi, per favore», disse, rimanendo in piedi. «Siete arrivate prima di quanto immaginassi. Lasciate che vi prepari un tè. E ho degli squisiti biscotti Bahlsen, in negozio.»

«Grazie, è molto gentile ma siamo a posto», disse la Barnsdale, alzando la mano. «Non vogliamo portarle via troppo tempo.»

«Vi prego, insisto. La polizia di Haddley fa parte della nostra fantastica comunità. Sono qui da venticinque anni e non c'è nessun altro posto al mondo in cui mi sento così a casa mia.»

«Mi fa molto piacere», commentò la Barnsdale, «ma non vogliamo nulla, davvero. Dobbiamo solo farle un paio di domande. Si sieda, per cortesia.» Cosa che il signor Nowak fece immediatamente, accostando una sedia alla sua.

La Cooke guardò la sua superiore prima di continuare. «Mi risulta che abbia già parlato con qualcuno dei nostri colleghi, dico bene?»

«Proprio così.»

«Riguardo al periodo trascorso nel consiglio direttivo della Haddley Grammar School...»

«Assolutamente sì», confermò lui. «Dobbiamo trovare un po' tutti il modo di restituire qualcosa alla comunità. Ho due figlie nate qui; una è appena diventata medico di base nel Kent e l'altra è all'Università di Oxford. Oxford! Vi rendete conto? Mia figlia che studia economia a Oxford! Le dico sempre che se vuole imparare davvero l'economia dovrebbe lavorare qui in negozio! » Davanti alla risata del signor Nowak, sia la Barnsdale sia la Cooke non poterono fare a meno di sorridere.

« Quanto al consiglio direttivo della scuola... » disse poi la Barnsdale.

« Ah, sì. Vent'anni. Entrambe le mie ragazze hanno frequentato la Haddley Grammar. Non potrei esserne più fiero. E quest'anno sarò vicepresidente del consiglio scolastico. »

« Congratulazioni », replicò la Barnsdale. « Signor Nowak, mi risulta che la sua posizione comporti la revisione di molti dei progetti di appalto dell'istituto. È corretto? »

« Esatto: sempre di economia si tratta. Dall'acquisto dei quaderni più economici alla costruzione dell'ala per il corso preparatorio all'università, sono io a fare i conti. »

« A noi interessa la costruzione del padiglione sportivo. Parliamo di quattordici, forse quindici anni fa. »

Nowak si appoggiò allo schienale e afferrò i braccioli della sedia. « Ah, sì. »

« Ha avuto a che fare anche con quel progetto? »

« È stato un periodo molto difficile, per la scuola e per l'intera comunità. » Si sporse in avanti, abbassando la voce. « Sapete entrambe dell'omicidio di Aaron Welsby, giusto? » Le due agenti annuirono. « Allora potete capire. Era l'architetto. Che brutto momento! Il signor Welsby era un uomo adorabile, davvero brillante. L'ho incontrato più volte per esaminare costi e progetti. Sempre disponibile. Per poi finire ammazzato in quel modo. Una cosa tristissima. »

« Prima dell'omicidio », disse la Barnsdale, « quando il signor Welsby lavorava ancora al padiglione della scuola, lei è mai venuto a conoscenza di eventuali incidenti o diverbi in cui potrebbe essersi trovato coinvolto? »

« Il signor Welsby? No, mai. Non mi è mai giunto alle orecchie nulla sul suo conto. Ecco perché l'accaduto ci ha colti tutti enormemente di sorpresa.»

La Barnsdale avvicinò la sedia a quella di Nowak. «Lei ha appena fatto riferimento a un periodo difficile per la scuola. Intendeva dire: al di là dell'omicidio di Aaron Welsby?»

Il signor Nowak inarcò le sopracciglia e annuì.

«Potrebbe dirci di più?» gli chiese lei.

Lui accostò ancora di più la sedia, avvicinandosi a tal punto che le loro ginocchia quasi si toccavano. «In quanto membri del consiglio», disse in un tono cupo e cospiratorio, «ci viene chiesto di supervisionare tutte le aree riguardanti la gestione della scuola.»

«Naturalmente», disse la Barnsdale.

«Due settimane prima dell'omicidio, uno dei membri più giovani del corpo docente, con una bella carriera davanti a sé, è stato purtroppo invitato a dimettersi. Stava lavorando anche lui al padiglione sportivo.»

«Ed è per questo che gli è stato chiesto di dimettersi?»

«No, no. Quello non c'entra.» Il signor Nowak si chinò verso di lei. Per quanto l'ufficio fosse piccolo, guardando la Cooke, la Barnsdale si accorse che la collega faticava a sentire. «Un evento molto spiacevole. È venuto fuori che l'insegnante in questione aveva avuto rapporti di natura sessuale con una studentessa dell'ultimo anno. Il preside ha fatto bene a chiederne le dimissioni immediate.»

«Ricorda il nome dell'insegnante?» chiese la Barnsdale.

«Certo che me lo ricordo. Si chiamava Philip Doorley.»

OTTO

«Avvicinandosi con cautela, cercò qualche segno di vita.
Ma non ne trovò.»

Si era dato la regola di non uscire mai di casa senza prima abbracciarla forte.

Rimase sulla soglia e attese che lo raggiungesse. E quando lei lo fece, lui la avvolse in un abbraccio. Dopo un breve saluto, percorse il vialetto e si guardò alle spalle. Sapeva che l'avrebbe trovata ancora lì, in attesa. Un semplice sorriso e un cenno appena abbozzato: gesti assolutamente futili. Tuttavia, aveva imparato che anche il minimo dettaglio aiutava a rafforzare il controllo su di lei. Ogni tanto, alla fine del vialetto si fermava e le soffiava un bacio con la mano – quanto le piaceva! –, ma aveva anche imparato il potere della parsimonia. Quel giorno, per esempio, si limitò a un gesto fugace.

Le aveva detto che sarebbe uscito presto per evitare hooligan in cerca di guai. Non vedeva alcun senso nella violenza calcistica. Il treno arrivò alla stazione di Nottingham nella tarda mattinata. Approfittando della giornata di sole, alcuni dei primi arrivati, avvolti nella bandiera della loro squadra, si erano piazzati già fuori dai pub con le loro pinte in mano. Ignorandoli, si affrettò a superare il ponte, continuando a camminare anche dopo aver oltrepassato lo stadio. Aveva memorizzato l'indirizzo scarabocchiato sul taccuino di Billy e aveva seguito le strade alberate finché non si era ritrovato davanti alla casa. Non vide segni di vita, ma aveva imparato a essere paziente. Aveva già deciso che sarebbe dovuto sembrare un incontro casuale. E se questo significava perdersi la partita, pazienza.

Tornò indietro fino alla panineria all'angolo. Tirò fuori una delle due banconote da venti sterline che aveva prelevato dal por-

tafogli di sua madre. Doveva essersi accorta che le prendeva i soldi. Ma perché smettere, se non gli aveva mai detto nulla? Ordinò un panino con prosciutto e formaggio, e andò a sedersi sul muretto in fondo alla strada.

Rimase seduto per quasi due ore finché, finalmente, la sua pazienza non venne premiata. Quando Billy uscì di casa, lo seguì tenendosi a breve distanza. Poi attese fuori dal supermercato finché non lo vide riemergere con una confezione di panini e una lattina di Coca-Cola.

Non perse tempo. Con la testa abbassata, come se fosse concentrato a scrivere un messaggio sul cellulare, gli andò incontro e lo urtò. Seguirono rapide scuse dopo le quali colse la sorpresa nel suo sguardo. Bastò un lieve sorriso e un finto interesse per la sua patetica esistenza. Un ricordo condiviso dei momenti trascorsi insieme. Aveva stabilito il contatto.

Si misero vagamente d'accordo per bere qualcosa insieme di lì a breve. Giurando da buoni fratelli che sarebbe rimasto un loro segreto.

Fin troppo facile.

A un certo punto, Billy gli sarebbe tornato utile.

63

«Questo Sebastian Elliot...» dice Sam, ora seduto accanto ad Annabel nella Mercedes sportiva. Ci stiamo muovendo a fatica nel traffico intenso del centro di Londra all'ora di pranzo. «Sarebbe il fratello di Billy Monroe?»

Incrocio lo sguardo di Annabel nello specchietto. «Sembra di sì», rispondo a Sam, «ma il suo nome non è Sebastian Elliot. Solo Sebastian.»

Sam si gira sul sedile. «Ma è stato Tosh a dirci che i suoi genitori gli hanno cambiato il nome in Sebastian Elliot. Non proprio il massimo della praticità, se vuoi il mio parere. Avrei lasciato tranquillamente Travis.»

«Il nome è Sebastian», ribadisco ridendo.

«E io cos'ho detto?»

«No», risponde Annabel, «hai detto Sebastian Elliot.» Si infila tra due taxi neri per poi accelerare sulla corsia interna di Marylebone Road.

«Elliot non è il secondo nome?»

«No!» esclama Annabel.

«Elliot-Taylor-Chapman era il cognome della famiglia adottiva di Billy e Travis», spiego.

«Tre cognomi?»

«Perché accontentarsi di due?» commenta Annabel.

«Ridicolo.»

«È più comune di quanto pensi, Sam», rispondo, «soprattutto di questi tempi. A molte persone piace mantenere il proprio cognome quando si sposano.»

Sam guarda Annabel. « Come qualcuno di mia conoscenza. »

« Per me non sarebbe stato un problema se tu ti fossi fatto chiamare Sam Hardy-Wilson », dice Annabel.

« Wilson-Hardy », puntualizza lui.

Facendosi strada nel traffico, Annabel svolta in Baker Street. Dopo aver accompagnato Tosh Monroe al treno diretto a Nottingham in partenza da St. Pancras, ho mandato un messaggio a Min chiedendole di individuare Sebastian Elliot-Taylor-Chapman. Una ricerca iniziale ha suggerito che il fratello minore di Billy non esistesse nel mondo digitale, dal momento che Min non è riuscita a trovare nessuno con quel triplo cognome. Senza prove del fatto che Sebastian fosse sopravvissuto fino all'età adulta, ho iniziato a chiedermi se non ci fossimo infilati in un vicolo cieco. Alla fine, però, la tenacia di Min ha dato i frutti sperati. L'uomo precedentemente noto come Travis Monroe adesso si chiama Sebastian Chapman.

« La domanda ovvia », dico, mentre Annabel sfila davanti a Regent's Park prima di svoltare a nord in Finchley Road, « è perché abbia cambiato nome per la seconda volta. »

« Perché non voleva essere trovato », risponde Sam.

Ci fermiamo all'ennesimo semaforo e Annabel alza gli occhi verso lo specchietto. « Ben, siamo assolutamente sicuri che l'uomo che ha trovato Min sia il fratello di Billy? »

Riattivo lo schermo del telefono e rileggo l'ultimo messaggio ricevuto. « Secondo l'anagrafe, Travis Monroe è nato a Nottingham trentatré anni fa. Dopo la sua adozione, avvenuta quando aveva cinque anni, non c'è più traccia di Travis ma, mesi dopo, un bambino della stessa età di nome Sebastian Elliot-Taylor-Chapman viene inserito nel sistema scolastico di Welwyn Garden City. Ha lasciato la scuola a diciott'anni, dopo aver sostenuto gli esami. Conclusa l'università, ha cambiato legalmente nome in Sebastian Chapman, e si è fatto chiamare così per gli ultimi dodici anni. »

«Secondo me», dice Sam, «chi cambia nome di continuo ha qualcosa da nascondere.»

«Penso che dobbiamo accettare il fatto che il primo cambio di nome, da Travis a Sebastian, non sia dipeso da lui», risponde Annabel, accelerando una volta scattato il verde. «Pensi che Tosh dicesse la verità quando ha negato di aver mai avuto contatti con Sebastian?»

«A meno che non lo stia proteggendo, non vedo perché dovrebbe mentire.»

Annabel concorda. «Allora come ha fatto Sebastian a trovare Billy? Il nonno è il loro unico legame.»

«Quando Billy è stato reinserito nel sistema assistenziale, Sebastian doveva avere circa dieci anni, giusto?» rispondo. «Non è impossibile che i due fratelli abbiano trovato il modo di restare in contatto.»

«Oppure Sebastian lo ha semplicemente rintracciato anni dopo», aggiunge Sam. «Secondo Ethan Harris, Billy era in contatto con suo fratello mentre si trovava a Winson Green.»

«Quindi, se Sebastian era coinvolto nell'omicidio di Aaron Welsby», replico, «finché Billy era dentro, non rappresentava una minaccia. È diventato un problema solo dopo il suo rilascio.»

«Sebastian ha sempre manipolato Billy a suo piacimento. A un certo punto, i due escogitano un piano per rapire Madeline. Solo che, per il fratello minore, quel chiacchierone di Billy è una mina vagante.»

Il traffico sulla North Circular Road si muove a singhiozzo e, nel tepore dell'abitacolo, vedo Sam socchiudere gli occhi. Oltrepassiamo l'ingresso della stazione metro di Finchley Central prima di immetterci nelle strade residenziali di North Finchley. Un sole di fine inverno fa capolino tra le nuvole, sopra l'esercito di gente a passeggio con il cane nel parco. Seguiamo un dedalo di vie secondarie in stile edoardiano, dove le auto parcheggiate fiancheggiano le strade e le siepi ben rifinite nascondono giardini uniformi. Chislehurst Avenue è una strada alberata con case a schiera anni Trenta; molte di queste sono state convertite in appartamenti di grandi dimensioni, ben al di sopra della fascia di prezzo dell'acquirente medio di una prima casa. Annabel si ferma in corrispondenza dell'indirizzo giratoci da Min.

«È questo il posto?» chiede Sam, svegliandosi. «Non proprio come lo avevo immaginato.»

Indico un appartamento al primo piano sul lato opposto della strada. «Ecco, è quella con le persiane chiuse.» Anch'io, come Sam, sono sorpreso dal fatto che il fratello di Billy Monroe abiti in una casa simile.

«Pensate sia dentro?» chiede Annabel.

Sam apre la portiera e si ferma sul marciapiede. Guarda l'edificio. «Se è dentro, non vuole farsi vedere.»

64

Lesley Barnsdale si allontanò a passi decisi dal minimarket di Nowak. All'incrocio con la strada principale si fermò e aspettò il verde al semaforo. Si sentiva intorpidita. Non riusciva a elaborare ciò che aveva sentito, e si impose di concentrarsi sul lavoro. Era l'unica cosa che sapeva fare e che poteva darle conforto.

Billy Monroe era stato assassinato. Assassinato da qualcuno che era stato con lui fin dall'inizio, forse qualcuno che lo aveva aiutato a uccidere Aaron Welsby. East Mailer le aveva raccontato di un confronto diretto tra Aaron Welsby e un insegnante della Haddley Grammar. Si disse di non saltare alle conclusioni e di seguire il processo investigativo, ma quando chiuse gli occhi si rivide sdraiata nuda nella camera da letto immacolata di Phil. E poi, nuda al suo posto, in quello stesso letto, vide una studentessa adolescente.

Fece un respiro profondo, inalando i pesanti fumi delle auto che saturavano l'aria. L'agente Cooke, al suo fianco, non aveva detto una parola da quando erano uscite dall'ufficio del signor Nowak. A cosa stava pensando? La Barnsdale conosceva la reputazione di pettegola della collega all'interno della stazione. Era proprio la sua giornata fortunata, quindi. Concentrati sull'indagine, si disse. Gli avevano mosso contro una grave accusa: Phil meritava un giusto processo. Non aveva altra scelta che interrogarlo.

Il verde pedonale scattò, facendo fermare il traffico. La Barnsdale si affrettò ad attraversare, con l'agente Cooke un passo indietro. Passarono davanti al negozio di abbigliamento a buon mercato che occupava uno spazio enorme alla fine della strada principale, prima di svoltare per una viuzza che conduceva alle strade laterali vittoriane di Haddley. Un pranzo domenicale sul tardi attendeva gli avventori diretti verso il River Head. Altri clienti affollavano già la terrazza all'aperto con i bicchieri in mano, stretti intorno agli schermi giganti su cui trasmettevano una partita di calcio. La sua unica visita all'interno del pub era avvenuta in seguito a una rissa tra due gruppi di tifoserie locali. L'ambientazione a tema nautico e l'atmosfera accogliente data dal caminetto l'avevano sorpresa. Dopo aver placato i tifosi ubriachi, aveva dato una rapida occhiata al menu della cena, apprezzando la presenza di piatti thailandesi. Tuttavia non c'era più tornata.

Passando davanti all'ingresso del pub, vide la Cooke rivolgere un saluto veloce a una giovane coppia sul punto di entrare nella birreria all'aperto. Immaginò che la Cooke fosse una frequentatrice abituale del pub. Sempre la prima a proporre un aperitivo ai colleghi alla fine del turno, la Cooke era d'altronde al centro di tutte le attività sociali della stazione. Quanto a lei, non trovandosi a suo agio nella conversazione spicciola, non partecipava di frequente.

« Capo », disse la Cooke, mentre percorrevano un'altra stradina tortuosa nella zona residenziale della parte bassa di Haddley, « mi dispiace che sia successo oggi. » Fece una pausa. « Il giorno del suo compleanno, intendo. Immagino non sia semplice, per lei. »

« Non c'è motivo di dispiacersi », rispose lei allungando il passo, « non quando abbiamo un lavoro da fare. »

« Certo che no, signora. »

Quando girarono in Stanthorpe Street, la vista di un furgone PDQ parcheggiato davanti casa di Phil le fece venire un nodo in gola. Pensò al fatto che la scomparsa del furgone di Phil fosse avvenuta proprio il giorno del rapimento. « Come membro del dipartimento sportivo, Phil Doorley ha lavorato a stretto contatto con Aaron Welsby. La settimana prima dell'omicidio di Welsby, Doorley è stato licenziato per aver avuto rapporti sessuali con una studentessa dell'ultimo anno. East Mailer ha riferito di un alterco fisico tra Aaron Welsby e un insegnante di Haddley. È nostro compito stabilire se esiste un collegamento tra le due cose.» Avvicinandosi alla casa di Phil, si rese conto che tutto ciò che aveva detto era stato pensato per rassicurare se stessa, oltre che per dare indicazioni alla Cooke. Perché era stata così pronta ad abbassare la guardia con lui?

La Barnsdale suonò il campanello, per poi premerlo quasi subito una seconda volta. Non ricevendo risposta, prese il telefono. Sentiva lo sguardo della Cooke alle spalle.

«Capo», disse quest'ultima non senza esitazione. «Mi chiedo se non sia più semplice se lo chiamo io...»

La Barnsdale fissò il nome del contatto sul telefono. «Forse avrebbe più senso.» Parlò con un tono secco, costringendosi a rallentare. Affrontare Phil sotto casa sua era irrazionale. Le emozioni le stavano offuscando la capacità di giudizio. «Torniamo alla stazione», continuò, cercando di calmare la voce. «Lo chiamerai da lì. E forse è meglio se fissi un appuntamento per sentirlo da noi.»

Fece per allontanarsi ma, alla fine del breve vialetto del giardino, si fermò di scatto. Phil veniva a piedi proprio verso di lei, insieme a un altro uomo che le sembrava familiare.

«Capo?» disse la Cooke.

«Sto bene», rispose lei, riprendendo rapidamente il controllo e spostandosi sul ciglio della strada.

«Lesley!» esclamò Phil, avvicinandosi. «Non mi aspettavo di vederti così presto! Ci hai beccati sul fatto, mentre rientravamo da una spudorata birretta all'ora di pranzo. Se avessimo saputo che eri libera, avresti potuto unirti a noi. Hai notizie del mio furgone?»

Lei non rispose e avvertì un senso di sollievo quando la

Cooke si fece avanti. «Signor Wright», disse l'agente, rivolgendosi all'altro uomo.

«Fa' attenzione, James, sei noto alle forze dell'ordine.»

«Ci siamo conosciuti a casa della sua ex moglie», disse la Cooke.

Wright frugò nella tasca della giacca finché non trovò le chiavi dell'auto. I fari di una Range Rover nera, parcheggiata di fronte al furgone PDQ, lampeggiarono. «Mi sa che devo andare», disse, dando una pacca sulla spalla a Phil prima di attraversare la strada di corsa.

«Solo una pinta, spero, signor Wright?» gridò la Cooke, mentre lui apriva la portiera dell'auto.

Wright si fermò e guardò prima verso l'agente e poi verso il cielo che andava schiarendosi. «Che bel pomeriggio», disse. «Sapete una cosa? Penso proprio che mi farò una passeggiata lungo il fiume per godermi il sole.»

«Ottima scelta», commentò la Cooke, mentre Wright si allontanava in gran fretta.

«Abbiamo bevuto solo un paio di birre», disse Phil ridendo. Poi posò delicatamente la mano alla base della schiena della Barnsdale. Lei sussultò e fece un passo di lato. Prima che avesse il tempo di reagire ulteriormente, lui stava già camminando sul vialetto verso casa con le chiavi in mano. «Vieni a prendere un caffè?» le chiese, aprendo la porta.

La Barnsdale fece due passi lungo il vialetto. «Phil, dobbiamo parlarti di una questione seria.» Si fermò. Guardando oltre la porta aperta, avvertì un tuffo al cuore. Nell'atrio fluttuavano due palloncini dorati: uno a forma di quattro e l'altro a forma di zero.

65

Tre enormi cassonetti occupano lo stretto vialetto che porta alla casa di Sebastian Chapman. Procedendo in fila indiana, ci avviciniamo alla porta giallo brillante. Da uno dei piccoli pannelli di vetro riesco a vedere un minuscolo atrio quasi ostruito dal passeggino di un bambino. In fondo, due porte interne in legno, una per ogni appartamento. Non mi sembra la casa di un assassino, ma, come Madeline mi ha insegnato, mai dare nulla per scontato.

« Per prima cosa scopriamo se è qui », dico, « e poi vediamo se è disposto a parlare. In questo momento, vogliamo solo che ci aiuti a ritrovare Madeline, niente di più. Cerchiamo di non spaventarlo. »

L'appartamento B è al primo piano. Quando sto per suonare il campanello, Annabel mi supera e mi afferra la mano. « Lascia fare a me », dice. « Una donna nella tarda mezza età è molto meno aggressiva di un energumeno di un metro e ottanta con un labbro gonfio. »

Dietro di me sento Sam ridacchiare. « Tarda mezza età? » dice. « Un energumeno di un metro e ottanta? Cos'è, *Ai confini della realtà*? »

« Stai zitto, Sam », replica Annabel.

« Fate attenzione », dico in tono cauto. « Non sappiamo cosa troveremo. »

Gli occhi spalancati di Annabel mi ricordano sua figlia. « Si tratta di Madeline. Non lascerò nulla di intentato. » Suona il campanello. « E comunque, ci sei tu a guardarmi le spalle. »

« Faccio da vedetta », dice Sam.

Sentendo aprirsi la porta interna, Annabel fa un passo avanti. « Ci siamo », dice.

Ad aprire è un uomo alto, con i capelli biondi ben pettinati. Indossa una felpa e un paio di pantaloni Hugo Boss. Tra le braccia tiene un bambino piccolo, di forse sei mesi.

« Vi fermo subito », dice sorridendo, ma con un tono deciso. « Oggi devo fare il papà a tempo pieno, quindi non firmerò per nessun ente benefico o religioso, anche se sono sicuro che la vostra è un'ottima causa. » Così dicendo, fa per chiudere la porta.

« Non siamo testimoni di Geova né metodisti o di altre confessioni religiose », risponde Annabel, mettendo la mano sulla porta. « E stia pur certo che non vogliamo i suoi soldi. Stiamo cercando un certo Sebastian Chapman. Ha idea di dove potremmo trovarlo? »

« Ce l'avete davanti », risponde lui.

« Ah, chiedo scusa », dice Annabel. Mi è evidente che anche lei ha fatto la mia stessa supposizione. Quello che abbiamo di fronte non somiglia affatto a come immaginavo fosse il fratello di Billy Monroe. « Mi chiamo Annabel Wilson, e quello là vicino al cancello è il mio ex marito, Sam Hardy. E abbiamo un disperato bisogno del suo aiuto. »

« Vi auguro buona fortuna, ma penso che abbiate sbagliato persona », risponde Chapman educatamente, mentre accenna di nuovo a chiudere la porta.

« Non credo proprio », ribatte Sam, affrettandosi lungo il vialetto. « Nostra figlia è stata rapita e il suo rapitore è morto. »

Annabel guarda Sam inarcando le sopracciglia. « Posso farcela da sola, grazie », dice, mentre un Chapman sempre più sconcertato continua a spingere la porta.

« Dovrei riportare Noah di sopra », dice, sollevando il figlio che, intanto, inizia a esplorargli l'orecchio.

« No, per favore! » dice Annabel, allungandosi di nuovo in

avanti. «Nostra figlia è stata rapita da un uomo di nome Billy Monroe...»

Un lampo attraversa il volto di Chapman. Mi irrigidisco, ma la sua mano cade lentamente dalla porta, prima di stringere il figlio sorridente.

«Ecco perché siamo qui», conclude Annabel con voce pacata.

Chapman fa un passo indietro. «La mia compagna è fuori a pranzo con degli amici.»

«Giuro che non le porteremo via molto tempo», dico, presentandomi alla svelta. «Dobbiamo fare in fretta, se vogliamo trovare Madeline viva.»

Chapman si ferma un istante, soppesando le nostre parole. «Entrate», conclude, facendosi da parte. Poi lo seguiamo su per una scala stretta fino a un minuscolo pianerottolo. «Chiedo scusa per le persiane chiuse, Noah si è appena svegliato dal pisolino.» Un corridoio ci conduce in un soggiorno arredato di recente e inondato di luce pomeridiana. Chapman adagia il figlio su un tappeto da gioco colorato, da dove il bambino afferra una scimmietta arancione acceso.

«Sembra molto tranquillo», dico, guardandomi intorno. La stanza è disseminata di giocattoli e coperte. Alle pareti sono appese le fotografie di Chapman e della sua compagna, insieme al figlioletto.

Chapman ci offre qualcosa da bere che rifiutiamo con educazione. «Siamo fortunati», dice. «Dorme tutta la notte, in pratica. Tanto che al mattino non ho problemi ad alzarmi per andare al lavoro.»

«Che lavoro fa?» chiede Annabel.

«Sono un grafico presso un'azienda di videogiochi qui vicino, a Whetstone.» Tace un istante. «Ma non siete qui per parlare della mia carriera, immagino.»

Annabel scuote la testa. In breve, gli racconta i dettagli del rapimento di Madeline e dell'omicidio di Monroe. Chapman ascolta con attenzione.

« Billy era mio fratello », dice, « ma non lo vedo da quando avevo dieci anni. L'ultima volta che l'ho visto è stato il giorno in cui ha lasciato la casa della nostra famiglia adottiva. »

« Sa cosa ne è stato? » domanda Annabel.

« L'hanno riaffidato ai servizi sociali. » Fa una pausa. « Anche se avevo solo dieci anni, l'ho trovata una cosa sconvolgente. » Chapman strizza delicatamente la mano del figlioletto, che si lascia sfuggire un risolino gorgogliante. « È stato un periodo di grande infelicità. Era mio fratello ed eravamo cresciuti insieme. Lui era stato l'unica costante nella mia vita. Come tutti i fratelli minori, sono sicuro di essere stato una bella seccatura, ma vederlo andar via è stato terribile. » Guarda Annabel. « Billy aveva un cuore gentile. Quando ero piccolo, stavamo insieme tutto il giorno. Si è preso cura di me. Crescendo, ho capito che era lui quello bisognoso di attenzioni. »

« E non le ha mai ricevute? » chiede lei.

Chapman scuote la testa. « Non dai miei genitori. Billy aveva difficoltà in certe cose. Anche quando ero piccolo, mi accorgevo che gli ci voleva sempre un po' più di tempo degli altri. Con lui ci voleva pazienza. Ma i miei genitori ne avevano poca, soprattutto mia madre. »

« La vostra madre adottiva? » domando.

« Sì. Voleva la famiglia perfetta. Una nidiata di bambini che andassero bene a scuola e le facessero fare bella figura. Billy aveva bisogno di più attenzioni, e fin dall'inizio era evidente che lei non avesse alcun interesse a dargliele. Billy non è mai stato felice, lì. »

« E lei? »

Chapman fa spallucce. « Ero più piccolo e non conoscevo altro che loro. Non ho alcun ricordo della mia vera madre. »

« E di suo nonno? » chiede Sam.

« Non tanto. »

«Dopo che Billy se n'è andato, ha provato a rimanere in contatto con lui?»

Chapman scuote il capo. «Mi mancava, ma avevo solo dieci anni. Non sapevo dove lo avessero portato.»

«E una volta adulto?» chiedo.

«So che è brutto da dire, ma avevo la mia vita. Ero all'università quando Aaron Welsby è stato ucciso. E tutta la campagna mediatica sull'arresto di Billy mi ha messo a disagio. Ho letto del suo processo, ma non ho mai detto a nessuno che era mio fratello.»

«È andato a trovarlo in prigione?» chiede Sam.

«No, mai. Dopo che Billy è stato riaffidato ai servizi sociali, sinceramente non ho idea di cosa gli sia successo. Non sapevo nemmeno che fosse uscito di prigione. Mi dispiace per com'è finita la sua vita, ma per me è tutto molto lontano nel tempo.»

Mi appoggio allo schienale della sedia, cercando disperatamente di trovare un nesso tra i fratelli. «I vostri genitori adottivi lo hanno mai contattato?» chiedo.

«Nemmeno una volta dal momento in cui ha lasciato la nostra casa.»

«Dove sono, adesso?»

«Sono morti in un incidente stradale, tre anni fa.»

«Mi dispiace», dico.

«Non è necessario. Non per me, almeno. Una volta andato all'università, mi sono allontanato da loro.»

«Come mai?»

«Mi sorprende che abbia bisogno di chiedermelo. Stiamo parlando di una coppia che ha rispedito il figlio ai servizi sociali perché non si addiceva al loro ideale di famiglia perfetta. Questo dovrebbe dirle tutto ciò che deve sapere.»

«È per questo che ha cambiato nome?» domanda Sam.

«Quel pastrocchio impronunciabile», commenta lui. «Mia madre non sarà certo stata contenta, quando l'ho fatto.» Sentendo la mancanza del padre, il bambino inizia a piagnucolare. « Ehi, Noah, cos'è che non va? » Chapman prende in braccio il figlio e lo fa sedere sulle ginocchia. Il volto del piccolo si illumina di un sorriso sdentato.

« C'è qualcos'altro che può dirci? » chiede Annabel.

« Mi piacerebbe. Billy era un tipo accomodante; faceva sempre cose per far ridere la gente, per farsi accettare. E questo lo rendeva vulnerabile. La mia ipotesi è che qualcuno si sia approfittato di lui. »

Chapman porta il figlio al piano di sotto e ci accompagna all'uscita. Non appena mette piede sul vialetto, Sam si ferma. « Non voglio offenderla, ma devo chiederle cosa stava facendo ieri sera... »

« Nessuna offesa », risponde Chapman. « Anche se non fa i capricci per dormire, Noah è comunque un bambino impegnativo. Credo che alle nove fossimo tutti a letto. »

Chapman torna a casa sua mentre Annabel e Sam attraversano lentamente la strada. Hanno un passo lento, pesante, e sono sicuro che stiano pensando quello che penso io. Sebastian Chapman non ha ucciso Billy Monroe. E non ha rapito Madeline.

Siamo arrivati a un punto morto?

66

Il cartello sulla porta della stanza degli interrogatori 1 diceva OCCUPATO. La Barnsdale afferrò la maniglia, fece un respiro profondo ed entrò nella stanza senza finestre. Phil Doorley alzò gli occhi verso di lei. Mentre si sedeva di fronte a lui e alla sua legale, però, la Barnsdale evitò il contatto visivo. Invece si voltò brevemente verso l'agente investigativo Cash, a cui aveva chiesto di partecipare all'interrogatorio. L'agente attivò il registratore prima che la Barnsdale informasse ufficialmente il signor Doorley che si trattava di un interrogatorio formale, ai sensi della legge sui reati sessuali del 2003.

Phil rispose fissandola negli occhi. Sforzandosi di controllare la mano che tremava, la Barnsdale aprì la cartella posata sul tavolo. Gettò un'occhiata assente alla prima pagina, cercando disperatamente di rimettere ordine ai propri pensieri.

« Signor Doorley », cominciò, « quattordici anni fa lavorava alla Haddley Grammar School? »

« Sì », rispose lui.

« E questo per un periodo di tre anni? »

« Sì. »

« E durante quel periodo ha fatto parte del gruppo incaricato di supervisionare la costruzione di un nuovo padiglione sportivo? »

« Supervisionare mi sembra un po' una forzatura. Il mio compito era di natura strettamente pratica, ovvero fornire consulenza sull'ubicazione delle attrezzature sportive e cose del genere. »

« Ma era impegnato nel progetto, giusto? »

«Sì.»

«Nonostante questo, ha lasciato la scuola subito prima che venisse concluso?»

«Era praticamente finito.»

La Barnsdale guardò gli appunti che aveva davanti. La sua mano esitò nel girare la pagina. «Perché il suo impiego è cessato?»

Doorley intrecciò le dita, prima di appoggiare le mani sul tavolo. Abbassando lo sguardo, la Barnsdale vide che gli si erano sbiancate le nocche.

«Signor Doorley, perché il suo impiego è cessato?» ripeté.

Lui si consultò brevemente con la legale. Poi incrociò le braccia. «Mi sono dimesso.»

«Da quanto ci ha riferito un consigliere scolastico di lunga data», proseguì la Barnsdale, «ci risulta che in realtà sia stato il preside a chiederle di dimettersi. È corretto?»

«Sono stato io a prendere la decisione di dimettermi.»

«Ha preso la decisione di dimettersi rinunciando a una carriera promettente senza nessun'altra occupazione all'orizzonte. Perché?»

«Perché ho deciso così», ribadì Doorley.

«Sono a conoscenza del fatto che il suo matrimonio è naufragato proprio nello stesso periodo.»

«Ma davvero, sergente?» disse l'avvocato di Doorley.

La Barnsdale abbassò gli occhi e posò le mani sulle sue carte. Poi, lentamente, rialzò lo sguardo su Phil. «Il preside le ha chiesto di dimettersi perché aveva avuto dei rapporti sessuali con una studentessa dell'ultimo anno?»

La bocca di Doorley si contrasse senza che lui provasse in alcun modo a nascondere il suo disprezzo verso di lei. «Come ho già detto, sono stato io a decidere di dimettermi.»

«Signor Doorley, sta negando di essersi dimesso dal suo incarico di insegnante alla Haddley Grammar School dopo aver avuto rapporti sessuali con una studentessa dell'ultimo anno?»

Doorley bisbigliò qualcosa alla legale, che a sua volta si sporse in avanti dicendo: «Il mio cliente ha già risposto più volte alla domanda. Ha preso la decisione di dimettersi e tale decisione è riportata su tutti i documenti ufficiali dell'istituto».

«Una scelta frutto di un accordo con il preside?»

«Sergente, il signor Doorley si è dimesso. Le consiglio di andarsi a leggere direttamente i documenti.»

La Barnsdale lisciò una piega sui pantaloni. «Tornando alla costruzione del padiglione sportivo, l'ideazione e la gestione del progetto erano di Aaron Welsby. Aveva qualche legame con lui?»

«L'avrò incontrato cinque o sei volte, se è quello che intende. Sette o otto al massimo. Come ho detto, mi occupavo delle attrezzature sportive. La maggior parte della responsabilità ricadeva sul consiglio scolastico.»

«È mai entrato in conflitto con il signor Welsby?»

Lui scosse la testa. «No.»

«Una settimana prima della sua morte, il signor Welsby è rimasto coinvolto in uno scontro fisico con un insegnante della Haddley Grammar. Era lei?»

Senza rispondere, Doorley si asciugò la fronte madida e si spostò indietro sulla sedia.

«Signor Doorley, è rimasto coinvolto in uno scontro fisico con Aaron Welsby? Forse perché lui era venuto a sapere che aveva rapporti sessuali con altre studentesse della scuola?»

«No!» Doorley sbatté il pugno sul tavolo.

La Barnsdale trasalì e fece un respiro profondo. «No nel senso che non è rimasto coinvolto in uno scontro fisico con il signor Welsby, oppure nel senso che non ha avuto rapporti sessuali con altre studentesse?»

«No a entrambe le domande.»

La Barnsdale riprese a sfogliare gli appunti. «La notte scorsa, anche l'assassino del signor Welsby, Billy Monroe, è stato ucciso a St. Marnham. Dove si trovava, lei, tra le nove e mezzanotte?»

«Ho lavorato fino a tardi. Come sa, sergente, gestisco un'attività di consegne e in questo momento sono a corto di autisti. Ho effettuato io stesso alcune consegne. Posso darle gli indirizzi.»

«Lo apprezzeremmo», rispose la Barnsdale. «A che ora ha finito?»

«Non ricordo di preciso, ma verso le dieci. Quello è l'ultimo orario di consegna.»

«E poi?»

«Ho fatto in tempo a bere una birra al River Head prima della chiusura e poi sono tornato a casa.»

«Da solo?»

«Sì, da solo.»

La Barnsdale tamburellò per un istante con le dita sul tavolo. «Non aveva appuntamento con Billy Monroe a St. Marnham?»

«No!» rispose lui alzando la voce. «Nella maniera più assoluta!»

67

La legale di Phil Doorley si affrettò a confutare qualsiasi insinuazione sul coinvolgimento del suo cliente nell'omicidio di Billy Monroe. Dopo di che, concluso l'interrogatorio, il sergente investigativo scortò Doorley e la legale fuori dalla stanza. A quel punto, Doorley strinse la mano all'avvocato e fece per andare. Poi si fermò e, con una mossa repentina, tornò verso la Barnsdale che, intanto, stava per entrare nell'ufficio dell'unità investigativa.

«Phil, aspetta! Non farlo!» gridò la legale. Ma era troppo tardi.

«Sei soddisfatta?» disse Doorley, ormai alle calcagna della Barnsdale.

Lei non si girò e aprì la porta dell'ufficio, ma in quell'attimo sentì la mano di Doorley sulla spalla.

«Non puoi mollarmi così!» le disse, facendo echeggiare la voce in tutto il corridoio.

Lei si voltò bruscamente, mentre la legale afferrò la mano di Doorley.

«Signor Doorley», disse la Barnsdale, «l'interrogatorio è concluso. Le suggerisco di lasciare l'edificio immediatamente.»

L'avvocato lo tirò per un braccio, tentando di trascinarlo via. «Phil, andiamo», disse. Ma lui si divincolò e la scacciò con un gesto.

Doorley si chinò in avanti, quasi a sfiorare il viso della Barnsdale con il suo. Per un momento lei pensò che avrebbe potuto baciarla. Poi, avvicinando le labbra al suo orecchio, le disse in un sussurro: «Ero a una festa e ho bevuto troppo vino.

Tornando a casa, mi sono fermato in un pub e ho cominciato a chiacchierare con un gruppetto di ragazze. Io avevo ventisei anni, lei diciotto e studiava recitazione. Non l'avevo mai vista prima in vita mia. L'ho accompagnata a casa. È stato uno stupido errore. Quando me ne sono andato, nelle prime ore della domenica mattina, mi ha detto che ci saremmo rivisti a scuola lunedì. Nel momento in cui ho capito cosa intendeva... è stato devastante». La Barnsdale arretrò di un passo, ma Doorley ne fece uno in avanti e la prese per un braccio. «La domenica sera sono andato a trovare il preside a casa sua. Gli ho raccontato tutto. Non c'era stato nessun crimine, ma per il bene della scuola sapevo che dovevo dimettermi e l'ho fatto. Lì, su due piedi.» Solo a quel punto, Doorley fece un passo indietro. «È questo che volevi sentire?»

La Barnsdale vide che il suo viso era rosso, gli occhi dilatati per la rabbia. «Se avremo ulteriori domande, la contatteremo», disse. Ma la voce incrinata la tradì.

L'avvocato tornò a recuperare il suo cliente per condurlo verso l'uscita. Sul punto di lasciare l'edificio, Doorley si voltò e gridò a gran voce: «E buon compleanno!»

68

Sotto un cielo plumbeo, il treno avanzava lentamente verso la stazione deserta alla periferia di Nottingham. Tosh Monroe rimase seduto finché la sua carrozza non si fermò completamente. Scrutò il pomeriggio malinconico, chiuse la cerniera del giubbotto e si tirò il cappuccio sulla testa.

Un vento gelido soffiava nella stazione aperta, la cui tettoia ondulata offriva poco riparo. Tosh si affrettò a percorrere la banchina e rallentò di fronte alla ripida scalinata. A metà salita si fermò per riprendere fiato, rimpiangendo di non aver fatto lo sforzo di arrivare fino all'ascensore. Gli passò davanti prima una giovane coppia – lui e lei immersi ciascuno nei fatti propri – e poi una donna anziana con un bambino piccolo che poteva essere suo nipote. La donna prese la mano del bambino e continuò a salire, e il piccolo, intento ad affrontare il gradino successivo, si voltò a salutarlo. Tosh ricambiò il saluto con un cenno. Poi afferrò il corrimano e li seguì lentamente su per le scale.

Quando raggiunse l'atrio della stazione, aveva una sensazione opprimente al petto. Sentì il bisogno urgente di sedersi. Sul lato opposto dell'atrio vide una cabina per le fototessere. Faticando a ogni respiro, avanzò piano piano. Raggiunta la cabina, tirò da una parte la tenda e si lasciò cadere sullo sgabello. Litigò con la cerniera del giubbotto, ma alla fine riuscì a frugare nella tasca interna e a trovare l'inalatore. Aspirò l'aria dal boccaglio, fissando nel frattempo il suo riflesso sullo schermo di fronte. Quando inspirò di nuovo, dopo un istante, cominciò poco per volta ad avvertire i benefici del farmaco.

Appoggiando la testa a una parete della cabina, si ritrovò a tornare indietro nel tempo, a un'epoca in cui Billy non era molto più grande del ragazzino che aveva visto sulle scale. Una sera, mentre lasciava il minuscolo appartamento di Mairi, Billy lo aveva implorato di non andarsene, afferrandolo per una gamba, mentre le lacrime gli rigavano il viso. Lui aveva dovuto staccarsi di dosso le braccia del nipote prima di correre via, odiandosi con tutto se stesso. Salendo in macchina, aveva alzato lo sguardo e aveva visto Billy che, dal viottolo, lo salutava agitando le mani freneticamente. Quel ragazzino era cresciuto in fretta, fino a diventare un diciottenne che lo salutava ancora agitando le mani allo stesso modo, mentre si allontanava da casa sua. Ora, fissando il riflesso di quel volto stanco, non poté fare a meno di chiedersi se avrebbe dovuto fare qualcosa di più per riportare Billy a casa.

Sentendosi abbastanza forte da reggersi in piedi, si alzò e uscì dalla cabina. Poi si guardò intorno, cercando di orientarsi. Una donna gli passò accanto, affrettandosi verso un treno.

«Le foto escono dall'altra parte», fece in tempo a dirgli con un sorriso.

Lui ricambiò il sorriso e, senza nemmeno sapere perché, dopo averla ringraziata si mosse nella direzione che gli aveva suggerito. All'uscita, la pioggia batteva sull'ampio parcheggio. Di buono c'era che la sua vecchia Honda malconcia, una delle poche auto rimaste, era vicino alla porta: uno dei rari privilegi di chi è vecchio e malato. Mise in moto e regolò il riscaldamento al massimo. Fu felice di aspettare che la condensa sparisse dal parabrezza prima di partire.

Uscito dal parcheggio, seguì la strada laterale e superò una piccola rotatoria. A una seconda rotonda, più grande, si fermò. Rimase a fissare la strada davanti a sé e le auto che sfrecciavano verso la città. Sentendo il fragore di un clacson alle sue spalle, imprecò sottovoce contro il giovane guidatore. Premette sull'acceleratore ma, all'ultimo secondo, invece di tornare a casa imboccò la strada laterale che tagliava le campagne circostanti.

I tergicristalli dell'auto oscillavano cigolando contro la pioggia insistente. L'aria nell'abitacolo si fece soffocante. Tosh aprì la cerniera della giacca a vento e poi il finestrino. Vagando per le tortuose stradine di campagna, si beò di quegli spazi aperti, del verde rigoglioso di quei campi che circondavano la periferia della città. Seguì le indicazioni di un cartello che puntavano verso il villaggio di Gotham. Lo faceva sorridere sempre, quel nome. Pensò a quei fine settimana di molti anni prima in cui portava i nipotini a pranzo la domenica e gli raccontava che il loro supereroe preferito viveva nell'appartamento sopra il pub locale. Avendo ancora un'età in cui credevano entrambi a tutto ciò che diceva il nonno, Billy e il fratello sbirciavano su per le scale di legno nella speranza di intravedere Batman.

Si fermò davanti al Sun Inn ed entrò. Non era cambiato granché. Si sedette a un tavolino all'angolo e, assaporando una pinta di Beacon Hill, rifletté sul fatto che i momenti condivisi con i nipoti erano stati i più felici della sua esistenza.

Sul punto di lasciare il paese rallentò, accostando sul ciglio della carreggiata. Alla sua destra c'era la stradina di campagna che aveva percorso tante volte. Dopo pranzo, infatti, portava i ragazzini a correre nei campi vicini. Nello specchietto retrovisore gli parve di vedere un piccolo Billy di sette anni che, tutto entusiasta, teneva stretto l'aquilone rosso. Percorse il sentierino, oltrepassò i caseggiati agricoli abbandonati e si fermò sul bordo erboso. Quando la pioggia si diradò, aprì la portiera e scese. Anche se si trovava a pochi chilometri da casa sua, l'aria era più fresca e pulita. Avanzò di qualche passo lungo il sentiero verso le vecchie stalle e gli edifici di mattoni abbandonati. Lasciando spaziare lo sguardo sui vasti campi aperti, immaginò l'aquilone rosso svolazzare nel vento, inseguito dai nipoti.

Una folata di vento tagliente lo indusse a girarsi verso l'auto. E fu allora che l'occhio gli cadde sul tettuccio di un furgone bianco nascosto accanto a uno degli edifici abbandonati. Avvicinandosi con cautela, cercò qualche segno di vita. Ma non ne trovò. L'occhio gli cadde sul retro del furgone nel punto in cui una riverniciatura fatta male non era riuscita a nascondere bene le lettere PDQ.

« Billy », mormorò, scuotendo tristemente la testa. « Cos'hai fatto? »

69

Al cancello d'ingresso della PDQ Deliveries, la donna nella guardiola stava affondando un morso in quello che sembrava un grosso panino con prosciutto e formaggio. Assorta nella lettura di una rivista scandalistica, non si accorse dell'auto di Dani Cash ferma alla sbarra.

Dani suonò appena il clacson. La donna alzò lentamente gli occhi, per poi sollevare di corsa la sbarra non appena vide il distintivo. Passando, l'agente ringraziò la donna proprio mentre quest'ultima apriva un voluminoso sacchetto di patatine Hula Hoops al gusto barbecue e tornava alla sua rivista.

Una volta alla reception, Dani fu accompagnata al piano di sopra, dove trovò la porta dell'ufficio di Phil Doorley aperta. Dandole le spalle, il titolare dell'impresa stava guardando il deposito dalla finestra.

«Signor Doorley», disse Dani bussando timidamente alla porta aperta. Poi entrò nella stanza. «Speravo di...»

Lui si girò. «Per l'amor di Dio, cos'altro volete?»

«Mi dispiace disturbarla di nuovo così presto», rispose lei, «ma temo che avremo bisogno di accedere ai suoi registri.» Esitò un istante. «Per avere la conferma che sabato sera lei fosse davvero in giro a fare consegne.»

Doorley rise. «Lesley non mollerà su questa cosa.» Dani non rispose. Lui si sedette alla scrivania e iniziò a digitare sulla tastiera. «Non è disposta a credermi sulla parola? Pensa che me lo sia inventato?»

«Prima potremo verificare dove si trovava ieri sera, meglio sarà. I registri delle consegne dovrebbero aiutarci.»

Una vecchia stampante a getto d'inchiostro, in equilibrio precario su un armadietto di legno, si animò con un ronzio. Doorley si alzò, prese tre fogli dalla stampante e li allungò a Dani.

«Ecco qua», disse. «Vedrete le mie iniziali accanto agli indirizzi di consegna.»

«Grazie», rispose lei, abbassando lo sguardo sull'elenco di consegne contrassegnate da data e ora. «Parleremo con alcune di queste famiglie per avere la conferma che sia stato lei a effettuare le consegne.»

«Fate pure», replicò lui. «E mentre voi perdete tempo chi ha ucciso Billy Monroe se ne va tranquillamente a zonzo per St. Marnham.»

«Il nostro compito è escludere più persone possibile.»

Doorley si sedette sul bordo della scrivania. «Porti al suo capo un messaggio da parte mia, se vuole.»

«Direi che non ho altro da fare, qui», ribatté lei, facendo un passo indietro.

«Mi piaceva, mi piaceva un sacco. Pensavo si fidasse di me. Pensavo potesse darmi almeno il beneficio del dubbio.»

«Bene. Come ho detto, la saluto.»

«Vada, vada.» Doorley scoppiò in una risata amara. «Avevo organizzato anche una cena di compleanno, con tanto di palloncini e torta gelato. Ha un debole per i dolci, il suo capo.» Poi, mentre Dani sorrideva a disagio, aggiunse: «Tutto quello che ho detto alla stazione è vero».

«Dobbiamo vagliare tutte le possibilità.»

«Mi sono pentito di quella notte per il resto della vita. Mi è costata il lavoro e il matrimonio, anche se probabilmente quello era già finito. Una festa in casa dove, sorpresa delle sorprese, due come me e Aaron Welsby hanno finito per fare cose stupide dopo aver bevuto troppo. Il tipo di cose stupide che succedono ogni fine settimana, eh, ma ecco che ancora sono qui a pagarne il prezzo quattordici anni dopo.»

Dani rimise piede nell'ufficio. «Aaron Welsby era alla festa?» Doorley annuì. «Quando è successo, di preciso?»

Lui si limitò a stringersi nelle spalle.

«Signor Doorley, quand'è stata questa festa?»

Doorley incrociò il suo sguardo. «Una settimana prima dell'omicidio», disse, dopo un istante. «Non ci avevo mai fatto caso, in effetti.»

«Perché Aaron Welsby era alla festa?»

«Aveva lavorato nella scuola per un paio d'anni e si era fatto qualche amico. A ogni modo, vederlo lì mi ha sorpreso.»

«Perché?»

«Perché a parte lui, c'erano solo quelli del personale.»

«Insegnanti?»

«Hanno una vita sociale, fuori dalla scuola.»

«Aaron era venuto con qualcuno?»

Doorley tornò a sedersi e batté le dita sulla tastiera. «È stato tanto tempo fa. E mi sono sempre pentito di quella notte. Non voglio farmi tirare dentro. Non avrei dovuto dire nulla.»

«Signor Doorley, se ha qualche informazione, qualunque informazione su Aaron Welsby, dovrebbe riferirmela immediatamente.» Vedendolo lì a fissare lo schermo del computer, Dani gli si parò davanti. «Signor Doorley, per favore.»

Lui sollevò lo sguardo. «L'avevo visto chiacchierare un paio di volte al pub con il nuovo insegnante di chimica, Harry Eden. Giovane, un po' nerd, ma attraente, se hai quei gusti.»

«È venuto alla festa con Aaron?»

Doorley scosse la testa. «Questo non sono in grado di dirlo. Erano entrambi alla festa, ma non penso che siano venuti insieme. Non so nemmeno se Aaron fosse interessato a Eden.» Si sporse in avanti sulla scrivania. «È facilissimo fraintendere i segnali.»

«Cos'è successo alla festa?» chiese Dani.

«Come ho già detto, abbiamo bevuto molto. A tarda sera sono tornato in cucina a riempirmi un altro bicchiere.» Si passò le dita sulla nuca. « E ho trovato Aaron piegato sul lavandino. All'inizio pensavo stesse vomitando, ma poi ho visto che perdeva sangue dalla bocca. Mi ha detto soltanto che aveva litigato, ma che non era successo niente di che. Ho mandato giù l'ultimo bicchiere di vino e ho deciso che per me poteva bastare così. Quando me ne sono andato, Aaron mi ha seguito, dicendo che sarebbe andato a fare una passeggiata nel parco per schiarirsi le idee. »

« Ed è quello che ha fatto? »

« Si è allontanato prendendo quella direzione, quindi immagino di sì. Mi sono trattenuto fuori un minuto perché lì davanti gironzolavano una decina di ragazzini, come se avessero saputo della festa a casa di un insegnante. I soliti sospetti, che si passavano del sidro scadente, di quello che vendono nelle bottiglie di plastica. Erano tutti del secondo anno. Ho detto loro di andarsene a dormire. Quando sono ripassato davanti alla casa, Harry Eden, l'insegnante di chimica, stava uscendo. »

« Ha visto verso dov'era diretto? »

« Puntava dritto verso il parco. »

70

Dalle fessure tra le assi di legno che oscuravano la finestra, Madeline vide l'ultima luce del giorno sparire dalla stanza spoglia. Le faceva male la testa e la frattura al naso rendeva affannoso ogni respiro. Per tre notti aveva faticato a dormire, oscillando tra il sonno e la veglia. Non essendoci alcun tipo di riscaldamento, per gran parte del tempo aveva tremato nell'oscurità. Il suono più impercettibile, una folata di vento, uno scricchiolio sulle scale, la riportava immediatamente a uno stato di allerta rispetto a tutto ciò che la circondava nella sua prigione di mattoni. Quella era la seconda notte in cui Billy Monroe non si faceva vivo. Le era bastata una mattina per scoprire l'identità del suo rapitore. Per quanto avesse detestato farlo, aveva dovuto conquistare la sua fiducia. La sua unica speranza di sopravvivere era legata alla capacità di convincerlo che per lui non rappresentava una minaccia. Ma era sempre più sicura del fatto che la riscossione del riscatto – di cui le aveva parlato con tanta convinzione – non fosse andata secondo i piani.

Sentendo la bocca secca, allungò la mano verso la bottiglia di plastica che giaceva sul pavimento. L'acqua non servì a placarle la sete. Dopo il terzo sorso, smise di bere. Era impossibile prevedere quanto si sarebbe prolungata la prigionia. Doveva centellinare l'acqua che le rimaneva.

Appoggiandosi all'indietro, agitò le manette che la incatenavano alla parete. In un breve scatto di rabbia, tirò il braccio in avanti, facendo tintinnare le tubature dell'acqua dell'edificio abbandonato. Chiuse gli occhi. Anche se il tempo passava, doveva continuare a credere che qualcuno l'avrebbe vista. Era ancora viva.

I pensieri presero a divagare. Nelle proteste davanti al tribunale in seguito alla condanna di Billy Monroe, suo padre le era stato accanto. Le sembrava ancora di vedere l'orgoglio nei suoi occhi: il suo lavoro era servito a far condannare un uomo colpevole. Era a suo padre che doveva il fiuto per le storie e la passione inestinguibile per la verità. Era a lui che doveva la propria determinazione. Non avrebbe riscosso una briciola del successo che aveva avuto senza tutto ciò che lui le aveva insegnato. E, se avesse potuto tornare indietro, avrebbe rifatto esattamente le stesse cose.

Cadeva spesso in un sonno leggero, svegliandosi al minimo rumore. A un tratto, però, il debole tintinnio della porta esterna la fece rabbrividire. Subito dopo seguì il rumore inconfondibile della seconda porta. I passi frettolosi di Billy su per le scale, verso la terza porta chiusa con un lucchetto. Scostando i capelli arruffati, cercò di mettere a fuoco la vista. Rimase in ascolto mentre lui apriva la porta della stanza, pregando fosse arrivato il momento della liberazione.

La porta si aprì. La luce di una torcia la abbagliò, costringendola a portarsi la mano davanti agli occhi.

«Billy, abbassa quella luce, per favore.»

Da dietro la maschera da maiale, la voce giunse quasi impercettibile. «Ti vedo.»

Contraendo il corpo, Madeline si premette contro il muro gelido. «Pensavo che avessimo finito con la maschera», disse. Poi, esitando, domandò: «Hai avuto quello che speravi?»

Lui abbassò la torcia sul pavimento. «Quasi tutto.» Quando le si avvicinò, Madeline si accorse che indossava scarpe diverse. I vecchi stivali malconci erano stati rimpiazzati da scarpe da ginnastica firmate.

Prese la bottiglia di plastica. «L'acqua è praticamente finita. Ma forse non ne avrò bisogno...»

Lui gliela strappò dalle mani e la gettò fuori dalla porta aperta. Il rumore della bottiglia che rotolava giù per le scale sembrò non finire mai. Poi le si inginocchiò accanto e, quando le toccò il braccio incatenato, Madeline sentì il cuore accelerare i battiti. Un tintinnio di chiavi e, all'improvviso, il lucchetto che l'aveva tenuta in catene sparì.

«Billy», gli disse piano, non sapendo se stesse davvero per rilasciarla. «Hai avuto i soldi?»

Con tutto il suo peso, lui si sporse in avanti e la intrappolò contro il muro. La maschera di gomma le premette contro la guancia, impedendole di respirare. Il panico la attanagliò mentre lui le infilava la mano tra le gambe. «Billy, no, ti prego!» urlò.

Il suo fiato caldo le penetrò l'orecchio dalle narici del maiale. «Billy non c'è più.»

71

Le fece scorrere le dita lungo la guancia e sulle labbra. Poi le afferrò la gola e la sbatté sul pavimento. Madeline urlò, ma lui le infilò in bocca un panno unto. Poi le piantò il ginocchio tra le gambe, costringendola a tenere le braccia sopra la testa.

«Ti ucciderò», disse, spingendole il grugno nell'orecchio, «ma prima ti voglio scopare.» Rise. «Così Billy si prende la colpa anche di questo.»

Lei scalciò e si dimenò con violenza, cercando freneticamente di disarcionarlo. Lottò con tutte le sue forze, ma non fece altro che strappargli una risata, mentre la schiacciava. Tenendole le braccia con una mano, con l'altra le sbottonò i pantaloni.

Spinta da un'ondata di rabbia, Madeline inarcò la schiena e riuscì a divincolarsi. Poi, con le gambe ormai libere, gli assestò un calcio all'addome e si precipitò verso la porta. Ma lui le saltò sulla schiena con tutto il suo peso, premendole il viso a terra.

«Mi piace questo spirito battagliero», disse.

Lei fissò invano l'uscio aperto e la scalinata in legno che conduceva alla libertà: erano fuori dalla sua portata. Quando la costrinse a girarsi, tutto ciò che poté fare fu puntare lo sguardo assente verso le scale, prima che un urlo la scuotesse da dentro mentre un paio di stivali infangati emergeva dal basso.

Un'esplosione squarciò l'aria della stanza, assordando Madeline con il suo riverbero. All'improvviso, il peso che le inchiodava la schiena svanì. Mentre strisciava sul pavimento, c'erano solo gli stivali infangati a ostacolarla.

«Corri! Vai!» urlò una voce, e poi la via verso le scale fu libera. Mezza piegata, Madeline inciampò e rotolò giù. Ai piedi delle scale, stordita, si alzò barcollando e uscì. Per una frazione di secondo, rimase immobile sotto il cielo illuminato dalla luna e inspirò una boccata d'aria fresca. Poi cominciò a correre lungo un sentiero fangoso, puntando verso le luci di un piccolo centro abitato. Mentre correva, una seconda esplosione, ora riconoscibile come uno sparo, riecheggiò alle sue spalle.

NOVE

« Quando ci ha detto che non vedeva Billy da vent'anni, gli ho creduto. Ma qualcuno sta mentendo. »

La voce del presentatore televisivo strillò entusiasta. Il pubblico proruppe in un applauso fragoroso mentre un gigantesco assegno di centoventicinquemila sterline veniva portato sul palco. La concorrente sorrise raggiante, soverchiata da una gioia inferiore solo a quella del presentatore.

« Ha i denti troppo bianchi », commentò sua madre. « Secondo me, non sono veri. »

Le si sedette accanto sul divano. « Scommetto che qualcuno glieli lucida. »

Sua madre concordò. « Probabilmente se li toglie per farseli pulire. »

Risero entrambi.

« Sono i programmi come questo a rendere la gente più avida », continuò lei. « Un milione di sterline sono troppi se li vinci all'improvviso. » Guardò la donna alla tv che stringeva ancora l'assegno. « Una così non avrà idea di cosa farci, con quei soldi. Non sa come investirli. Fidati, tempo due settimane e li avrà sprecati tutti in auto veloci e pacchetti vacanza a Magaluf. » Gli passò una mano tra i capelli. « La tua istruzione vale più di qualsiasi somma di denaro vinta a un quiz televisivo. I soldi devi guadagnarteli. Sarà molto più gratificante. »

Le sorrise e le disse quanto le volesse bene.

Ma non era vero.

Non era mai stato abbastanza per lei. In qualche modo, lei avrebbe voluto qualcosa di più.

« Il tuo milione te lo guadagnerai », gli disse. « E questo mi renderà tanto orgogliosa. »

Lui le si accoccolò accanto.

Aveva detto bene: avrebbe guadagnato il suo milione e anche più, non importava come.

72

Will Andrews sentì una mano sulla spalla. Alzò gli occhi fino a incontrare quelli della madre di Nathan. Poi le coprì la mano con la sua.

Dopo il messaggio di Rosanna, Will era corso via dalla terrazza del ristorante ed era salito in macchina. Quindi aveva guidato per oltre trecento chilometri fino a Cowbridge. Durante il tragitto, con le mani strette sul volante, non aveva potuto pensare ad altro che a tutta la sofferenza patita negli ultimi tempi da suo figlio. Ai crudeli abusi che aveva subito dopo aver scoperto l'identità della sua vera madre. La colpa per associazione, le teorie sconnesse che guadagnavano subito credito online. Il veleno lanciatogli addosso dai leoni da tastiera. La felicità passeggera che aveva trovato con Sarah Wright, soffocata dai pettegolezzi e dall'ex marito.

Arrivato al Royal Glamorgan Hospital, aveva abbandonato l'auto e, catapultatosi all'interno, aveva chiesto indicazioni per il reparto 3. Lì aveva trovato Rosanna, seduta in silenzio accanto al letto del figlio, il volto scavato dal dolore. Non sapendo cosa fare, Will aveva fatto un passo indietro, finché Rosanna non gli era venuta incontro e, prendendolo per mano, lo aveva condotto da suo figlio. Il viso di Nathan era pallido e giallastro, e quando Will gli strinse la mano, la trovò svuotata di ogni energia.

Nelle ore seguenti, Will e Rosanna si erano scambiati solo qualche parola, ma tra loro era sorto come un senso di solidarietà, uniti com'erano nella determinazione a far sì che Nathan sopravvivesse. Dopo che Will aveva lasciato la casa della famiglia di Nathan a metà del pranzo, suo figlio si era aggregato a un gruppetto di amici. Il gruppo si era poi infoltito durante il pomeriggio, un drink dopo l'altro. A un certo punto della serata, Nathan aveva mandato giù qualche pasticca per poi continuare a bere. Nelle prime ore della notte, sua sorella lo aveva trovato riverso sul prato di casa.

Uno stupido incidente, aveva detto Rosanna. Will aveva annuito e non avevano aggiunto altro; eppure, non riusciva a scacciare il pensiero del proprio egoismo dalla mente. La fretta con cui aveva accolto quel figlio solo per metterlo al centro di un matrimonio fallito. Si rifiutò di ammettere a se stesso cosa potesse significare tutto questo. Doveva pensare soltanto a Nathan, adesso.

Rosanna prese una sedia e si sedette accanto a Will. Poi prese la mano di Nathan e la tenne tra le sue. Tutt'intorno, i monitor emettevano segnali acustici e le infermiere sfrecciavano da un paziente all'altro, mentre Will e Rosanna osservavano disperati nell'attesa di un qualsiasi barlume di vita in quel figlio che adesso condividevano tanto dolorosamente.

73

I riflettori illuminavano il parcheggio sul retro della stazione di polizia di Haddley. Lo scambio con Phil Doorley riecheggiava ancora nella testa di Dani mentre si fiondava all'interno, strisciando il badge per accedere direttamente all'ufficio dell'unità investigativa. Non aveva mai visto un tale fermento la domenica sera. Mollò la giacca sullo schienale della sedia e si diresse subito verso la Barnsdale.

«Capo, posso rubarle due minuti?» chiese. «Penso di aver trovato qualcosa.»

La Barnsdale indicò il posto accanto alla scrivania ma, non appena Dani si sedette, la porta in fondo alla stanza si spalancò.

«L'abbiamo trovata e sta bene!» esclamò l'ispettore capo Freeman. Un applauso – più di sollievo che di festa – scoppiò nella stanza. «Dieci minuti fa, Madeline Wilson è entrata al Sun Inn, il pub di un paesino fuori Nottingham. Barcollava ed era coperta di lividi, ed è svenuta sul pavimento. Al pub sono riusciti a rianimarla abbastanza rapidamente, e i paramedici l'hanno portata subito al...» La Freeman diede una scorsa al suo iPad per ulteriori dettagli. «... Queen's Medical Center, dove rimarrà in osservazione per i prossimi giorni. Ho appena parlato con i genitori che, inutile dirlo, sono strafelici. Sto per recarmi a Nottingham, per l'appunto.»

«Sappiamo qualcosa sul luogo in cui è stata tenuta?» chiese Mat Moore.

«Fabbricati agricoli abbandonati ai margini del paesino. Sono ancora in attesa di maggiori dettagli, ma la polizia del

Nottinghamshire ha scoperto un cadavere, sulla scena: un uomo a quanto pare ucciso con un'arma da fuoco. Al momento, non sappiamo se fosse il suo rapitore né come sia riuscita a fuggire. Il nostro obiettivo rimane la cattura dell'assassino di Billy Monroe e Dennis Thackeray. Fino a smentita sicura, partiamo dal presupposto che, chiunque sia, è ancora in zona, con due milioni di sterline in contanti.»

Dani guardò la Freeman uscire dalla stanza. Era impossibile non rimanere colpiti dalla padronanza che mostrava in ogni caso e dal polso con cui guidava la sua squadra.

«Sotto pressione dà il meglio di sé», disse, girandosi verso la Barnsdale.

«Immagino sia per questo che comanda la stazione.»

Dani non poteva che concordare. Si sforzò di scacciare i pensieri che le rimbombavano in testa. Per quale motivo al mondo la Freeman avrebbe dovuto mettere a rischio tutto quello che aveva costruito?

«C'è qualcosa che non va?» chiese la Barnsdale.

«No, signora, ma mi farebbe piacere parlarle un po' con calma la prossima settimana.»

«Va bene, ci berremo un drink insieme.»

Davanti al lato umano del suo superiore, che Mat si era sempre rifiutato di riconoscere, Dani sorrise. «E se facessimo due chiacchiere ora qui fuori?»

«Sono d'accordo», rispose la Barnsdale. «Sicuro come la morte che qualcuno, qui dentro, avrà già drizzato le orecchie.»

Sul retro del parcheggio della stazione c'era una vecchia pensilina degli autobus ancora utilizzata da alcuni colleghi per una sigaretta saltuaria.

«Mi dispiace per com'è andato il suo compleanno», disse Dani, sedendo accanto alla Barnsdale sul sedile macchiato di nicotina.

La Barnsdale scosse il capo. «Non possiamo farci niente.»

«A proposito di quello che mi ha detto fuori dal ristorante

di Mailer, ovvero che la mia vita privata riguarda solo me e che nessuno alla stazione verrà a sapere niente da lei... be', ecco, volevo dirle che lo stesso vale anche per me.»

«Grazie», rispose la Barnsdale, «lo apprezzo, anche se immagino che con l'agente Cooke i buoi siano già scappati dalla stalla.»

Dani sorrise. «Karen ha una certa reputazione, in effetti.» Fece una pausa. «Ha pensato di concedere a Phil Doorley il beneficio del dubbio? Parlando con lui, poco fa, mi sono fatta l'idea che stia dicendo la verità, se questo può esserle di consolazione.»

«Nel migliore dei casi, ha commesso un marchiano errore di giudizio.»

«Forse è così, ma sono passati quattordici anni. Credo valga la pena di parlarne.»

«Dubito che parleremo ancora.»

«Mi è parso di capire che tenga davvero a lei.»

La Barnsdale si portò la mano al viso. «Il nostro compito è seguire le procedure», si limitò a dire.

«Sì, signora», rispose Dani. Poi le riferì della conversazione con Doorley, della festa tenuta una settimana prima della morte di Welsby e dell'alterco dello stesso Welsby con l'insegnante di chimica, Harry Eden.

«Ottimo lavoro», disse la Barnsdale. «Credi a tutto quello che ti ha detto Phil?»

«Non ho motivo di non crederci.»

«Sette giorni dopo quella festa, Aaron Welsby è morto. Bisogna sentire questo Harry Eden.»

74

La Barnsdale entrò in un vialetto anni Ottanta su cui si affacciavano case ben tenute. Le finestre erano pulite, e gli infissi in pvc assicuravano che non vi fossero chiazze antiestetiche di vernice scrostata. Seguì lo stretto marciapiede fino al numero cinque. Il numero civico, in bella vista, era dipinto su una grossa pietra grigia adagiata in una piccola aiuola. Edera verde brillante rivestiva un lato dell'abitazione, il cui arredamento floreale era completato da fioriere e un cesto appeso.

Davanti alla porta d'ingresso in legno con la maniglia di metallo lucidata a specchio, la Barnsdale sentì un allegro chiacchiericcio provenire dall'interno. Sbirciò dalle persiane semichiuse della finestra. La stanza, inondata da una luce calda, sembrava sicura e protetta. Due bambini, entrambi sotto i dieci anni, sedevano insieme su un divanetto, imbambolati dai cartoni animati trasmessi in tv. Una terza bambina – avrà avuto due anni, non più di tre – mangiava avidamente i pezzi di frutta che le porgeva la madre. Senza volerlo, la Barnsdale poggiò il palmo della mano contro la finestra. L'ingresso nella stanza di un uomo alto e riccioluto la indusse a ritrarsi velocemente. Si fermò davanti alla porta, si lisciò i capelli e strinse l'elastico che li legava, quindi bussò con decisione. Fu l'uomo ad aprire.

« È il signor Eden? Harry Eden? » chiese all'uomo con gli occhiali che aveva visto entrare in soggiorno. Lui annuì e lei si presentò. « Speravo di poter scambiare due parole al volo. »

Perplesso, l'uomo avanzò di un passo, mentre un'ombra di

puro terrore gli calava sul volto. Un'ombra che la Barnsdale aveva già visto migliaia di volte.

« Non ci vorrà molto », aggiunse lei, « solo un paio di domande. »

« È successo qualcosa a scuola? » chiese Eden. « Non sapevo di essere reperibile: i capi dipartimento fanno a rotazione, nei fine settimana, ma devo aver perso il conto dei turni. Non sarà successo qualcosa a uno dei ragazzi, vero? »

La Barnsdale colse la preoccupazione sul suo viso. « No, niente del genere, signore », gli disse per rassicurarlo.

« Che sollievo! » esclamò lui. « Insegno chimica alla Twickenham Dukes School. » Un'informazione di cui lei era già a conoscenza.

« Posso assicurarle che non ha nulla a che vedere con la scuola in cui lavora adesso », disse lei. « In realtà, sto indagando su un incidente relativo al suo posto di lavoro precedente. »

Lui scosse il capo. « Saranno passati più di dieci anni da quando ho lasciato la Haddley Grammar. Dubito di poterle essere utile. » Fece un passo indietro, ritornando all'interno della propria abitazione.

« Si tratta di un episodio molto vecchio. Magari potremmo parlarne dentro? »

« C'è mia moglie », disse lui titubante. « Mia moglie e i miei tre figli », aggiunse, indicando il soggiorno.

« Forse potremmo parlarne in cucina? »

« Non so. »

« Harry, che succede? » chiese una voce da dentro la casa.

Lui si girò. « Niente! Una cosa della scuola! Due minuti e arrivo! »

« Signor Eden, ho bisogno di parlarle adesso », ribadì la Barnsdale, adottando un tono più deciso. « Se preferisce, possiamo parlare qui, ma ho bisogno di risposte da parte sua. »

Eden chiuse la porta d'ingresso. « Facciamo due passi », propose.

La Barnsdale lo seguì finché non si ritrovarono davanti a un garage con la saracinesca dipinta di un blu elettrico.

« Ho sentito alla tv dell'omicidio di Billy Monroe. »

La franchezza la colse di sorpresa. « Lo conosceva? »

« No. »

« Ma conosceva Aaron Welsby, dico bene? » Lo guardò in faccia, ora illuminata dalla luce di sicurezza del garage. Quando la porta d'ingresso di un'abitazione vicina si chiuse di colpo, lo sguardo di Eden saettò in quella direzione. « Possiamo parlare qui o in una sala per gli interrogatori alla stazione di polizia. » Era una frase che la Barnsdale sapeva garantire quasi sempre la risposta desiderata.

« Sì, conoscevo Aaron. »

« E ha lasciato la Haddley Grammar subito dopo la sua morte, giusto? »

« Me ne sono andato più di un anno dopo », rispose lui. La Barnsdale poteva sentire che aveva la gola secca.

« A causa di Aaron? »

« No. »

Lei, a quel punto, non disse nulla e si limitò ad attendere.

« Ho ricevuto un'offerta di lavoro che non ho potuto rifiutare. E, sì, forse stavo cercando un nuovo inizio. »

« Signor Eden, può dirmi cos'è successo tra lei e il signor Welsby? »

« Sergente, mia moglie è il nuovo ministro della chiesa di St. Stephen, a Haddley Common. Tra un paio di settimane ci trasferiremo nella canonica. »

Gli occhi di un bambino sbirciarono per un istante dalle persiane davanti alla casa di Eden. Solo allora la Barnsdale si accorse del cartello in giardino che annunciava la vendita dell'abitazione.

« Signor Eden, sto indagando su un duplice omicidio. Devo capire quale fosse lo stato d'animo di Aaron Welsby subito prima della sua morte. »

Eden rimase in silenzio.

«Forse posso aiutarla. Lei una sera lo ha seguito.»

«Non proprio», rispose lui.

«Eravate amanti?»

«Eravamo amici o poco più.»

«Mi racconti della festa cui avete partecipato entrambi una settimana prima che Aaron venisse ucciso.»

Eden sospirò. «Sì, c'è stata una festa. Abbiamo litigato e l'ho spintonato. Si è tagliato un labbro. Ma è stato un litigio stupido su una cosa da niente. Non penserà per questo che...»

«Perché non mi racconta cos'è successo dopo che ha spintonato il signor Welsby?»

«Se n'è andato a Haddley Hill Park per schiarirsi le idee. E l'ho seguito. Era stato un litigio da sciocchi e volevo scusarmi.»

«E si è scusato?»

«L'ho raggiunto nel parco.» Fece una pausa. «E l'ho convinto a tornare a casa mia.»

«E poi?»

«Aaron aveva dimenticato la giacca alla festa. Ha detto che non aveva senso che tornassimo indietro entrambi. Che ci avrebbe messo non più di dieci minuti e mi avrebbe raggiunto a casa mia.» Sotto la luce del garage, Eden guardò la Barnsdale negli occhi. «Solo che non è mai arrivato.»

75

Nel cucinino in fondo all'ufficio dell'unità investigativa, Dani si preparò una tazza di tè. Prese due biscotti dal barattolo condiviso e lasciò qualche spicciolo nella ciotola della raccolta.

Tornata alla scrivania, visitò i profili delle cinque donne sicuramente vittime dell'intruso. Quanto alla sesta, Sarah Wright, Dani non era ancora sicura. I post su Facebook delle prime due donne avevano qualche somiglianza. La prima ostentava un nuovo paio di Jimmy Choo. La seconda lamentava la mancanza di romanticismo del marito, che per il quarantesimo compleanno le aveva regalato un forno per la pizza. Nessuna delle due era a corto di soldi o di beni, ma non riuscì a trovare altri collegamenti. Anche le altre tre avevano ciascuna un account Facebook, ma una era inattiva e le altre due postavano molto di rado. Di tutt'e cinque, soltanto una utilizzava Twitter, limitandosi a condividere i tweet di altri utenti. Anche frugando tra centinaia di immagini su Instagram, non trovò alcun elemento in comune.

Sorseggiando il tè, passò distrattamente in rassegna foto risalenti a quasi tre anni prima. Nell'assortimento casuale di scatti, non aveva idea di cosa stesse cercando finché un'immagine pubblicata dalla quarta vittima dell'intruso non le saltò agli occhi. Quindici mesi prima, la donna aveva postato le foto del suo nuovo abbonamento a Beauty Box. Oli per il viso, creme per le mani e bagnoschiuma. Tutto questo in consegne mensili recapitate sempre nella stessa data.

Alzò lo sguardo dalla scrivania e vide Karen Cooke dirigersi verso la cucina.

«Karen!» esclamò. «Quattro delle vittime hanno ricevuto consegne a domicilio subito prima dell'irruzione da parte dell'intruso.»

«Quanto tempo prima?» chiese lei, avvicinandosi alla sua scrivania.

«A quanto sembra, uno o due giorni al massimo.»

«Aprono la porta di casa, ricevono un pacco; due chiacchiere buttate lì sbadatamente.»

«Ed ecco che ha tutte le informazioni che gli servono.»

«Senza che loro nemmeno se ne accorgano», disse la Cooke.

«Ma non riesco a trovare nulla che colleghi la vittima della settimana scorsa, Shannon Lancaster. Posta sui social solo molto raramente. Potresti chiamarla e capire se ha ricevuto qualche pacco nei due giorni precedenti l'irruzione?»

«Lo faccio subito.»

Dani prese le chiavi della macchina. «Vado a trovare Sarah Wright. Dopo aver parlato con Shannon Lancaster, puoi chiamare le altre quattro? Chiedi conferma che abbiano ricevuto una consegna nelle quarantotto ore precedenti l'irruzione. E da quale ditta di consegne.»

76

Harry Eden attraversò velocemente la strada ed entrò nel suo giardino.

«Signor Eden, non abbiamo finito», disse la Barnsdale.

«Le ho detto tutto quello che so. Non ho più rivisto Aaron.»

«Nemmeno una volta?» chiese la Barnsdale, non mollando di un millimetro.

«Sergente, è domenica sera. I miei figli vanno a scuola, domattina.» Si voltò a guardare casa sua. «Dovrei aiutare mia moglie a metterli a letto.»

«La sua serata sarebbe molto più lunga in una sala interrogatori della polizia.»

Eden sospirò. «La settimana successiva ho visto Aaron in città. Ma abbiamo scambiato giusto due parole. Mi ha detto che il padiglione sportivo era pronto. E che si stava occupando di un nuovo progetto a St. Marnham; un ristorante, credo.»

La Barnsdale annuì. «Cos'altro vi siete detti?»

«Gli ho chiesto cosa fosse successo sabato sera, perché non si era presentato. Ma lui si è limitato a scrollare le spalle e se n'è andato.»

«Tutto qui? Non lo ha seguito?»

«No, non era quel tipo di relazione. Se per lui era finita, allora era finita anche per me.»

«E poi?»

«Un paio di giorni dopo l'ho rivisto fuori dal cancello della scuola. Mi ha colpito il fatto che parlasse con una ragazza del secondo anno. Mi è sembrato strano, dal momento che non era un insegnante.»

«Ha riconosciuto la ragazza?»

«Quando ho lasciato la festa per seguire Aaron al parco, c'era un gruppo di ragazzini che gironzolavano fuori. Phil Doorley ha mandato a casa la maggior parte di loro, ma alcuni si sono messi a ridere e sono rimasti.»

«E la ragazza con cui ha visto Aaron al cancello della scuola non ha partecipato alla festa?»

«Sì.»

«Mi serve il suo nome.»

Eden scosse la testa e infilò le mani nelle tasche.

«La sera della festa, dopo che vi siete lasciati nel parco... Devo capire cos'è successo quando Aaron è tornato in casa a prendere la giacca. Ho bisogno di un nome.»

Eden si portò la mano alla bocca. «Mia nonna ha vissuto tutta la sua vita a Limerick. Da piccolo passavo tutte le estati correndo lungo le rive del fiume Shannon. Perciò non ho mai dimenticato il nome della ragazza: Shannon Lancaster.»

77

Alla notizia che Madeline era riuscita a fuggire, Sam e Annabel sono ringiovaniti di trent'anni in un istante. I passanti, vedendoci abbracciare e urlare per strada, devono aver pensato che fossimo ubriachi. Per me, d'altra parte, il sollievo è stato così inebriante che per certi versi era come se lo fossi. Poi Sam e Annabel sono tornati di corsa alla Mercedes rossa, i volti illuminati da una gioia assoluta, per correre dalla figlia.

Euforico, cammino per il Victoria Park di Finchley. Ho promesso di raggiungere Sam e Annabel a Nottingham domani. Madeline è al sicuro, adesso, ma qualcuno ha aiutato Billy Monroe, prima di uccidere sia lui sia Dennis Thackeray. Una cosa che Ethan Harris mi ha detto ieri, a Wolverhampton, continua a riecheggiarmi in testa.

È stato suo fratello a trovargli una ragazza.

Faccio fatica a liquidare questa frase buttata lì così, in tono neutro. Sebastian Chapman è stato assolutamente convincente, questo pomeriggio. Quando ci ha detto che non vedeva Billy da vent'anni, gli ho creduto. Ma qualcuno sta mentendo.

Mando un messaggio a Min.

Ho bisogno di un altro favore.

Perché non mi stupisce? Sono le sette passate di domenica sera, d'altra parte.

Scusami. Non è che riusciresti a recuperare
i nomi di tutti quelli che hanno fatto visita
a Billy Monroe mentre era a Winson Green?

È domenica sera, come ho già scritto.

Per favore!

E va bene.

Ti devo un favore.

Me ne devi già un bel po'!

Dopo aver lasciato il parco, mi imbatto felicemente in un ristorante indiano che non si fa problemi a servirmi una tazza di caffè in questa silenziosa domenica sera. Un cameriere mi porta un espresso doppio e m'informa del fatto che il suo ristorante propone il miglior paneer piccante di tutta Londra. Cerca di convincermi a ordinarne una porzione, insieme a un bhaji ai funghi. Anche se per un attimo la cosa mi alletta, alla fine rifiuto educatamente.

Quando sento vibrare il telefono, lo afferro e, mentre il cameriere si allontana, rispondo senza guardare lo schermo.

«Min, sei fantastica.»

«Sono io», replica Dani.

«Ah, scusa», dico. «Aspettavo un'informazione importante.»

«Non sono sicura di volerlo sapere.»

«Grandi novità a proposito di Madeline!»

«Siete stati fortunati, Ben.»

«L'importante è che sia al sicuro. Dove sei?»

«Davanti casa tua.»

«Davvero? Puoi restare, stanotte?»

«Dovrei anche tornare a casa, prima o poi; a ogni modo, dal momento che non vedo luci accese, deduco che tu non ci sia...»

«Mi stai tenendo sotto osservazione?»

«Stavo andando a trovare Sarah Wright.» Dani mi racconta della sua svolta nel caso dell'intruso.

«Fa' attenzione», dico.

«Come sempre», risponde, adottando la formula che uso spesso con lei. «Credevo fossi diretto a Nottingham...»

«Ci vado domani. Ho pensato fosse più giusto che Sam e Annabel la vedessero per primi. Tutto quello che ho fatto, l'ho fatto per loro e per Madeline.»

«Lo so. Dovrei chiederti cosa stai facendo adesso, ma ho paura della risposta.»

La mia risata risuona un pelino nervosa. «Chi ti dice che stia facendo qualcosa?»

«Ho appena finito di parlare al telefono con la Barnsdale. Durante la fuga di Madeline, un uomo è rimasto ucciso. La polizia del Nottinghamshire lo ha identificato come Tosh Monroe.»

Poi mi spiega come l'arrivo di Tosh Monroe presso la fattoria abbandonata abbia consentito a Madeline di fuggire. Facendo irruzione nella stanza in cui era tenuta prigioniera, Monroe è rimasto coinvolto in uno scontro con il rapitore. «Gli hanno sparato in faccia con il suo stesso fucile.»

«Oh, mio Dio, no...» Penso alla tristezza che ha segnato tutta la vita di quel povero vecchio.

«Chiunque lo abbia ucciso, ha fatto perdere le sue tracce.»

«Quando sarà successo? Due, tre ore fa? Se n'è andato con il fucile?»

«Sì.» Dani ha un attimo di esitazione. «Qualunque cosa tu stia facendo, Ben, giurami di fare attenzione.»

«Come sempre», rispondo.

«Ti amo», dico, ma lei ha già chiuso la chiamata.

Guardo il telefono e vedo un messaggio di Min. Accedere all'elenco dei visitatori di Billy si è rivelato più facile di quanto si aspettasse. Per quanto l'elenco sia breve, devo rileggerlo due volte.

78

Nel soggiorno improvvisato di Sarah Wright, Dani Cash guardò la padrona di casa lasciarsi cadere sul divano imbottito.

«Stavolta penso di avercela fatta!» sbuffò Sarah, dopo aver messo a letto Max per la terza volta.

«Non vuole mai dormire?» chiese Dani.

«No, ma non fa niente, va bene così.»

Dani sorrise. «Dev'essere dura, da sola...»

«Lo è stato fin dall'inizio. James mi ha lasciato dopo nemmeno un anno di matrimonio per andare a vivere con una studentessa di giurisprudenza di ventidue anni. Ora che lei lo ha sbattuto fuori di casa, ha deciso che vuole dedicarsi di più a Max.»

«Tra voi va meglio, adesso?»

«Quando ci siamo lasciati l'ho odiato a morte, ma poi ho capito che non ha senso covare rabbia per sempre. Ora provo solo indifferenza. Ma sono contenta per Max.»

«Ci sono speranze di una futura riconciliazione?»

«Santo cielo, no! Nemmeno morta!» Così dicendo, Sarah recuperò l'iPad che teneva lì accanto sul divano. «Mi ha chiesto di controllare le consegne, giusto?»

«Qualsiasi cosa nelle quarantotto ore precedenti la prima effrazione.»

«Martedì o mercoledì della settimana scorsa?» rispose Sarah, scorrendo sullo schermo. «Niente. Entrambi i giorni ho lavorato fino a tardi perché dovevo prepararmi per un'udienza in tribunale. Dopo la scuola, Max è rimasto con gli amici dall'altra parte del parco.»

«E la settimana prima?»

«Qualcosa sarà arrivato. Max ha sempre bisogno di questo o di quello. Gli ho comprato una maglietta da calcio, ma non gli andava bene. Per qualsiasi consegna, però, avranno firmato gli operai della ditta edile. Se devo essere sincera, è piuttosto raro che io mi trovi a casa durante il giorno.»

Il telefono di Dani squillò. «Posso?»

«Ci mancherebbe», rispose Sarah.

Dani uscì sul disimpegno. «Ciao, Karen», disse a voce bassa per non svegliare Max.

«Tutte e cinque le donne, inclusa Shannon Lancaster, hanno ricevuto una consegna nelle ventiquattr'ore precedenti l'irruzione dell'intruso», disse la Cooke. «E la consegna è stata effettuata dalla stessa azienda.»

«La PDQ?» chiese Dani.

«Esatto.»

«Grazie per l'aiuto. Ottimo lavoro.»

Sarah Wright apparve sul disimpegno e Dani la seguì al piano di sotto, fermandosi davanti alla porta di casa.

«È assolutamente sicura di non aver firmato per una consegna da parte della PDQ, nell'ultima settimana?»

«Al cento per cento. James andava a scuola con Phil Doorley. Penso che fossero nella stessa classe. Sono ancora amici. Se arrivasse qualcosa tramite la PDQ, me lo ricorderei. Phil è venuto anche al nostro matrimonio.»

Dani chiese a Sarah di rimanere vigile nei giorni a venire ma, scendendo i gradini davanti all'edificio, era certa di avere ormai l'intruso nel mirino. Mentre attraversava il viale che correva tra la fila di ville vittoriane e il parco, si fermò. All'estremità della strada, in un angolo buio dove la carreggiata si restringeva in un sentiero, vide una Range Rover nera dall'aria familiare. Avvicinandosi al veicolo, si accorse che il proprietario era ancora seduto all'interno. Si accostò all'auto e bussò al finestrino.

«Buonasera, signore», disse a James Wright non appena questi tirò giù il finestrino. «C'è qualche motivo per cui sta aspettando qui?»

«Siamo in un Paese libero.» Dani inarcò le sopracciglia mentre Wright continuava. «Ho visto la sua auto parcheggiata davanti alla casa di mia moglie, perciò ho pensato fosse meglio aspettare.»

«Le dispiacerebbe scendere dall'auto?»

«Perché?»

«Signor Wright, per favore, scenda dall'auto.»

Lui fece come gli era stato chiesto, appoggiandosi alla vettura.

«Ah! A ogni modo, per la legge non è sua moglie», disse Dani, rispondendo al commento precedente.

«Sa cosa intendo dire.»

«No che non lo so. Perché non me lo spiega?»

«Agente, avremo pure divorziato, ma siamo ancora legati.»

«Davvero?» replicò Dani. «Mi chiedo se tutto questo non avvenga nella sua immaginazione.»

«Perché si sta immischiando in questa storia?»

«Solo perché sospetto sia stato lei a fare irruzione in casa della sua ex moglie.» Quando Wright si voltò verso la portiera della macchina, Dani gli afferrò il polso. «Potrei arrestarla su due piedi.»

«E ritrovarsi addosso i miei legali prima ancora di arrivare alla stazione.»

«Dopo le due irruzioni nella proprietà della sua ex moglie, ci ha messo incredibilmente poco a fare la sua comparsa sulla scena.»

«Non ho idea di cosa stia dicendo, e anche se fossi entrato in casa, potrò pure vedere mio figlio ogni volta che voglio, o no?»

«Quella è la casa della signora Wright, non la sua. Siete divorziati.»

Wright si scostò nervosamente.

«Non si tratta di una lite domestica. È violazione di domicilio bella e buona. Ha sfruttato la catena di episodi di effrazione per inscenare lo stesso crimine ai danni della sua ex moglie.» Lui non rispose ma, sicura delle sue accuse, Dani insistette. «Ha agito con il proposito di terrorizzare la sua ex moglie per avere l'opportunità di accorrere in suo soccorso. Voleva irrompere di nuovo nella sua vita come una specie di cavaliere senza macchia.» Lui aprì la portiera dell'auto, ma lei la richiuse di colpo. «Ha deliberatamente spaventato suo figlio. Che razza di padre è? Ha tutto il mio disprezzo.»

«Non può provare nulla di tutto questo.»

«Non ne ho bisogno», rispose Dani. «Non devo far altro che raccontare alla signora Wright che genere di pezzente sia il suo ex marito.»

79

In tasca non ho che una banconota da venti sterline. La lascio sul tavolo e corro fuori dalla porta del ristorante indiano. Varco a tutta velocità il cancello del Victoria Park, oltrepasso i campi da tennis e mi avvicino agli alberi sul retro del parco. Una volta lì, mi faccio luce con il telefono e mi dirigo verso l'uscita. All'estremità del parco, i lampioni illuminano la via. Solo quando mi ritrovo alla fine di Chislehurst Avenue rallento per riprendere fiato.

Risalgo la strada e mi fermo di nuovo davanti alla casa di Sebastian Chapman. Quando alzo lo sguardo verso il suo appartamento al primo piano, scorgo una luce fioca rischiarare la piccola cucina. Ora che le persiane sono aperte, lo vedo dare il biberon al bambino. Poi Chapman si gira nella mia direzione. Per un istante penso che mi abbia visto, ma un attimo dopo il bambino ha riconquistato la sua attenzione. Percorro il vialetto davanti casa sua e suono il campanello. Quindi, impaziente, suono una seconda volta, tenendo premuto il pulsante. Quando sento la porta del suo appartamento aprirsi, faccio un passo avanti.

Sempre con il figlio in braccio, mi saluta senza cercare di nascondere la sorpresa di rivedermi così presto. Gli spiego che Madeline è salva, ma che ho altre domande per le quali ho urgente bisogno di risposte. Mi invita a entrare e lo seguo di sopra. Ancora una volta, ci sediamo in soggiorno, mentre il figlioletto mangia soddisfatto tra le sue braccia.

All'improvviso mi colpisce il pensiero che l'uomo seduto di fronte a me non sappia della morte di suo nonno. Prima o poi la polizia lo rintraccerà, ma ho bisogno che sappia subito la verità.

«Tosh ha salvato la vita a Madeline», concludo, dopo avergli raccontato della fuga del mio capo dai fabbricati della fattoria.

Il bambino sonnecchia appagato tra le sue braccia. «I miei ricordi di lui sono così pochi!» dice. «Però ricordo bene di Gotham. Ci portava lì quasi tutte le domeniche a pranzo e cercavamo Batman nelle scale sopra il pub. Dopo pranzo, poi, ci portava a correre nei campi. Billy aveva un aquilone.» Tace un istante. «Mi sono vergognato di Billy... per quello che ha fatto. Ho provato vergogna per lui e, in qualche modo, anche per mio nonno. Ho visto le sue foto al processo di Billy. Detesto ammetterlo, ma non volevo avere niente a che fare con lui. Avrei potuto contattarlo più spesso e fargli sapere di Noah, ma non l'ho mai fatto.»

«Adesso ha la sua famiglia», commento, sentendo il bisogno di rassicurarlo.

«Nonostante ciò, vorrei essere io a organizzare il suo funerale, quando restituiranno il corpo. Glielo devo.»

Seduto sul bordo del divano a righe blu, mi chino in avanti. «Devo ancora capire di più sulla sua famiglia», dico. Sebastian rimane in attesa della mia domanda. «Lei e Billy eravate gli unici figli di vostra madre?»

«Sì», risponde.

«Ne è assolutamente certo?»

«Billy è nato quando era ancora giovanissima. Poi sono arrivato io ed è morta poco dopo. Eravamo solo io e Billy, ne sono sicuro.»

«E subito dopo la morte di vostra madre siete stati adottati entrambi dagli Elliot-Taylor-Chapman?»

«Sì, finché Billy non è stato rispedito ai servizi sociali.»

«I vostri genitori adottivi avevano altri figli?» domando.

«Sì, l'altro nostro 'fratello' era figlio loro.»

Espiro. « Ovviamente. »

« Siamo stati adottati quando hanno saputo che non avrebbero potuto più avere figli. Mia madre ha subito diversi aborti. »

« E l'altro fratello? Ci andava d'accordo? »

« Sua madre stravedeva per me. Fin dal momento del nostro arrivo, lui invece ha deciso di ignorarmi. Vivevamo in mondi separati. Mangiavamo insieme e basta. Per molto tempo, la sua stanza è stata in fondo al corridoio. Quando sono arrivato a casa sua, abbiamo dovuto condividere il bagno. E lui mi lasciava fuori ad aspettare anche quando avevo un disperato bisogno di fare pipì. Lo odiavo per questo e pensavo che fosse un tipo strano, ma del resto avevo solo cinque anni. »

« E Billy? »

« L'altro fratello aveva tre anni più di lui. Ogni volta che passavano del tempo insieme era alle sue condizioni, mai a quelle di Billy. Come ho già detto, Billy faceva di tutto pur di piacere alla gente. E questo gli è costato fin dall'inizio. È finito in ogni genere di guaio di cui non era il responsabile. »

« È possibile che lui e Billy siano rimasti in contatto, dopo che i vostri genitori hanno mollato Billy? »

Sebastian si stringe nelle spalle. « Non vedo come, ma suppongo che non sia impossibile. Billy non aveva molti amici. Si lasciava influenzare facilmente. »

« Quando è stata l'ultima volta che ha visto l'altro fratello? »

« Al funerale dei miei genitori. Ha pronunciato il discorso funebre. Abbiamo scambiato due parole. Sapevo che lavorava come insegnante di geografia in una scuola del Sud di Londra, ma al momento del funerale si era messo in proprio, una ditta di consegne o qualcosa del genere. Penso le cose gli vadano bene. »

Accendo lo schermo del telefono e guardo di nuovo l'ultimo messaggio ricevuto da Min. « Sa se ha cambiato nome? »

« Ci abbiamo riso sopra, al funerale: avevamo fatto la stessa scelta. Mi ha detto che, come insegnante, una vita con un cognome come quello dei nostri genitori non sarebbe stata degna di essere vissuta. Aveva cambiato nome prima di iniziare a lavorare. L'odio verso il nostro cognome era l'unica cosa che avevamo in comune.»

Abbasso gli occhi sul telefono prima di fissare di nuovo Sebastian. «Suo fratello è Dominic Taylor.»

80

Lesley Barnsdale sedeva in una cucina minuscola e piena di vapore a East Haddley.

«Non le dispiace se non mi siedo, vero?» chiese Shannon Lancaster, scolando una pentola di pasta che poi mise sotto l'acqua fredda. «Mia suocera verrà a cena tra venti minuti e devo mettere questa in forno.» Guardò la Barnsdale alle sue spalle. «Ex suocera, dovrei dire.»

«No, faccia pure», rispose lei. Rintracciare Shannon Lancaster si era rivelato sorprendentemente facile. Residente a Haddley da sempre, non aveva mai preso il cognome dell'ex marito. «Quanto è durato il vostro matrimonio?» le chiese.

«Diciamo che abbiamo vissuto più tempo da divorziati che da sposati», rispose Shannon. «Ho avuto due figlie prima dei vent'anni e poi, l'anno dopo, ci siamo separati. Parlo di otto anni fa. L'unica cosa sua che non ho eliminato dalla mia vita è la madre. Si prende le due ragazze ogni quindici giorni, nel weekend, e cucina per loro qui quasi tutte le sere, quando lavoro. È più presente di me, in casa. Qualcuno potrebbe pensare che viva qui, accidenti. Lei è sposata?» chiese infine.

«No», rispose la Barnsdale.

«E non lo faccia, se vuole un consiglio.» Aprì il frigorifero e prese due confezioni di bacon. «Suppongo lei sia qui per la storia dell'effrazione. Siete tutti molto solleciti, devo dire. Ho appena parlato al telefono con un'altra dei vostri.»

«Davvero?» chiese la Barnsdale, un po' disorientata da quel commento.

«Mi ha chiesto se avessi ricevuto una consegna o qualcosa

del genere. Le ho detto che probabilmente qualcosa era arrivato, ma che ad aprire sarà stata mia suocera. Così le ho girato il suo numero.»

La Barnsdale cercò di dare un senso alle parole della donna, poi le venne in mente che il suo nome era l'ultimo dell'elenco delle donne che avevano subito un'intrusione. «Oh, no, mi scusi. Non sono qui per quello. L'estraneo si è introdotto in casa sua lo scorso fine settimana, giusto?»

«Mi sono svegliata con quel maniaco in piedi accanto al letto», disse Shannon. «Proprio la notte in cui le ragazze erano dalla nonna. Secondo l'agente con cui ho parlato, quello squilibrato doveva sapere in qualche modo che ero a casa da sola. E in effetti, le ho detto, per quanto chiacchiera mia suocera avrebbe potuto conoscere tutta la storia della mia vita, porca miseria.» Quando l'olio bollente cominciò a schizzare, Shannon gettò la pancetta tagliata a cubetti nella padella. «Gli sono saltata addosso e quando gli ho afferrato la maschera è scappato via. A ogni modo, dormo con un coltello da cucina sotto il letto e lo farò finché non lo acciuffate.»

«Posso assicurarle che stiamo facendo progressi. Le siamo molto grati per tutte le informazioni che ci ha fornito, ma in realtà sono venuta per parlarle di tutt'altro.» La Barnsdale si alzò e rimase accanto al lavandino.

«La prego, mi dica che non è successo niente alle ragazze. Jess ha dodici anni, adesso, e sta già diventando un bel peperino.»

«No, niente del genere. In realtà è qualcosa che risale a quando era molto più giovane.»

«Porca miseria, non mi starà accusando di aver rubato dolci dal minimarket del signor Nowak?» Prese il bicchiere di vino che teneva sul davanzale della finestra. «Se è così, dovreste cercare Jason Brearley, non me. Ha preso un pacchetto di sigarette mentre Alan Powell distraeva la ragazza alla cassa abbassandosi i pantaloni.» La Barnsdale non poté fare a meno di ridere. Shannon sorrise. «Magari l'intruso è proprio Alan Powell. Non sapeva tenersi addosso i pantaloni.»

Shannon continuò a badare ai preparativi per la cena. Sentendosi d'intralcio, la Barnsdale tornò a sedersi.

«Ricorda il caso di Aaron Welsby?» chiese.

«Il ragazzo gay assassinato?»

«Sì.»

«Orribile.»

«Lavorava a un progetto edile alla Haddley Grammar School. Più o meno all'epoca in cui la frequentava lei, dico bene?» Shannon annuì. «Le è mai capitato di vederlo?»

«Non ne avevo motivo.» Lanciò uno sguardo furtivo in direzione della Barnsdale prima di tornare ai fornelli.

«No, ma credo che possa avergli almeno parlato, qualche volta.»

Senza dire una parola, Shannon aprì il frigorifero e sbirciò all'interno, prima di prendere un cartone del latte di cui non sembrava avere bisogno. «È successo tutto molto tempo fa.» Recuperò una pila di piatti da un armadietto sopra la lavatrice.

«Billy Monroe, l'uomo condannato per l'omicidio di Aaron Welsby, è morto. Assassinato.»

Shannon posò i piatti sul tavolo. «Ha ucciso quel povero ragazzo. Per quanto mi riguarda, è una buona notizia che sia morto.»

«Non crediamo che Billy Monroe abbia agito da solo. Pensiamo che qualcun altro volesse Aaron morto.»

Shannon tornò al fornello e spense il fuoco. «Immagino che la cena possa tardare di qualche minuto», commentò, prima di scostare una sedia dal tavolino.

«Sette giorni prima dell'omicidio di Aaron, ci fu una festa», disse la Barnsdale.

Shannon si appoggiò allo schienale della sedia, lasciando

cadere la testa all'indietro e fissando il soffitto. «Maledette crepe», disse sospirando.

«E lei stava bevendo lì davanti, sulla strada.»

«Io, Jason Brearley, Alan Powell e la mia migliore amica Kaitlin. C'erano anche altri, ma se n'erano andati non appena il professor Doorley gli aveva detto di smammare.» Fece un sorriso alla Barnsdale. «Ancora adesso, ogni volta che lo vedo in giro a fare consegne lo chiamo 'professor Doorley'.»

«Cos'è successo alla festa?»

«Il professor Taylor, che voleva essere chiamato Dominic, è uscito quando quasi tutti gli altri erano andati a casa.»

La Barnsdale unì le mani e le strinse. «Dominic Taylor della PDQ?»

«Sì», replicò Shannon. «La festa era a casa sua.»

«Insegnava alla Haddley Grammar?»

«Sì, geografia, come il signor Doorley. È così che si sono conosciuti. Sua moglie era via, era andata a trovare i genitori per il fine settimana. L'ho vista non molto tempo dopo, fuori dal Tesco. Aveva il pancione, povera donna. Siamo entrati tutti e quattro a casa di Dominic. In cucina c'era ancora un sacco di birra.»

«Quanti anni avevate?» chiese la Barnsdale.

«Quattordici. Uno dei ragazzi quindici, forse. Io e Kaitlin non avevamo voglia di bere. Non mi piaceva il sapore della birra, e non mi piace nemmeno adesso, se devo essere sincera. Dominic ha detto che avrebbe trovato qualcos'altro per noi, e porca miseria se l'ha trovato: succo d'arancia corretto alla vodka.»

«E poi cos'è successo?»

«Uno dei ragazzi – Alan, mi pare – ha vomitato nel lavandino. Come sempre, i ragazzi non reggevano tutta la roba che bevevano. Jason lo ha portato fuori in cortile a prendere una boccata d'aria. Siccome in cucina c'era puzza di vomito, Dominic ha proposto di spostarci in un'altra stanza. Io e Kaitlin stavamo in piedi a stento. Ma lo abbiamo seguito di sopra.» Chinandosi in avanti, Shannon incrociò le gambe e si passò la mano su e giù per lo stinco.

«Devo sapere cos'è successo», disse la Barnsdale, abbassando la voce.

Shannon scosse la testa. «Non posso», rispose.

«Eravate due bambine.» Shannon piegò le braccia sul tavolo e vi poggiò la testa. La Barnsdale le toccò un braccio con delicatezza. «Per favore. Può aiutarmi a fermarlo.»

«Aveva una pasticca. Non so cosa fosse, acido o mdna. L'ha spezzata in due e ce ne ha dato metà a testa. Poi ci ha spogliate. Eravamo tutti e tre nudi a letto quando è entrato Aaron Welsby. Stava cercando la giacca.» Sollevò il viso e lo tenne tra le mani. «Mi creda se le dico che i nostri vestiti erano ammucchiati sul pavimento e tutto quello che ricordo di aver pensato è stato: Non c'è la tua cazzo di giacca, lì in mezzo. Dominic è saltato giù dal letto, lo ha afferrato per la gola e lo ha sbattuto contro l'armadio. Poi gli ha detto che era un frocio di merda e che se mai avesse raccontato a qualcuno quello che aveva visto lo avrebbe ucciso.»

«E lei non lo ha mai detto a nessuno?»

«Io e Kaitlin eravamo terrorizzate. Ci eravamo drogate ed eravamo finite a letto con un insegnante. Eravamo sicure che se qualcuno lo avesse scoperto ci avrebbero espulse.»

«La settimana dopo, però, qualcuno l'ha vista parlare con Aaron Welsby. Cosa le ha detto?»

«Mi ha detto che non era colpa nostra e che avrebbe fatto di tutto perché i nostri nomi non venissero fuori, ma che non aveva altra scelta che riferire quanto aveva visto.»

«E lei cos'ha fatto?»

«L'ho pregato di non dire nulla. E poi l'ho raccontato a Dominic.»

81

Seduta nella sua auto su un lato di Haddley Common, Dani Cash attese finché non vide James Wright scomparire nel traffico sulla Lower Haddley Road. Quell'uomo aveva fatto leva sulla paura per tentare di costringere la ex moglie a riallacciare i rapporti. Per quanto lei lo disprezzasse, però, Wright aveva ragione quando diceva che non c'era la minima prova per arrestarlo. Dani non poteva fare altro che tornare al mattino e parlare con Sarah. Con la speranza che questo bastasse a sgretolare la morsa perversa di James Wright.

Si allontanò dal parco e, percorrendo le stradine laterali di Haddley, emerse su Haddley Hill. C'erano poche auto in giro, domenica sera; attraversò Haddley Heath e raggiunse la sbarra all'ingresso del deposito della PDQ. Questa volta la donna nella guardiola la riconobbe all'istante e la fece passare senza intoppi. Superata la sbarra, parcheggiò. Era sul punto di tornare a piedi verso il gabbiotto della sicurezza, poi vide il telefono vibrare sul sedile del passeggero. Era Ben. Quella giornata, iniziata sedendo sul muretto del giardino di casa sua, sembrava senza fine. Come avrebbe voluto rannicchiarsi con lui sul divano a sorseggiare un bicchiere del suo Gavi preferito. Ma respinse la stanchezza. L'intruso era alla sua portata. Si allungò e respinse la chiamata.

«Mi chiedevo se potesse aiutarmi», disse all'addetta alla sicurezza che, vedendola avvicinarsi, aprì la porta della guardiola. «Ho bisogno di informazioni su una serie di consegne effettuate a Haddley negli ultimi tre anni.»

«Dovrebbe rivolgersi ai fattorini, ma adesso non li trova di sicuro. È domenica sera, sa com'è.»

Dani sorrise. «Io e lei siamo ancora in servizio.»

«Come due fesse», concordò la donna con una risata.

«Non c'è nessun altro, lì dentro, che potrebbe aiutarmi? È piuttosto urgente.»

La donna strinse le labbra. «Be', il signor Taylor è arrivato non più di un quarto d'ora fa. Dice che così importante?»

«Sì.»

«Scommetto che lui potrebbe fare qualcosa.»

«Sarebbe fantastico.»

La donna le porse un badge magnetico. «Prenda questo. Le permetterà di entrare nell'edificio. Nel frattempo, manderò un messaggio al signor Taylor per fargli sapere che sta arrivando. Il suo ufficio è in cima alle scale, la prima porta a sinistra.»

Dani ringraziò la donna, si avvicinò a passo spedito all'edificio principale e riuscì ad accedere. In cima alla scala di metallo, si fermò davanti all'ufficio di Dominic Taylor e bussò alla porta.

«Signor Taylor», disse, aprendola.

Taylor era seduto dietro la scrivania. Indossava una felpa rosso vivo con le lettere PDQ stampate sul petto. Dani si presentò, si scusò per l'orario e gli spiegò quali informazioni stava cercando.

«Non dovrebbe essere troppo complicato», rispose lui.

Dani diede un'occhiata alla stanza priva di finestre. L'ufficio era molto diverso da quello di Phil Doorley. Senza vetrate interne, sembrava claustrofobico. In fondo alla stanza c'era una porta di metallo che, presumibilmente, conduceva direttamente al deposito.

«Ha i nomi e gli indirizzi dei clienti?» le chiese.

Dani annuì.

«Un attimo solo, il tempo di fare login», le disse, digitando una password con una sola mano. «Io devo andare di sotto per accertarmi che tutto sia in ordine per la notte, ma può usare questo computer per tutto il tempo che le serve. Inserendo il cognome del cliente e la prima riga del suo indirizzo, verranno visualizzati l'orario di consegna, la data e le iniziali di chi l'ha effettuata. Il sistema è semplice. Se posso usarlo io, può farlo chiunque.» Sorrise, fece il giro della scrivania e aprì la porta in fondo alla stanza. «Faccia con comodo», disse, e lasciò che la porta si chiudesse alle sue spalle.

Dani si sedette davanti allo schermo di Taylor. Lo sentiva correre giù per la scala di metallo dietro di lei. Guardò il cursore lampeggiante e recuperò il nome sul cellulare. Digitò il nome della donna seguito dalla prima riga del suo indirizzo e premette invio.

Niente.

Rendendosi conto di aver inserito sia il nome di battesimo sia il cognome della donna, tornò indietro e digitò solo il cognome e poi l'indirizzo. In un istante, le si materializzò davanti l'elenco delle consegne effettuate al domicilio della donna. Accanto a ciascuna voce c'erano una serie di date e le iniziali dell'autista. Esaminò l'elenco, cercando la data di consegna immediatamente precedente alla prima irruzione dell'intruso. Annotò le iniziali e digitò il nome della seconda vittima. Poi digitò il terzo nome e, mentre avvertiva una scarica di adrenalina, il quarto e infine il quinto. Le stesse iniziali per ogni consegna.

DTa.

Dani si alzò e, invece di seguire Taylor nel deposito, uscì nel corridoio ed entrò nell'ufficio vicino di Phil Doorley. Dalla finestra sul retro, poteva guardare il deposito dall'alto. Da lassù, in effetti, vide Taylor intento a trascinare due grandi borsoni neri dal retro del deposito fino all'area spedizioni, per poi aprire una porta laterale attraverso cui Dani vide la sua auto parcheggiata.

Con la mente in subbuglio, Dani si allontanò dalla finestra

e tornò nell'ufficio di Taylor. Poi, senza fare rumore, scese le scale fino al deposito. Passando accanto al nastro trasportatore, sentì l'aria fresca della notte che entrava dalla porta aperta. Sempre tenendosi a distanza da Taylor, si fermò fra tre pallet di scatole e rimase a osservare. Con evidente sforzo, Taylor trascinò il primo borsone verso l'auto aperta. Gli sfuggì un verso quando lo sollevò per infilarlo nel bagagliaio. Si voltò, e Dani si fece avanti.

«Signor Taylor», disse, uscendo dall'ombra. «Posso dirle una cosa, per favore?»

Ignorandola, lui tornò dietro di corsa e afferrò il secondo borsone.

«Signor Taylor», ripeté lei.

Dani si affrettò a raggiungerlo. «Dall'esame dei dati, si direbbe che a effettuare le cinque consegne su cui sto indagando sia stato un unico autista.»

Taylor dava le spalle a Dani. Sembrava unicamente concentrato sul bagagliaio della sua auto, intento a spingere il primo borsone per fare spazio all'altro.

«Secondo il sistema, le iniziali dell'autista in questione sono DTa.» Dani entrò nell'area spedizioni. «A meno che lei non abbia un altro dipendente con le stesse iniziali, è il caso che mi segua in stazione per rispondere a qualche domanda.»

Taylor si fermò. Dani fece un passo indietro ma, nel frattempo, lui si voltò, un fucile tra le mani, il dito sul grilletto.

DIECI

« E un rumore terrificante risuona in tutto il deposito. »

Quattro giorni dopo la morte dei suoi genitori, si rivolse a una ditta di sgombero per smaltire le loro cose. C'era ben poco che avesse un valore reale e nemmeno un singolo oggetto di qualche valore sentimentale, quindi disse di fare in fretta. Non fosse stato per la necessità di assumere un agente immobiliare, non sarebbe mai tornato nella casa della sua infanzia.

Il secondo agente contattato gli propose il prezzo più alto e l'accordo venne stretto all'istante. Gli promise persino un bonus in contanti nel caso in cui fosse riuscito a vendere la casa in meno di otto settimane. Aveva un disperato bisogno di soldi.

Girando da solo per l'abitazione ormai vuota, gli vennero in mente ben pochi ricordi felici. Forse nessuno. Salì le scale fino alla stanza mansardata, e fu lì che ripensò alle soddisfazioni più grandi. Un anno dopo che Billy era andato via, i suoi avevano riconvertito lo spazio per lui, come ricompensa per i buoni voti a scuola. Con un bagno tutto per sé, nuove finestre e una porta scorrevole che dava su un balconcino, la stanza era diventata irriconoscibile rispetto a quando la occupava Billy.

Aprì la porta scorrevole e uscì. Benché le querce in fondo al giardino fossero cresciute un po', riusciva ancora a sbirciare dentro alle case vicine. Notte dopo notte, senza farsi vedere, se ne stava nudo sul balcone a spiare la donna che si spogliava nella casa in fondo al giardino. Quando la donna scivolava silenziosamente nel suo letto, lui aveva come la sensazione di poterla toccare allungando una mano. Era in suo potere. Ed era una sensazione che non riusciva a scrollarsi di dosso. Quando lasciò la casa, Dominic sapeva che avrebbe dovuto provarla di nuovo.

82

«Signor Taylor, abbassi il fucile e lo lasci a terra.»

Lui rise. «Agente, non è nella posizione di darmi istruzioni.» Poi puntò l'arma verso la porta aperta del deposito. «Esci», disse, con una calma inquietante.

Dani si fece forza. «Glielo chiederò di nuovo», disse. «Abbassi l'arma, la metta a terra davanti a lei e poi la spinga verso di me.»

«Muoviti, cazzo!» urlò lui. Quindi avanzò rapidamente di due passi, agitando il fucile. Disarmata, Dani non aveva altra scelta. Si avvicinò lentamente alla porta aperta, gli occhi fissi in quelli di Taylor. Sapeva che quell'uomo non era soltanto l'intruso cui stava dando la caccia.

Lui le andò dietro. «Forza», disse. «Alla macchina.»

Dani sentì una goccia di sudore scorrerle lungo la schiena. «Signor Taylor, niente di tutto questo cambierà la sua situazione. Ho visto le sue iniziali sulle consegne alle cinque donne di Haddley. È stato lei a entrare in casa loro e a intrufolarsi nelle loro camere da letto.»

«Silenzio!» esclamò lui. «L'ho fatto per semplice divertimento. A chi vuoi che freghi di una stupida effrazione? Sei davvero così stupida?»

«È stato lei a uccidere Billy Monroe, vero?»

Sentì la canna del fucile premerle contro la schiena. «Esci, ho detto!»

Dani vide il bagagliaio aperto dell'auto di Taylor. Dentro c'era il primo dei due borsoni.

«Sposta il borsone più in fondo.»

Con il fucile ancora puntato contro la schiena, Dani si chinò sull'auto e spinse il borsone in fondo al bagagliaio.

«Ora il secondo», disse Taylor, dando un calcio al borsone nero. Dani si chinò a raccoglierlo.

«Non riesco a sollevarlo», disse, sentendo che era pesante. «Dovrà aiutarmi.»

«Mettici più impegno», rispose lui, premendole la canna del fucile nella parte bassa della schiena. Dani si accovacciò e, usando entrambe le mani, riuscì a girare il borsone su un lato. Poi, spingendolo verso l'alto, in qualche modo lo infilò nel bagagliaio.

«Spingilo indietro più che puoi», le disse lui. «Sempre che tu voglia lasciarti un po' di spazio.»

Benché terrorizzata, Dani si impose di rimanere calma. Spingendo ulteriormente il borsone nel bagagliaio, si sforzò disperatamente di pensare. Se l'avesse costretta a entrare lì dentro, difficilmente ne sarebbe uscita viva.

«Va bene così», disse lui. «C'è un bel po' di spazio, adesso. Resta dove sei e metti le mani dietro la schiena.»

Appoggiandosi al bagagliaio, Dani esitò. Pensò alle manette che Taylor aveva lasciato cadere a casa di Shannon Lancaster.

«Subito!» urlò Dominic.

Mentre intrecciava le mani dietro la schiena, Dani prese una decisione. Non sarebbe entrata nel bagagliaio.

«Una sola sciocchezza e ti ammazzo qui, seduta stante.»

Taylor appoggiò il fucile contro la fiancata dell'auto e le agguantò il polso sinistro.

Aveva una sola possibilità. Si girò e gli colpì il ginocchio con lo stivale. La gamba gli cedette, facendolo vacillare all'indietro. Nonostante questo, Taylor riuscì ad afferrare il fucile.

Dani si precipitò da dove erano arrivati. Attraversò l'area spedizioni e rientrò nel deposito. File e file di pallet, con pacchi impilati, riempivano l'enorme spazio. Strisciando sul pavimento, si nascose dietro un pallet di pacchi etichettati per la consegna del giorno dopo. Tenendosi acquattata, continuò a muoversi, scivolando dietro un secondo pallet. Trattenne il respiro.

Poi il fucile sparò.

83

Sfreccio lungo il Chelsea Embankment, fortunatamente poco trafficato, visto che è domenica sera. Al volante dell'auto di Sebastian Chapman, sorpasso un lento autobus notturno prima di attraversare la zona industriale sul fiume, da tempo riqualificata in un quartiere di costosissimi appartamenti in perfetto stile industriale. Afferro di nuovo il telefono e digito per la terza volta il numero di Dani. Ma, per la terza volta, la chiamata viene dirottata direttamente sulla segreteria telefonica. Le lascio un altro messaggio, ancora più disperato, pregandola di chiamarmi. Sulla King's Road, gli enormi negozi di arredamento rimangono illuminati fino a tarda notte. Prendo una strada qualsiasi, immergendomi di nuovo nel traffico, facendomi largo tra le auto, per tornare a Haddley nel minor tempo possibile.

Un semaforo rosso rallenta la mia avanzata verso Haddley Bridge, ma non c'è nessuno e attraverso l'incrocio accelerando. Dall'altra parte del ponte, anche di domenica sera, il traffico sulla strada principale scorre a rilento. Svolto in una strada laterale e risalgo a zigzag fino a Haddley Hill. Finalmente, il deposito della PDQ mi appare davanti. Alla sbarra d'ingresso sono costretto a fermarmi. Dal momento che la guardiola è vuota, parcheggio l'auto da una parte e prendo il telefono. Davanti a me vedo la macchina di Dani. Voglio rifare il suo numero ma, guardando nel finestrino della sua auto, vedo il suo telefono lampeggiare sul sedile del passeggero.

Rimetto il cellulare in tasca e mi dirigo verso il deposito immerso nel buio più totale. All'ingresso principale, le porte scorrevoli in vetro sono chiuse. Provo a forzarle, ma non si muovono. Non trovo un'altra via di accesso, così seguo il sentiero poco illuminato sul lato dell'edificio. Giro un angolo e vedo una luce lontana brillare attraverso una porta aperta. Accanto all'entrata del deposito c'è una BMW nera, ma non scorgo segni di vita. Sto per seguire il sentiero fino alla porta quando, dietro di me, alla barra d'ingresso, compaiono i fari di più auto.

84

« Devo andare, mamma », disse Lesley Barnsdale mentre si avvicinava alla sbarra davanti al deposito della PDQ. « Prometto di venire a trovarti tra un paio di settimane, così potremo festeggiare insieme come si deve. »

« Lavori troppo », replicò sua madre.

« Lo so, mamma, lo so. Ma adesso devo andare davvero. Ti richiamo in settimana. E grazie ancora per il regalo. È magnifico. »

La Barnsdale spense il motore e prese la torcia dal vano portaoggetti. Attraversando l'ingresso del deposito, vide una figura avvicinarsi lungo il lato dell'edificio. Dopo qualche istante, riconobbe Ben Harper.

« Dani è dentro il deposito », le disse. « E accanto all'edificio c'è una BMW nera. »

« Quella è di Dominic Taylor. »

« Pensate sia stato lui a uccidere Billy Monroe? »

« L'indagine è ancora in corso », rispose lei.

« Era suo fratello. »

La Barnsdale cercò di nascondere la sorpresa, ma sapeva che se Dani era dentro con lui, allora correva un grave pericolo. « Chiederò rinforzi armati », disse. « Quanto a lei, si allontani da qui e torni al sicuro nel suo veicolo. »

Harper fece due passi indietro verso l'edificio. La Barnsdale stava per fermarlo quando un colpo di fucile riecheggiò nel deposito.

85

Non appena sento lo sparo, mi giro e, senza un attimo di esitazione, torno indietro di corsa, seguendo il perimetro dell'edificio.

«Signor Harper, aspetti!» esclama la Barnsdale alle mie spalle.

Quando giro l'angolo, vedo la luce filtrare dalla porta aperta e, avvicinandomi alla BMW nera, rallento il passo. Nel bagagliaio dell'auto scorgo i due voluminosi borsoni che ho lasciato sulle scale del St. Marnham Bridge.

«Dani!» grido attraverso la porta aperta. Nessuna risposta. Mentre mi avventuro all'interno, dietro di me sento i passi della Barnsdale.

«Aspetti!» dice.

«Dani ha bisogno del nostro aiuto», rispondo, sporgendomi in avanti per sbirciare nel deposito principale.

Ferma di fronte a me nell'area spedizioni, la Barnsdale annuisce.

«Vede qualcuno?» chiede poi.

Scuoto la testa.

All'improvviso, nel magazzino, un pallet di scatoloni rovina a terra. Girandoci di scatto, vediamo una figura correre rannicchiata sul pavimento.

La Barnsdale fa un passo avanti, la mano tesa verso di me, intimandomi di restare dove sono. «Per favore, faccia come le dico.» Poi, lentamente, entra nel deposito. «Signor Taylor!» dice con voce stentorea. «Sono il sergente Barnsdale della polizia di Haddley.» Continua ad avanzare finché non si trova al centro del deposito, accanto al nastro trasportatore. Esposta com'è da ogni lato, non posso che ammirare il suo enorme coraggio. «Signor Taylor, metta giù l'arma e si faccia avanti.» Vedo i suoi occhi guardare in ogni direzione, alla ricerca del minimo movimento.

Il suo appello rimane senza risposta.

La Barnsdale torna verso la zona uffici sopraelevata all'estremità del deposito. «Signor Taylor!» dice di nuovo. «Un'unità armata sarà qui a momenti! Si arrenda subito!»

Dei passi risuonano dalla parte opposta del deposito. La Barnsdale trova istantaneamente riparo dietro una fila di pallet. «Agente Cash, sei ferita?» chiede nel vuoto.

«Non in maniera grave, signora!» grida Dani in risposta. Il mio cuore perde un battito.

«Rimani dove sei!» replica la Barnsdale.

Un rapido movimento, a metà del deposito, attira la mia attenzione. Mi giro verso la Barnsdale e alzo il braccio, indicando una fila di pallet. Lei alza il palmo verso di me e io rimango immobile.

Quindi, sempre acquattata dietro un pallet pieno di scatole di cartone, chiama ancora una volta Taylor senza ottenere risposta.

Un altro movimento attira il mio sguardo. Scivolo lateralmente lungo il muro del deposito. Guardando in fondo alla terza corsia, vedo Dani accovacciata. Le sanguina un braccio.

Uno schianto echeggia nel deposito. Io e Dani ci voltiamo di scatto, cercando disperatamente di individuarne la fonte. Non appena mi giro, vedo la porta di metallo che conduce all'ufficio di Dominic Taylor spalancata. In cima alle scale, con alle spalle un'agente della sicurezza, c'è Phil Doorley.

«Dom, tutto questo è folle!» urla. «Arrenditi!»

86

«Phil, no!» grida la Barnsdale mentre lui, ancora in cima alle scale, scruta freneticamente il deposito.

Mentre gli occhi di tutti sono puntati su Doorley, mi precipito lungo la fila di pallet fino a raggiungere Dani.

«Dom, arrenditi! Se non lo fai, ci lascerai la pelle!» urla Doorley. Poi, lentamente, comincia a scendere le scale, cercando con lo sguardo qualsiasi traccia del socio in affari.

«Phil, fermati, per favore!» esclama la Barnsdale, muovendosi velocemente verso di lui, un braccio alzato.

«Grazie al cielo sei al sicuro», sussurro a Dani mentre mi accovaccio accanto a lei. «Ti ha colpita?»

«È solo un graffio», risponde. «Il colpo è rimbalzato sul nastro trasportatore.»

«Adesso dov'è?»

Indica il lato opposto del deposito, dietro un gigantesco macchinario per lo smistamento. Lascio andare la sua mano e mi premo un dito sulle labbra. Poi, sempre accovacciato, avanzo lentamente.

«Ben, no», dice in un soffio. «Per favore, aspetta il supporto armato.»

«Va fermato prima che faccia del male a qualcun altro.»

Mi allontano strisciando, ora più velocemente, con l'obiettivo di posizionarmi alle spalle di Taylor. Quando mi insinuo nel retro del deposito, finalmente lo vedo. Nascosto dietro la smistatrice metallica, tiene puntato davanti a sé quello che dev'essere il fucile di Tosh Monroe. Con un balzo fulmineo potrei coglierlo di sorpresa ma, trattenendo il respiro, decido di aspettare. Se mi lanciassi adesso, sia Dani sia la Barnsdale sarebbero nel suo campo visivo immediato.

Scivolo all'indietro. Dani, intanto, sta fissando lo stretto corridoio tra le cataste di pallet. Abbasso la mano e in risposta lei si accovaccia di nuovo. Poi indico la Barnsdale e Dani, girandosi, fa segno a quest'ultima di imitarla. Ma l'attenzione della Barnsdale rimane concentrata su Doorley.

«Phil, vieni giù, per favore», gli sta dicendo. Ma lui fa un balzo in avanti e scavalca la ringhiera.

«È lì!» grida, indicando il lato del magazzino in cui Taylor rimane nascosto. «Accanto alla smistatrice!» urla, correndo verso di lui.

La reazione della Barnsdale è fulminea. «Phil, no!» grida, lanciandosi in avanti per buttarlo a terra.

In quell'istante, Taylor apre il fuoco.

E un rumore terrificante risuona in tutto il deposito.

Tre settimane dopo

87

Strappo un filo allentato che pende da un bottone della camicia bianca e passo in fretta e furia il ferro da stiro sulle maniche e sul colletto. Per la terza volta in altrettante settimane mi ritrovo ad abbottonarmi il colletto e annodarmi la cravatta davanti allo specchio del corridoio. Eppure mi sembra ancora strano. Prendo la giacca dell'abito, lasciata appesa ai piedi delle scale nell'ultima settimana. Spero che da domani il completo nero resti nell'armadio per molto tempo.

Fuori, un sole caldo inonda il parco in una luminosa mattina primaverile. I crochi variopinti screziano l'ondata di margherite che ricopre l'erba. Seguo il sentiero su cui i narcisi stanno di guardia, formando un corridoio di un giallo brillante. Aspetto che passi un'auto e attraverso il vialetto sul lato sud del parco comunale. Quando salgo i gradini davanti alla casa di Sarah Wright, sento le scarpe di pelle nera sfregarmi i talloni.

«Buongiorno», dice Sarah, aprendo la porta di casa. Indossa un abito nero con un motivo paisley. «Non sei ancora pronto?»

Mi sono seduto sul muro fuori dalla sua porta e mi sono tolto le scarpe. «Ho i piedi a pezzi», rispondo, massaggiandomi i talloni. «Mi sembra di indossare queste scarpe solo per i funerali.» Si siede accanto a me sul muretto mentre allento i lacci. «Come stai?» le chiedo.

«Bene», risponde, e il suo sorriso è caldo.

«Come vanno le cose con James?»

«Non è facile, ma è pur sempre il padre di Max e voglio che

abbiano un buon rapporto, per quanto limitato possa essere. La parte migliore di me direbbe che James è in una brutta situazione. La parte meno generosa, che è un coglione assoluto.» Sorrido, e lei prosegue. «Ma immagino lo avessi già capito, visto che ho divorziato.» La polizia di Haddley ha informato Sarah delle accuse mosse contro Dominic Taylor di avere violato il domicilio di cinque donne. Tuttavia non ci sono prove che dimostrino che fosse lui l'autore delle effrazioni in casa sua. «Proprio non capisco cosa gli sia passato per la testa.»

«Gli hai parlato?» chiedo, infilandomi di nuovo le scarpe.

«Per i primi trenta secondi ha cercato di negarlo. Dopo di che, è diventato super contrito e un po' patetico. Non lo perdonerò mai.»

«La polizia non lo accuserà?»

«Non senza il mio benestare.» Inarco le sopracciglia, ma Sarah scuote la testa. «In un mondo ideale, dovrei mandarlo a farsi fottere e non rivederlo mai più. Ma, crescendo, Max avrà sempre più bisogno di un rapporto con il padre. James sa che questa è la sua ultima possibilità, se vuole continuare a vedere Max, e non mi va di fomentare anni di animosità tra loro. Non farebbe del bene a mio figlio. Ho cercato di convincermi che si trattasse di una crisi di mezza età particolarmente brutta.»

«Spero che James sappia quanto è fortunato. Avresti potuto porre fine alla sua carriera legale.»

Scrolla le spalle. «Lo so, ma cosa ci avrei guadagnato?» Sono sorpreso dall'atteggiamento così conciliante di Sarah nei confronti dell'ex marito. Mi guarda. «Le famiglie sono complicate, Ben. Il mio compito è fare in modo che la sua influenza sulla vita di mio figlio sia la migliore possibile.»

«Come sta Max?» chiedo mentre scendiamo i gradini di casa sua.

«È pieno di energia. Non smette un attimo di parlare. Grazie per il tempo che passi con lui.»

«Correre dietro un pallone è un ottimo esercizio, per me.» Insieme alla mia figlioccia Alice, che vive con sua madre Holly, a tre porte di distanza dalla mia, ho trascorso gran parte della domenica pomeriggio giocando a calcio con Max in giardino. Alla fine abbiamo fatto un salto al furgone dei gelati vicino al fiume, come premio per loro e un'occasione di tirare il fiato per me. «E Nathan? Come lo hai visto?»

«Benone, direi», risponde. Nel fine settimana è andata a Cowbridge con Will. «È ottimista e sarà sicuramente una grande avventura per entrambi. È stato bello avere la possibilità di salutarci nella maniera giusta.» Alla fine del mese, Nathan e Will partiranno per l'America, dove Nathan ha intenzione di iscriversi a giurisprudenza alla University of Virginia. «Non credo che gli consiglierei di seguire me e James nella professione legale, ma spero che si diverta.»

«E Will?»

«Da quello che mi ha detto, dubito che tornerà quest'anno. Vuole vedere Nathan sistemato e assicurarsi che abbia il sostegno di cui ha bisogno. Dopo di che, ha intenzione di viaggiare. Penso che il suo matrimonio sia finito.»

Davanti a noi, un nuovo campanile svetta orgoglioso sopra la chiesa di St. Stephen. Nell'ultima settimana, la rimozione delle impalcature ha riportato alla luce la struttura restaurata e una campana nuova di zecca. Io e Sarah attraversiamo Lower Haddley Road e varchiamo il cancello in pietra davanti alla chiesa. Il parcheggio è già pieno, e le auto che ancora affluiscono cercano posto nella stradina che costeggia il sagrato.

Davanti alla chiesa, la gente si aggrega in gruppetti per scambiare due parole a bassa voce, prima di entrare alla spicciolata. Io e Sarah aspettiamo finché una Mercedes nera guidata da un autista non si ferma davanti al cancello. La portiera del passeggero anteriore si apre di scatto e Sam scende quasi prima che l'auto si sia fermata.

«Grazie a Dio sei qui, Ben», dice mentre ci scambiamo un

abbraccio e una pacca sulla spalla. «Non sta zitta un secondo. Così per dieci giorni di fila. Sam, mi prenderesti questo? Sam, perché non fai un salto giù al negozio? Sam, pensi davvero che sia saggio? Sam, non credo che lo farei, al posto tuo. Sam, stai bevendo *un'altra* birra? Sam, Sam, Sam!»

«Solo un altro giorno», gli sussurro all'orecchio. L'ultima volta che ho visto Sam è stato dieci giorni fa, a Nottingham, per il funerale di Tosh Monroe. Come aveva promesso, Sebastian Chapman ha disposto la cremazione del nonno e durante la funzione ha rievocato i primissimi ricordi della sua famiglia. Poi abbiamo bevuto qualcosa insieme, tutti consapevoli che Madeline non sarebbe viva se non fosse stato per l'intervento di Tosh. Due giorni dopo, all'indomani del funerale di Dennis Thackeray, Madeline è partita con i genitori per una vacanza in Italia organizzata da loro allo scopo di tirarla su di morale. Prima della partenza, abbiamo riso insieme quando mi ha raccontato di come la prospettiva di trascorrere sette giorni con Sam e Annabel la terrorizzasse. Ma io le ho detto che ogni resistenza era inutile e di godersi il caos.

La portiera posteriore dell'auto si apre e Annabel scende. «Sam, hai intenzione di startene lì a chiacchierare o intendi aiutare Madeline?»

«Morditi la lingua», dico a bassa voce.

«Arrivo!» risponde lui, per poi correre verso la portiera posteriore sul lato opposto.

Annabel mi bacia sulla guancia e mi stringe in un breve abbraccio. «Ben, è bello vederti.» Le presento Sarah.

«Com'era il lago di Como?» chiede quest'ultima.

«Una meraviglia! Proprio la pausa che ci voleva, per Madeline. Le stavo addosso ogni volta che cercava di sbirciare il telefono. *Niente notizie!* le dicevo. *Non qui!*» Ascoltando Annabel, sorrido al pensiero di quale tortura debba essere stata per il mio capo. «Certo, ha passato metà del tempo a scarabocchiare su quel suo maledetto taccuino, ma magari è stato anche catartico.»

So che Madeline intende scrivere un articolo sulla scia della sentenza relativa al caso di Dominic Taylor.

Madeline si appoggia con delicatezza al braccio del padre. Ha i riccioli biondi legati e gli occhi nascosti dagli occhiali da sole. Quando varca il cancello del sagrato, la stringo forte.

«Devo tornare in ufficio. Questi due mi stanno facendo uscire fuori di testa, accidenti a loro», mi dice.

«E noi non vediamo l'ora di rivederti», rispondo con un sorriso.

«Vieni, appoggiati a me», dice Annabel.

«Mamma, davvero, sto bene.»

«Sam, non è che mi prenderesti la borsa? L'ho lasciata sul sedile», dice Annabel, rispedendo l'ex marito verso l'automobile. Quando ritorna, percorriamo insieme il sentiero di ghiaia davanti a St. Stephen. Varcando il pesante portone di quercia, veniamo accolti dalla frescura dell'interno e dal silenzio della congregazione. La luce del sole penetra dalla vetrata colorata, in cui spicca una croce blu brillante. Camminiamo lentamente lungo un passaggio laterale prima che Sarah ci conduca a un banco al centro della navata. Sam si fa largo oltre Annabel e si siede accanto a me. Si guarda intorno all'erta come un suricato: Sam non è mai fuori servizio.

«Quella è la nostra deputata in Parlamento», mi sussurra all'orecchio, indicando con un cenno una donna a un banco vicino. «Spero che si diverta finché può, perché di certo non sarà rieletta.»

«Non sono sicuro che partecipare a un funerale sia un divertimento.»

«Il rinfresco funebre sarà al ristorante di Mailer. E lei è il tipo che si porta a casa anche il cestino omaggio. E due file davanti a lei c'è il presidente del consiglio comunale. Non sarà felice di essere seduta dietro di lui.»

« È fortunata ad aver trovato un posto a sedere », rispondo, voltandomi a guardare i banchi ormai stipati.

Sam mi dà una gomitata alle costole. « Chi è quella donna? »

Mi giro di nuovo. « È il nuovo parroco. Ha sostituito Adrian Withers », rispondo, mentre il reverendo Louise Eden compare accanto al pulpito.

« Sembra giovane, vero? »

« Sam, sono tutti giovani in confronto a te », rispondo. « Quello in seconda fila è suo marito, Harry. »

« Ho sentito dire che aveva un legame con Aaron Welsby. Pensi che sarà chiamato a testimoniare al processo di Taylor? » domanda.

« Pare che Taylor si sia dichiarato colpevole, quindi probabilmente no. »

Le note dell'organo riempiono la chiesa e il reverendo Eden ci invita ad alzarci. Ci voltiamo e io chino la testa mentre Dani e l'agente Karen Cooke, in alta uniforme, guidano i portatori della bara del sergente investigativo Lesley Barnsdale.

88

La madre del detective Barnsdale, Anne, segue la bara da vicino. Vestita con un abito nero su misura, ha i capelli grigi nascosti da un cappellino. Un piccolo velo le copre parzialmente il volto, ma gli occhi restano fissi sulla bara della figlia. Accanto a lei c'è Phil Doorley che, a quanto ho sentito, l'ha sostenuta enormemente nelle ultime tre settimane. La notte dell'omicidio di sua figlia, l'addetta alla sicurezza nella guardiola della PDQ aveva allertato Phil. Dalla finestra del suo ufficio al piano di sopra, Phil aveva visto Taylor correre nel deposito. E a quel punto, rischiando la propria incolumità, era intervenuto per impedire a Taylor di ammazzare altra gente. Gli eventi avevano preso una piega tragica quando Lesley Barnsdale aveva sacrificato la propria vita per salvare la sua. Mentre si avvicinano al banco in prima fila, la signora Barnsdale afferra il braccio di Phil e i due si siedono l'una accanto all'altro.

Dietro di loro c'è un corteo con i pezzi grossi della polizia guidato dal vicecommissario Dame Elizabeth Jones. Accanto a lei c'è l'ispettore capo Bridget Freeman, e dietro i colleghi di Lesley Barnsdale della polizia di Haddley e i rappresentanti dei dipartimenti di tutta Londra. Dani e gli altri portatori collocano con attenzione la bara davanti all'altare, prima di allontanarsi rispettosamente. Lancio una rapida occhiata a Dani e lei incrocia il mio sguardo, poi si siede accanto al marito. Il momento richiede compattezza da parte della polizia.

Il reverendo Eden ci guida nelle preghiere e poi tutti intoniamo *Resta con me*. Quando ci sediamo, è l'ufficiale più anziano di Haddley ad avvicinarsi al leggio per il primo discorso funebre.

«Conoscevamo tutti il sergente Lesley Barnsdale come una persona di grande professionalità, con un'indiscutibile attenzione per i dettagli, un'intelligenza acuta e una vera passione per il processo investigativo.» L'ispettore capo Freeman tace un istante mentre un mormorio si diffonde tra i colleghi. «Ma era anche capace di un eroismo fuori dal comune.» Guardando dall'altra parte del corridoio vedo Dani asciugarsi una lacrima mentre la Freeman riassume gli eventi avvenuti nel deposito della PDQ tre settimane fa. Quella notte, irremovibile nel suo dovere, e forse con una certa devozione nei confronti di Doorley, la Barnsdale ha agito senza pensarci due volte. Nelle settimane successive, una simile dimostrazione di coraggio ha portato molti all'interno della stazione di Haddley – e alcuni all'esterno, me compreso – a riconsiderare le proprie opinioni sul sergente Barnsdale.

«Dando la vita per salvare quella degli altri», continua l'ispettore capo Freeman, «Lesley Barnsdale ha compiuto il sacrificio estremo. Aver lavorato con lei è stato un onore.» Così dicendo, si allontana dal leggio e, fermandosi di fronte alla bara della collega, china solennemente la testa prima di tornare al suo banco. Dani si sposta nel corridoio e vedo la Freeman stringerle la mano prima di riprendere il proprio posto. Dani avanza a passo solenne, il capo chino. Dietro il leggio, la donna bella e coraggiosa che poco prima ha portato la bara in chiesa appare improvvisamente fragile.

Mi si stringe lo stomaco. Non c'è stato giorno, nelle ultime tre settimane, in cui non abbia pensato al colpo rimbalzato sul nastro trasportatore del deposito prima di sfiorare il braccio di Dani. La notte mi sveglio pietrificato dalla paura, convinto che l'ultimo colpo fatale abbia colpito lei e non la Barnsdale. Quando mi tiro su a sedere e guardo Dani che dorme accanto a me, mi rendo conto di quanta disperazione mi dia il solo pensiero di poterla perdere.

Dani si gira verso la bara della Barnsdale, poi si volta verso la congregazione. Mette le mani sul leggio, ma aspetta a parlare. Avrà preparato un discorso, certo, eppure è come se stesse ancora raccogliendo i pensieri.

«Il sergente investigativo Barnsdale è stato il mio diretto superiore negli ultimi tre anni.» La voce le si incrina, costringendola a fermarsi e a chiudere gli occhi. «In questi tre anni», dice, racimolando in qualche modo la forza per continuare, «è stata sempre pronta ad ascoltarmi, sempre sollecita nei miei confronti, sempre costante nel sostenermi.» Dani fa un respiro profondo. «Ma è sempre stata implacabile nel suo desiderio di arrivare alla verità. Si è sempre attenuta alle procedure. E non ha mai agito di testa sua.» Dani guarda dritto verso di me. «Non ha mai infranto le regole, ma questo non l'ha resa meno determinata a raggiungere i risultati. Ed era gentile.» Dani si ferma e sorride dolcemente all'indirizzo di Anne Barnsdale. «Dopo l'aggressione subita da mio marito e il mio lungo periodo di congedo, quando sono rientrata al lavoro il sergente investigativo Barnsdale è stata la prima a riaccogliermi. Senza striscioni e celebrazioni, ma facendomi sentire subito parte di una squadra.» Dani guarda il marito. «Mi ha fatto sentire di nuovo un'agente di polizia, e non una volta, mai, ha messo in dubbio le mie capacità. Non sarei qui davanti a tutti voi, oggi, se non fosse stato per il sergente investigativo Lesley Barnsdale. L'anno scorso ha sostenuto il mio passaggio all'unità investigativa. Pur essendo felice dei miei successi, mi ha sempre spinta a ottenere di più.» Dani fa una pausa, mettendo insieme gli ultimi pensieri. «Il mio unico rammarico è quello di non averla conosciuta meglio. Di recente ci eravamo proposte, per la prima volta, di trascorrere un po' di tempo insieme dopo il lavoro. Non vedevamo l'ora di farlo.» Dani fa un passo verso la bara della Barnsdale e si rivolge direttamente alla collega defunta. « L'ho sempre considerata una persona di cui potermi fidare. Mi mancherà, ma lavorerò con lo scrupolo e l'onestà che mi ha insegnato. Mi dispiace che non siamo mai riuscite a bere qualcosa insieme, ma oggi lo farò in suo onore. Addio, capo. »

89

« Una donna davvero speciale », mi dice Łukasz Nowak sulla terrazza in riva al fiume del Mailer's. Sono all'esterno perché l'interno del ristorante è pieno di agenti della polizia metropolitana.

« La conosceva bene? » chiedo.

« Ci ho parlato lo stesso giorno in cui è morta », risponde, prendendo un gambero thai. « La sua dote migliore », mi dice alzando il dito, « era la capacità di ascoltare. Ha preso le parole che le ho detto e, da lì, è stata in grado di districare un caso complesso. » Mi si avvicina e abbassa la voce. « Sono stato io a indirizzarla verso quella scuola con tutti i suoi orrori. Ma ora, ovviamente, rimpiango di averlo fatto. »

« Non si addossi colpe che non ha, signor Nowak », rispondo. « L'unico criminale, in questo caso, era Dominic Taylor. È successo tutto a causa sua. » Con la coda dell'occhio, vedo Madeline uscire sulla terrazza. « Ora mi scusi », dico al signor Nowak, « ma il mio capo mi sta cercando. »

« Me la sono svignata », dice Madeline, prendendomi per il braccio e conducendomi a un tavolino situato in un punto in cui la terrazza si restringe. « Quei due mi stanno facendo impazzire. »

« Hanno buone intenzioni. »

« Ne sono sicura », risponde, togliendosi gli occhiali da sole per la prima volta. Il livido viola sotto l'occhio è sbiadito, ma le cicatrici sul naso, dove ha subito un intervento chirurgico, rimangono evidenti. « Mia madre ha scovato una proprietà a Como, perciò ci torna domani per firmare il contratto. »

« Sarà un sollievo per Sam. »

Madeline sorride. « Lei lo sfianca, ma lui glielo lascia fare. Gli ho detto che deve tenerle testa. »

« Preferisce lamentarsi alle sue spalle. »

« È il suo sport preferito. »

« Ma è bello vederli parlare... no? »

« Doveva pur venire fuori qualcosa di buono, da tutto questo. » Un cameriere si avvicina al nostro tavolo per servirci un piatto di ostriche. Madeline ne cosparge una di tabasco, prima di mandarla giù. Declino educatamente per ripiegare su una crocchetta di gamberi.

« Non sai cosa ti perdi », mi dice, strappandomi un sorriso.

« East ha messo su un bel pranzo funebre. »

« Spero che gli agenti si bevano tutto fino all'ultima goccia e lo mandino in rovina. »

« Avete chiarito, voi due? »

« Un giorno potrei perdonarlo », risponde con una risata. « Ma non prima di avergli strappato una vita di cene gratis. »

« Avrebbe dovuto dirti che Billy Monroe era stato rilasciato. »

« Certo che avrebbe dovuto dirmelo, ma, mettendomi una mano sul cuore, potrei dire che mi sarei comportata diversamente? No. So persino cosa gli avrei detto di preciso: 'Smettila di preoccuparti'. »

« Perché non te l'ha detto? »

« La sera in cui abbiamo cenato qui per il compleanno di Sam stava per farlo, ma poi abbiamo avuto una stupida litigata sui social. La cosa ironica è che adesso sta ricevendo più attenzioni di quelle che si sarebbe mai sognato. »

« Passerà. Con Will le cose non vanno bene, vero? »

« Hanno chiuso. East terrà il ristorante, ma hanno messo la casa in vendita. Non osare dirlo a mia madre, altrimenti farà un'offerta. »

« Non sarebbe bello averla qui vicino? »

«No», risponde Madeline, agguantando un bicchiere di vino da un vassoio di passaggio. «E comunque: sei tu quello che adora. Si aspetterebbe una tua visita a giorni alterni.» Sorseggia il suo vino. «Forse non te l'ho ancora detto... quindi: grazie per tutto quello che hai fatto. Non solo con loro, ma anche rischiando la pelle.»

Qualcuno mi posa una mano sulla spalla. «A Ben piace tuffarsi di testa e mettere a repentaglio la vita.»

Mi alzo per salutare Dame Elizabeth Jones. «Mi dispiace davvero per il sergente Barnsdale», dico.

«Grazie», risponde. «Voi tutti avete fatto il possibile, quella notte, ma quando hai a che fare con un maniaco...» Poi si rivolge a Madeline. «Sono felice di vedere che si sta riprendendo.»

Offro il mio posto a Dame Elizabeth e mi allontano, lasciandole entrambe alla loro conversazione. Sul lato opposto della terrazza, vedo Dani parlare con Shannon Lancaster. Mi fermo per un momento a guardare il fiume. Quando sento una mano sfiorarmi la schiena, mi giro.

«Andiamo a casa», dice Dani a bassa voce.

90

Io e Dani lasciamo la terrazza del ristorante e seguiamo il sentiero lungo il fiume verso il St. Marnham Bridge.

«Taylor ha scoperto dove abitava Shannon Lancaster dopo aver parlato per caso con la suocera?» chiedo.

Dani annuisce. «E, quando è venuto a sapere che la notte seguente sarebbe rimasta sola, ha pensato di entrarle in casa.»

«Dopo tutto quello che le aveva già fatto anni prima.»

«È malato. È rimasto a guardarla mentre dormiva, aspettando il suo momento. Quando si è svegliata, però, lei gli si è scagliata contro e gli ha tirato via la maschera. E lui, preso dal panico, se l'è data a gambe.»

«Lei come sta?» chiedo.

«Eh, non è facile. Si sente in colpa per non averlo fermato prima.»

«Era una ragazzina di quattordici anni, all'epoca, e lui l'ha violentata.»

«Lo so», replica Dani, «ma questo non le impedisce di pensare che avrebbe potuto comportarsi diversamente. Dopo l'omicidio di Aaron era paralizzata dalla paura, ma quando Madeline ha annunciato ai quattro venti che a ucciderlo era stato Billy Monroe... per lei è stato solo un sollievo.»

Procediamo lungo il sentiero. «Il tuo discorso per la Barnsdale è stato meraviglioso», dico.

«Se lo meritava. Era davvero in gamba.»

«Quella notte, al deposito, è stata molto coraggiosa.»

«Mi sarebbe piaciuto passare più tempo con lei.»

Prendo Dani per mano. «Avevi intenzione di parlarle della Freeman?»

«Come fai a saperlo?»

«Perché ti amo.»

Dani sorride. «Non è una risposta.»

«Ti fidavi di lei e ti fidavi della sua opinione. Ecco perché.» Dani annuisce. «E adesso?» chiedo.

«Ho osservato la Freeman durante tutto l'evolversi del caso. Non ha fatto nessuna mossa sbagliata.»

«Il fatto che sappia fare il suo lavoro non esclude che possa essere comunque al soldo dei Baxter.»

«Ma non esclude nemmeno che io possa sbagliarmi completamente. Al momento, non si può fare altro.» Dani si ferma e mi lascia la mano. «E ho bisogno che lo capisca anche tu. Non abbiamo prove. Tutto quello che possiamo fare è aspettare. Devi fartene una ragione.»

«Ma certo», rispondo. «Se è quello che vuoi, non ci sono problemi.»

«Grazie», dice, baciandomi delicatamente sulla guancia. Facciamo passare un ciclista, poi, al tepore del sole, seguiamo il sentiero fino al ponte, fermandoci di nuovo sotto la struttura vittoriana.

«Basta, queste scarpe mi stanno uccidendo», dico, massaggiandomi un tallone.

«Appena arriviamo a casa te le cambi.»

Guardo Dani. «Lo hai già detto due volte.»

«Detto cosa?»

«Casa.»

«Immagino che lo sia, se mi ci vuoi...»

«Vuoi dire per sempre? Non solo per qualche notte ogni tanto?»

«Forse è meglio prenderla un giorno alla volta, ma, sì, diciamo per sempre. Ho parlato con Mat, ieri sera. Ha iniziato il nuovo lavoro, la sua vita è tornata sui binari e, in fondo, sa-

peva che stavo aspettando proprio questo per andarmene.»
Dani mi bacia. «Nonostante tutta la tua assurda, impulsiva e sconsiderata follia, tutto quello che hai fatto per Sam e Annabel lo hai fatto solo perché tieni a loro. E a Madeline. E io non ti cambierei per nulla al mondo, Ben Harper.»

Ci baciamo ancora. «Ti amo, Dani.»

«Anch'io ti amo.» Sorrido. «Ah, un'altra cosa», aggiunge, avvicinando la bocca al mio orecchio per sussurrare: «Sono incinta».

La riabilitazione di Billy Monroe

di Madeline Wilson

Cinque mesi fa, sono stata rapita da un uomo di nome Billy Monroe e tenuta in ostaggio in una fattoria abbandonata a sud di Nottingham. Sono riuscita a fuggire dopo settantadue ore terrificanti. Per i sei giorni successivi, sono stata affidata alle eccellenti cure dei medici e degli infermieri del Queen's Medical Center, e sottoposta a un intervento di ricostruzione del naso, con tanto di settoplastica per rimodellare il setto nasale schiacciato da un pugno impietoso di Billy Monroe.

Uscita dall'ospedale, visto il grande interesse suscitato dalla mia storia, ho accettato di tenere una breve conferenza stampa. In una sala gremita del vicino Orchard Hotel, una delle prime domande che mi sono sentita rivolgere era se mi fossi pentita di aver dato la caccia a Billy Monroe quattordici anni fa.

La mia risposta? Assolutamente no. Il mio unico rimpianto è stato quello di non essere riuscita a far sì che Monroe ricevesse una pena più severa.

Nei giorni a seguire, editorialisti della carta stampata e personaggi molto seguiti sui social hanno analizzato la mia risposta, criticando la mia opinione su Monroe. A tutto questo sono seguiti insulti sui social rivolti alla mia persona, con gente che non si è fatta scrupoli a indicarmi come la vera carnefice di questa storia, mentre Monroe, ovviamente, era vittima: la mia vittima.

La loro logica? Il fatto che, in vita sua, Billy Monroe abbia subito ogni stortura, ogni male della società. Il fatto che nessuno gli abbia mai dato un'opportunità.

Possibile che non lo capissi? Suo padre lo ha abbandonato ancora prima che venisse al mondo. Poi, quando aveva soltanto sette anni, ha perso la madre, una prostituta tossicodipendente. A causa delle proprie cattive condizioni di salute, il nonno è stato costretto a darlo in adozione. Maltrattato dai genitori adottivi, Billy trascorreva giornate intere, da solo, nella mansarda della loro casa. Rifiutato e rispedito ai servizi sociali, da ragazzo Billy ha iniziato a lavorare come operaio edile, e il suo domicilio era qualunque divano riuscisse a trovare. I problemi di salute mentale lo hanno reso vulnerabile allo sfruttamento, soprattutto – e in maniera più angosciante – da parte del figlio naturale dei suoi genitori adottivi. Dopo essere stato indotto a uccidere Aaron Welsby, Billy ha scontato una pena fin troppo dura. Una volta uscito, tormentato dalla paranoia, si è lasciato coinvolgere in un progetto sconsiderato che ha avuto come esito il suo brutale omicidio.

Quattordici anni fa, la narrazione intorno alla condanna di Monroe era: perché non gli hanno dato di più? Oggi invece ci si chiede perché sia finito in carcere.

Tutto ciò di cui Billy aveva bisogno era che qualcuno si occupasse di lui.

Presso la corte dell'opinione pubblica e tra i leoni da tastiera, ecco che all'improvviso la colpevole sono diventata io. Colpevole di aver portato avanti una campagna per la sua condanna dopo che aveva ucciso selvaggiamente un uomo innocente. A detta di tutte queste persone, io mi sarei battuta perché finisse dentro quando aveva soltanto bisogno di aiuto.

Ancora adesso, a distanza di cinque mesi, la domanda che mi viene posta più di frequente è: *la mia opinione su Billy Monroe è cambiata?*

La mia risposta rimane no.

Perché?

Billy Monroe mi ha teso un'imboscata usando la mia stessa auto. Mi ha aggredita brutalmente. Mi ha legata, imbavagliata, bendata e terrorizzata. Mi ha tenuta in catene in una stanza vuota, umiliandomi. Ho vissuto tutte quelle ore con la paura costante che mi avrebbe violentata e uccisa. Non provo alcuna compassione per Billy Monroe.

C'era lui dietro le sue azioni. C'era un piano ben preciso, e la decisione di metterlo in atto spettava a lui.

L'unico responsabile delle azioni di Billy Monroe contro di me è stato Billy Monroe.

Altri potrebbero scegliere di giustificare e perdonare, ma io non lo farò mai.

Un'altra cosa che mi dicono spesso è: *il nonno di Billy Monroe ti ha salvato la vita. Come puoi non provare compassione per lui? Era un brav'uomo. Ha sacrificato la sua vita per la tua.*

Sarò eternamente grata a Tosh Monroe?

Sì.

Ma ha sacrificato la sua vita a causa delle azioni del nipote. E forse anche a causa del modo in cui ha (o non ha) educato la sua famiglia.

Mi è stato detto del coraggio fuori dal comune di Tosh Monroe.

Nella mia storia, il coraggio fuori dal comune è quello del sergente investigativo Lesley Barnsdale, che ha trovato la morte durante l'arresto di Dominic Taylor; dell'agente investigativo Dani Cash, di Ben Harper e di Phil Doorley.

E dei miei genitori, Sam Hardy e Annabel Wilson.

I miei genitori hanno guidato la ricerca di Monroe e Taylor, e la loro determinazione a salvare una figlia alla quale avevano già dato così tanto nella loro vita non ha mai vacillato. Si sono esposti entrambi a un pericolo mortale senza pensare alle possibili conseguenze.

Nel corso della mia vita, mi hanno insegnato l'onestà, l'amore, la tenacia e un po' di ostinazione. La mia famiglia ha vissuto seguendo questi principi. Ed è da questi principi che ho tratto la speranza che, in ultima analisi, mi ha salvato la vita.

L'ultima cosa che mi chiedono è se considero Dominic Taylor il vero cattivo di questa storia.

Dominic Taylor è un mostro. Gli hanno dato trent'anni e mi auguro che marcisca in prigione. Aveva intenzione di violentarmi e uccidermi. Ha terrorizzato innumerevoli altre donne. E ha ucciso il sergente Lesley Barnsdale, così come il mio amico Dennis Thackeray.

Dominic Taylor ha esercitato un'influenza deviante sui familiari, abusando di loro. Spinto dall'avidità, li controllava come un sadico psicopatico. Dagli interrogatori della polizia emerge come Taylor abbia manipolato il disappunto di Monroe per non essere stato assunto come operaio nella costruzione del padiglione sportivo della Haddley Grammar School. Instillandogli un violento odio omofobo, lo ha trasformato in un'arma letale. Un'arma che, nel momento in cui ha avuto bisogno di nascondere i suoi abusi sessuali su due studentesse, ha scagliato contro Aaron Welsby.

Taylor non si è fermato nemmeno mentre Billy era in prigione. Nelle sue visite occasionali al carcere, ha continuato a iniettare veleno nella sua mente, alimentando un odio insaziabile nei miei confronti.

Proprio come un fucile appena ricaricato, Billy era pronto a colpire.

E Taylor me lo ha puntato direttamente addosso.

Ringraziamenti

Questo è il terzo libro che ho avuto la fortuna di pubblicare con Little, Brown. Anche se potrebbe sembrare un po' strano da dire, uno dei più grandi insegnamenti che ho ricavato durante la scrittura e la pubblicazione di questi tre romanzi è che è davvero un lavoro di squadra. E il capitano della mia squadra è, senza dubbio, la mia editor principale, Rosanna Forte. Rosanna è determinata quanto me a scrivere la migliore storia possibile. Dopo aver letto il manoscritto, ha sempre una visione completa su ciascuno dei personaggi e su ogni elemento della trama, per quanto questa possa essere tortuosa. Condivide il mio impegno nel confezionare un libro che intrattenga i lettori fino all'ultima pagina. Ha un'etica del lavoro incredibile e a lei va tutta la mia gratitudine.

Un grosso grazie va anche al resto della redazione di Little, Brown, inclusi Charlie, Ed, Gemma, Laura, Niamh e Zoe. Grazie ancora a Duncan per il brillante cover design e per la sua infinita pazienza: una qualità meravigliosa che condivide con tanti grandi art director. E un enorme ringraziamento va a Hannah e a tutto il commerciale di LB per il modo fantastico in cui hanno promosso i miei libri.

Quanto alla piccola squadra di Robert Gold, nulla avrebbe mai visto la luce senza la mia meravigliosa agente Juliet Mushens e l'ottimo team della Mushens Entertainment. Grazie anche a Lynsey per la pazienza che mi ha dimostrato mentre rispondevo alle sue domande.

Per il personaggio di Max, sono sempre in debito con il vero Max. La sua personalità è fonte di ispirazione per tante delle battute pronunciate dai personaggi più giovani nei miei libri. Un grazie enorme va anche alla mia famiglia per il sostegno e la comprensione infiniti, soprattutto perché sembro sempre impegnato a lavorare al prossimo libro. Un ringraziamento speciale e tanto affetto, come sempre, a O, H e W per il prestito del nome.

Questo libro è dedicato alla memoria della mia mamma, Christine. Nessuno avrebbe potuto essere più emozionato e orgoglioso di lei quando ho pubblicato il mio primo romanzo, *I dodici segreti*. Era entusiasta quando ha raggiunto la Top Ten del *Sunday Times*, impresa in gran parte dovuta al fatto che ha venduto il libro a chiunque incontrasse, spostando anche le copie in qualsiasi libreria mettesse piede perché fossero in bella vista. È stata una sostenitrice fantastica e non ha mai smesso di incoraggiarmi per tutta la vita. Quando ho iniziato questo libro, le piaceva un sacco stare a sentire le mie nuove idee sulla trama e su come si stesse dipanando la storia. Non avrei mai immaginato che non avrebbe visto la pubblicazione di *Dieci secondi*, ma è morta dopo una malattia fulminante quando avevo appena iniziato a scrivere. Ovunque sia, so che sarà ancora impegnata a vendere copie.

Infine, grazie a te, lettore. Ogni anno viene pubblicato un numero enorme di libri e ancora adesso mi stupisce che tu ti sia preso la briga di scegliere il mio e di averci investito il tuo tempo prezioso. Spero che la storia, con i suoi colpi di scena, ti abbia intrattenuto fino all'ultimo.

Grazie per aver letto questo libro.